Klaus Bittermann
Sid Schlebrowskis kurzer Sommer der Anarchie und seine Suche nach dem Glück

Klaus Bittermann ist eine »Verlegerlegende« (*Tagesspiegel*), gilt aber auch laut Niels Ruf als »legendärer Underground-Verleger«, der »sehr gemütlich zwischen deckenhohen Regalen voller Bücher wohnt. Er ist charmant und geht großzügig mit seinen Weinen um.« Seit das Buch »111 Berliner, die man kennen lernen sollte« erschienen ist, gilt er als einer von 111 Berlinern, die man kennen sollte.
Zuletzt erschienen: »Alles schick in Kreuzberg. Über Penner, Touristen, Gentrifizierte«, Berlin 2013.
Erhielt für sein Schaffen den renommierten Viva-Maria-Preis.

Mein Dank für Unterstützung aller Art geht an Marcel Vega, Susanne Gretter, Diethard Küster, Angelika Klammer, Ule Will und vor allem an Tania Martini.

Edition
TIAMAT
Deutsche Erstveröffentlichung
2. Auflage: Berlin 2016

www.edition-tiamat.de
Druck: cpi books
Buchcover: Felder Kölnberlin Grafikdesign
Unter Verwendung eines Fotos von Ludwig Menkhoff
Mit freundlicher Genehmigung von Jürgen Borchers
ISBN: 978-3-89320-211-9

Klaus Bittermann

Sid Schlebrowskis kurzer Sommer der Anarchie und seine Suche nach dem Glück

Ein Ausreißerroman

Critica
Diabolis
238

Edition
TIAMAT

Für Tania

In girum imus nocte et consumimur igni

1

Drei Wochen nach dem desaströsen Ende der Operation Eagle Claw, dem Zusammenstoß einer Lockheed C-130 mit einem Hubschrauber in einem iranischen Wüstengebiet, der sich beim Versuch der Amerikaner ereignete, die als Geiseln gehaltenen Botschaftsangestellten in Teheran zu befreien, sprang der Schüler Sid Schlebrowski aus dem Fenster der elterlichen Wohnung und wäre um ein Haar auf der Katze Nancy gelandet, die dem Nachbarn im 1. Stock gehörte. Nancy fauchte und machte erschrocken einen Satz zur Seite. Sid entschuldigte sich und lief zur Ausfallstraße des kleinen Städtchens und wartete am Straßenrand darauf, dass ihn jemand mitnahm.

Um 14 Uhr hielt ein schwarzer Citroën DS. Als Sid später daran zurückdachte, war ihm, als wäre der eiskalte Engel Alain Delon in seinem Trenchcoat ausgestiegen und hätte ihn mit versteinerter Miene angestarrt, die Hände in den Manteltaschen. Aber wahrscheinlich hatte sich einfach das Standbild einer Filmszene über diesen Teil seiner Erinnerung gelegt.

Sid lief zum Citroën, öffnete die Tür und sah ins Wageninnere. Alain Delon hatte eine riesige Insektenbrille auf. Der Stimme, die ganz anders klang als die von Delon, viel höher und nicht so gefährlich, war eine leichte Ungeduld anzuhören: »Jetzt komm schon rein. Ich hab nicht vor, hier Wurzeln zu schlagen.«

Alain Delon hieß in Wirklichkeit Nancy von Westphalen und war gerade 16 geworden.

Sid rutschte eilig auf das schwarze Leder des Beifahrersitzes, und kaum war die Tür ins Schloss gefallen, gab Nancy Gas. Sie ließ die Kupplung zu schnell kommen. Der Wagen bäumte sich auf und starb.

»Scheiße«, sagte sie.

Sie startete den Wagen erneut, drückte das Gas durch und fegte mit quietschenden Reifen auf die Fahrbahn. Hinter ihr noch mehr quietschende Reifen und hektisches Hupen.

»Ist ja gut, Blödmann«, fauchte Nancy, der der Schrecken durch den Körper gefahren war. Sie beschleunigte und nach kurzer Zeit war das Hupen nicht mehr zu hören.

Ihr Vater Viktor von Westphalen hätte, wäre er Zeuge dieser Szene geworden, gesagt, dass dies ein neuerlicher Beweis für das Tourette-Syndrom sei, an dem seine Tochter laut einer eher fragwürdigen Diagnose des Hausarztes litt, der in einer populären Fachzeitschrift darüber gelesen, aber noch nie mit einem Tourette-Patienten zu tun hatte. Und ihre Mutter Auguste von Westphalen hätte gesagt, Nancy müsse unbedingt zu einem Analytiker, damit der das wegmachte, denn »Scheiße« und »Blödmann« gehörten nicht zum Wortschatz der Familie und standen seit jeher auf die Liste der verbotenen Wörter.

»War ganz schön knapp«, sagte Nancy und atmete tief durch.

»Hätte fast geknallt«, sagte Sid. Er krallte sich im Sitzpolster fest und stemmte seine Beine in den Fußraum, als wollte er das Bodenblech durchdrücken, denn Nancy beschleunigte und jagte den Motor hoch, bevor sie abrupt in den nächsten Gang schaltete. Sie saß auf einem Kissen. Unnötigerweise, denn der Citroën hatte einen in der Höhe verstellbaren Sitz. Ihre Hände hielten das Steuer umklammert wie ein Ertrinkender einen Rettungsring. Immer wieder sah sie in den Rückspiegel und grummelte etwas, das sich wie »Arschgeigen« und »Armleuchter« anhörte, ebenfalls Wörter, mit denen man sich im Haushalt der Westphalens besser nicht erwischen ließ.

Sid sah verstohlen zur Seite und registrierte leicht hervortretende Backenknochen, schwarzes, zerzaustes Haar. Schmale, rotglänzende, trotzige Lippen, grüne Augen, eine griechische Nase. Sie trug ein über die rechte Schulter gerutschtes weißes T-Shirt und eine schwarzweiß längs gestreifte Sommerhose mit Schlag.

»Wo willst du hin?«, fragte Nancy schließlich, nachdem sie auf die Autobahn gefahren war und die Anspannung langsam von ihr abfiel.

Sid wusste es nicht.

»Keine Idee?« Nancy warf ihm einen Blick zu. »Vielleicht Süden?«

»Süden ist nicht schlecht«, hörte Sid sich antworten.

»Oder Westen?«

»Frankfurt? Auch nicht schlecht. Hauptsache weg von hier.«

»Kein bestimmtes Ziel?«, fragte Nancy.

»Nein«, sagte Sid.

»Kein Traum?«

»Traum?«

»Einen Ort, wo du schon immer mal hin wolltest?«

Doch, den gab es. Das Mekka eines jeden Punk, den magischen Ort, wo die Clash, die Sex Pistols und die ganzen anderen Bands ihre ersten Auftritte gehabt hatten. 100 Club, World's End, King's Road, SEX, der Laden, in dem Sid und Johnny und Siouxsie und Catwoman immer rumhingen. Aber London lag in einer anderen Galaxie. Es war kein realer Ort, keine Stadt, sondern eine Sehnsucht, von der Sid niemals glaubte, dass sie sich erfüllen könnte. Wie sollte er der Insektenbrille vermitteln, was er meinte, fühlte, was das alles für ihn bedeutete, wusste er doch selbst nicht, wie er das alles in Worte hätte fassen können. In diesem Augenblick aber war Sid auch jede andere Stadt recht.

»Also. Du kannst dir was aussuchen. Wohin soll'n wir fahren?«, fragte Nancy, als von Sid keine Antwort kam. »Ist ein Angebot.«

»Keine Ahnung«, sagte Sid.

»Die Gegend kenn ich nicht«, sagte Nancy.

»Soll aber ganz okay dort sein«, sagte Sid.

»Bist du abgehauen?«, fragte Nancy.

»Mmh«, sagte Sid.

»Ärger zu Hause?«, fragte Nancy.

»Mmh«, sagte Sid.

»Bei mir auch.«

»Ah.«

»Wie heißt du?«, fragte Nancy.

»Sid«, sagte Sid.

»Sid? Echt jetzt?« Nancy kicherte zum ersten Mal, seit sie mit dem Citroën über den Kies auf dem Schlosshof in Richtung andere Welt gerollt war, von der sie glaubte, die Sterne würden dort heller leuchten, die Versprechungen ins Unendliche wachsen, das Leben brennen und jede Menge los sein.

»Nancy«, stellte Nancy sich vor und Sid sah sie überrascht an.

Er ließ sich von ihrem Kichern anstecken und verzog seine Lippen zu einem schmalen Lächeln. Sid überlegte, ob dieses Mädchen wirklich Nancy hieß. Vielleicht war Nancy genauso ausgedacht wie Sid. Nach einem großen Problem sah das jedoch nicht aus. Aber was war sein Problem? Das größte entfernte sich mit jedem zurückgelegten Kilometer mehr. Es hieß Willy Schlebrowski und war sein Vater.

Wie Wanda Schlebrowski darauf gekommen war, wusste Sid nicht, aber offenbar hatte sie einen Artikel über die Auswirkungen von Cannabis gelesen, wahrscheinlich in der Fernsehzeitschrift *Hörzu,* denn Sid hatte sie nie etwas anderes lesen sehen. Plötzlich war sie überzeugt gewesen, dass es nur eine Frage der Zeit war, bis er aus dem Fenster springen würde. Wanda hatte lange überlegt, worauf das mürrische Verhalten Sids in der letzten Zeit zurückzuführen war. Er machte kaum den Mund auf, nicht mal, wenn er etwas gefragt wurde, und er machte einen abwesenden Eindruck, als interessiere ihn nicht, was sie, immerhin seine Mutter, zu sagen hatte. Sie hatte gewartet, bis er von der Schule nach Hause kam, und ihn dann zur Rede gestellt.

»Ich weiß jetzt, was du hast und warum du nie den Mund aufmachst«, hatte Wanda gesagt. »Du rauchst Haschisch!«

Als Sid so unerwartet mit diesem Vorwurf konfrontiert wurde, wurde ihm auf der Stelle schlecht. Er sagte nichts, aber das machte sie nicht etwa unsicher, vielmehr schien ihr sein Schweigen den letzten Beweis für seine Schuld zu erbringen. Und als er schließlich doch noch »Wie? Haschisch? Ich?« aus sich herauspresste, eskalierte die einseitig geführte Unterhaltung mit der Drohung, sie würde alles erzählen. Und zwar Willy.

Von seinen Schultern aus begann eine Lähmung sich über seinen gesamten Körper auszubreiten. Er ging in sein Zimmer und schloss die Tür ab. Es dauerte eine Weile, bis Wanda Schlebrowski aufhörte, mit der flachen Hand gegen die Tür zu schlagen und ihn anzuflehen, nicht aus dem Fenster zu springen. Sid fand die Sorge um sein Ableben etwas übertrieben, denn sie wohnten im Erdgeschoss.

Sid sah eine Katastrophe auf sich zurollen wie einen Lastwagen, bei dem die Bremsen versagen, und er hatte keine Chance auszuweichen. Sid wusste nicht, wie er noch einmal davonkommen könnte. Er fürchtete den Jähzorn seines Vaters.

Ein Gedanke nahm immer mehr Gestalt an, und der hieß Flucht. Er würde seinem Namenspatron damit keine Ehre machen, denn Sid Vicious hätte ... ja, was hätte er gemacht? Zurückgeschlagen? Vermutlich. Aber gegen einen ehemaligen Boxer mit 46 Kämpfen, die deutliche Spuren in seinem Gesicht hinterlassen hatten, wäre das Harakiri gewesen, auch wenn Willy seine beste Zeit hinter sich hatte. Sid Vicious hätte die Konfrontation gesucht und das mit der Gewissheit, Hämatome und eine gebrochene Nase zu riskieren. Für ihn wären das Ehrenabzeichen gewesen.

Sid Schlebrowski wollte keine Ehrenabzeichen abbekommen.

Selbstmord kam noch in Frage und wäre ganz im Sinne von Sid Vicious gewesen. Auch er, der kleine Sid aus einer kleinen Stadt, hielt Selbstmord in diesem Moment für eine Lösung, mit der sich seine Probleme schlagartig erledigt hätten, aber er hatte nicht den Mut dazu. Zudem hätte er nicht gewusst, wie er sein Ableben hätte bewerkstelligen sollen, jedenfalls nicht auf die Schnelle und so völlig unvorbereitet. Er fand Selbstmord eigentlich gar nicht schlecht, denn hatte man es erst mal getan, wurde alles weitere egal. Und das hatte er sich schon häufig gewünscht. Dass alles egal wäre. Die Sechs in Latein. Die ständigen Nervereien mit Willy. Das hatte schon was. Aber so einfach war es nicht, sich aus dem Leben zu stehlen. Sid stellte sich vor, welche Überwindung ihn das kosten würde. Er müsste richtig aktiv werden. Das war ihm einfach zu anstrengend.

Sid hatte nur eine vage Vorstellung von Sid Vicious, und die bestand aus Motzen, rotzigem Verhalten, Trotz, Verweigerung, Mittelfinger, Insubordination. Insubordination gefiel Sid besonders gut, weil niemand aus seiner Schulklasse wusste, was das bedeutete, und vermutlich hätte das auch der echte Sid nicht gewusst. Der unechte Sid hatte es in einem Fremdwörterlexikon entdeckt und war ziemlich stolz auf das Wort. Das hatte er ganz für sich allein. Leider konnte er nicht so recht damit punkten, weil ihn alle verständnislos anguckten. Bewunderung und Anerkennung sahen anders aus.

Seine Insubordination drückte er auf einem T-Shirt aus, auf das er den Spruch gekritzelt hatte: »Every day I'm forced to add another name to the list of people who piss me off.« Das T-Shirt hätte nicht lange existiert, hätte Willy Schlebrowski verstanden, was da stand, und geahnt, dass auch er auf dieser Liste stand. Aber Willy konnte kein Englisch.

Sid liebte die Sex Pistols und ihre Musik, aber mit Sid Vicious verband ihn dennoch ein eher loser Faden. Sid hörte sich jedoch besser an als Michael, wie Sid mit bürgerlichem Namen hieß und wie noch drei andere in seiner Klasse hießen, weshalb sich immer gleich vier Leute umguckten, wenn einer Michael rief. Wahrscheinlich hatten ihn seine Eltern nach dem Erzengel Michael benannt, von dem ihm noch aus Kindertagen ein Kirchenbild ins Gedächtnis eingebrannt war, wie er in glanzvoller Rüstung über einem dunkelhäutigen, nackten Luzifer das Schwert erhebt, um ihn in den Abgrund der Hölle und der Verderbnis zu stürzen. Ein Racheengel. Ein Racheengel auf der Flucht. Warum nicht?, dachte Sid. Hatten ihn seine nächtlichen Wanderungen, wenn er verzweifelt war und Willy wieder fürchterlich genervt hatte, nicht immer zum Bahnhof geführt, wo er den Zügen hinterhersah, die aus der Stadt fuhren, irgendwohin, nur raus aus diesem Tal der Blöden?

Und jetzt? Die ungewisse Zukunft bereitete ihm keine Kopfschmerzen. Irgendetwas würde sich schon ergeben und dann würde er weitersehen.

Die Sonne streichelte über sein Gesicht, die Bäume strichen wie Phantome an ihm vorüber und gaben immer wieder die Sicht frei auf träge Felsen und Dörfer, die völlig verlassen schienen wie nach einer Atombombe. Alles verstrahlt. Sid fühlte sich wohl und die stoßgedämpfte Atmosphäre des Citroën machte ihn leicht schläfrig.

»Wir müssen mal kurz tanken«, sagte Nancy.

Sid warf einen fragenden Blick auf die große Sonnenbrille.

»Wir haben kein Benzin mehr«, präzisierte Nancy.

»Oh«, sagte Sid.

An der nächsten Autobahntankstelle war viel Betrieb. Sie reihten sich in der Schlange ein, die am weitesten vom Kassenhäuschen entfernt war. Als sie schließlich dran waren, stand ein R4 an der vorderen Zapfsäule.

»Lass dir Zeit mit dem Tanken«, sagte Nancy.

»Wo ist denn der Tank?«, sagte Sid.

»Irgendwo hinten«, sagte Nancy.

Na toll, dachte Sid. Er stieg aus, ging um den Citroën herum und starrte das Auto an, als wolle er es mit seinem Blick dazu bringen, das Geheimnis preiszugeben. Sid hatte noch nie getankt. Bei dem Käfer, den seine Eltern in den noch guten Zeiten gefahren hatten, musste man vorne die Haube aufmachen. Aber nachdem seine Mutter einmal als Geisterfahrerin auffällig geworden war, war das Auto wieder abgeschafft worden, weil man ihr den Führerschein abgenommen hatte, und Willy hatte nie einen gehabt.

»Ich hab noch nie getankt«, sagte Sid.

Nancy kicherte. Dann stieg sie aus, sagte »Mannomann« und zeigte Sid den Tankdeckel. Nancy hasste den Geruch von Benzin an ihren Händen. Der ging so schlecht wieder weg und stieg einem ständig in die Nase.

Da Sid nicht wusste, woran sich erkennen ließ, wann der Tank voll war, drückte er nur sehr zaghaft auf den Abzug des Stutzens, weil er befürchtete, das Benzin würde irgendwann rausschwappen. Der R4 vor ihnen fuhr los und Sid mühte sich immer noch ab.

»Fertig?«

»Wieviel passt denn in den Tank?«, fragte Sid zurück.

»Keine Ahnung«, sagte Nancy.

Hinter ihnen guckte Josef Greindl Sid in einer Mischung aus Ungläubigkeit und Aggression zu. Greindl war BMW-Fahrer aus Überzeugung, rüstiger Rentner und schlecht gelaunt. Ihm gefiel das Auto nicht, ihm gefiel der Junge nicht, ihm gefiel die Lederjacke nicht, die er anhatte, und ihm gefiel nicht, dass der Junge sich alle Zeit ließ, als würden nicht zehn weitere Autofahrer hinter ihm warten.

Er hupte.

Nancy trommelte mit den Fingern auf das Lenkrad.

Ein Mann von der Tankstelle tauchte auf. Er hatte einen blauen Overall an und ölverschmierte Hände und hieß Herbert Busche. Er beachtete Sid gar nicht, sondern fragte Greindl, ob er ihm die Windschutzscheibe putzen solle. Als Servicekraft war das sein Job. Er hoffte auf ein paar Groschen Trinkgeld. Ein denkbar ungünstiger Zeitpunkt, wobei ein anderer Zeitpunkt vermutlich auch nicht günstiger gewesen wäre. Herbert Busche bekam einige sehr unfreundliche Worte zu hören mit dem verbissenen Hinweis, sich lieber um eine zügige Abfertigung zu kümmern. Der Tankstellenmann wandte sich ab. Arschloch, dachte er.

Sid erinnerte ihn an seinen eigenen Sohn. Linkisch und bleich. Er hatte sich auf der Autobahn, nicht weit von der Tankstelle, überschlagen. Sein Sohn war tot und das Auto hatte einen Totalschaden. Ein BMW-Fahrer war in den Unfall verwickelt gewesen, jedenfalls gab es einen Zeugen, der gesehen haben wollte, wie der BMW sehr dicht aufgefahren war, bevor sein Sohn die Kontrolle über das Auto verloren und sich überschlagen hatte. Vom BMW-Fahrer gab es keine Spur und niemand hatte sich das Kennzeichen gemerkt, weshalb der Unfall als selbstverschuldet abgelegt wurde. Jedesmal, wenn die Erinnerung an seinen Sohn zurückkehrte, krampfte sich sein Herz zusammen, obwohl seit dem Unfall mehr als zehn Jahre vergangen waren. Er mochte diesen dünnen unbeholfenen Jungen, trotz der Lederjacke mit den Nieten, deren praktischer Nutzen ihm Rätsel aufgaben.

»Kannst du mir verraten, was du da treibst?«, fragte Herbert Busche leicht amüsiert, und als Sid ihn verstört ansah: »Voll?«

Sid nickte. Der Mann nahm ihm den Stutzen aus der Hand. Woher er komme und wohin es ginge, wollte Herbert Busche wissen. Freundlich und beiläufig. Sid war nicht in der Stimmung, Konversation zu betreiben. Das war er sowieso nicht sehr oft. Nicht mit älteren Leuten. Ihnen gegenüber empfand er immer eine Mischung aus Misstrauen und einem »Was will der denn von mir?«-Gefühl. Besser, mit denen nichts zu tun zu haben.

»Zahlen kannst du da drüben, mein Junge«, sagte Herbert Busche schließlich und hängte den Zapfhahn an die Säule. »Du kannst doch zahlen, oder?« Busche lachte, klopfte Sid väterlich auf die Schulter und sagte »kleiner Scherz«. Er wandte sich ab und erblickte einen silbernen Mercedes und einen silbernen älteren Herrn, der nach Trinkgeld aussah.

»Neununddreißigachtzig«, sagte Sid und beugte sich zur Autotür hinunter.

»Kann schon sein«, sagte Nancy. »Steig ein.«

Kaum saß Sid im Auto fuhr sie auch schon los. Josef Greindl hatte seinen rechten Arm auf das Dach und seinen linken auf die offenstehende Tür gelegt und sah den beiden nach. Dann sah er zum Tankwart. Er rief ihm etwas zu. Busche blickte hoch und dann in die Richtung, in die Greindl ihm Zeichen machte. Der Citroën fuhr da bereits auf die Autobahn. Herbert Busche stand einfach nur da und sah dem, sich in den Verkehrsstrom einfädelnden Citroën hinterher. Auch als der Citroën schon nicht mehr zu sehen war, starrte Herbert Busche in die Ferne, unbeweglich wie eine Statue. Josef Greindl setzte sich hinter das Steuer und fuhr los.

Herbert Busche lief eilig zum Kassenhäuschen und meldete seinem Chef, dass ein beiger BMW mit dem Kennzeichen SAN-JG 1929 mit einer vollen Tankfüllung gerade die Raststätte verlassen hätte, ohne zu zahlen. Der Chef griff nach dem Telefon, um die Polizei zu verständigen.

Herbert Busche fühlte sich gut wie seit Jahren nicht mehr. Leicht und beschwingt schwebte er von Auto zu Auto wie eine Biene von Blume zu Blume. Noch nie hatte er so viel Trinkgeld an einem Tag bekommen.

Josef Greindl hingegen verstand die Welt nicht mehr, als er, den Citroën bereits in Sichtweite, von einem Polizeiauto mit Blaulicht, Sirene und Polizeikelle gezwungen wurde, an den Seitenstreifen zu fahren und anzuhalten.

Als Nancy das im Rückspiegel sah, schlug sie ausgelassen auf das Lenkrad und lachte hysterisch: »Die haben den Scheiß-BMW aus dem Verkehr gezogen. Ich fass es nicht.« Und dann schmetterte sie so laut sie konnte: »We are the champions!«

2

Es war Sids erste illegale Handlung. Auch wenn er von Nancy nicht in ihren Plan eingeweiht worden war, so hatten sie zusammen doch eine Grenze überschritten. Sie waren Gesetzlose. Diese Tat machte ihn zu Nancys Komplizen. Unwiederbringlich. So schien es ihm. Sie war ihm nicht mehr fremd. Jedenfalls nicht mehr sehr. Er sah sie mit anderen Augen. Er bewunderte sie für diese Aktion. Dass sie fast schiefgegangen wäre, kümmerte ihn nicht.

Immer wieder lachten sie über die Polizei, die das falsche Auto angehalten hatte, und es war ein befreites Lachen, weil sie wussten, dass sie es einem verrückten Zufall zu verdanken hatten, der sie hatte davonkommen lassen, während Sids Schutzengel auf der Rückbank saß und dachte: Wenn ihr wüsstet! Es hatte ihm eine tiefe Befriedigung verschafft, Herbert Busche ein wenig fernzulenken, und er freute sich darüber, dass es so großartig geklappt hatte. Schließlich konnte er die Geschichte jetzt noch nicht zu Ende gehen lassen. Sie hatte ja gerade mal erst angefangen.

Nancy hatte, kaum war das Sirenengeheul verklungen, bereits vergessen, wie Sid sie auf der Tankstelle dazu gebracht hatte, auf dem Sitz immer tiefer zu rutschen, wie sie ihn als »Volltrottel« verflucht hatte. Nicht zu wissen, wie man tankt, musste man ja auch erst mal schaffen. Und jetzt? Jetzt sah sie das schmale Lächeln in seinen feinen Gesichtszügen, seine großen Augen, die verwirrt und unsicher in die Welt guckten, und seine langen Wimpern und verspürte das dringende Bedürfnis, von sich zu erzählen.

Wie sie darauf kam, fragte sich Nancy nicht. Vielleicht wollte sie interessant für Sid erscheinen. Vielleicht erschien ihr die Aussicht, die nächsten Stunden schweigend nebeneinander zu sitzen, nicht sonderlich attraktiv. Außerdem hatte sie schon immer gern erzählt. Vor allem, wenn es um sie selbst ging. Also erzählte sie, wie sie als Sechsjährige den Hasen geben musste, der von den Hunden und der Jagdgesellschaft ihres Vaters aufgescheucht und durch das Gebüsch getrieben wurde. Das war aufregend. Sie dramatisierte die Ereignisse im Nachhinein etwas, um Sid zu beeindrucken, aber auch weil sie diesen Vorgang im Abstand von zehn Jahren tatsächlich etwas erniedrigend fand. Damals jedoch fand sie die Sache nicht schlimm. Es war ein Spiel, bei dem sie der Ehrgeiz packte. Aber weil sie immer verlor, hatte sie bald keine Lust mehr.

Einmal war sie schnell auf einen Baum geklettert, während die Jagdhunde unten kläfften. Sie streckte ihnen die Zunge raus. Gewonnen, dachte sie. Aber in diesem Moment legte ihr Vater das Gewehr an und machte »piffpaff«.

»Das giltet nicht«, rief sie aufgebracht vom Baum herunter, aber Viktor von Westphalen lachte nur. Und je mehr er lachte, desto wütender wurde sie.

Natürlich war sie nicht dazu gezwungen worden. Sie wurde dafür sogar bezahlt. Das Geld trug sie in die Eisdiele, in die sie ihren damaligen Lieblingsbruder Harry einlud.

Und sie erzählte, wie sie schon mit zwölf zum ersten

Mal abgehauen war. Zusammen mit ihrem dreijährigen Bruder Hardy. Drei Wochen waren sie unterwegs. Bis nach Madrid hatten sie es geschafft. Aber dann machte sie den Fehler, ihrer Mutter Auguste eine Ansichtskarte zu schicken. Das stand damals sogar in der Zeitung.

Im Ton einer Nachrichtenfrau sprach Nancy die Kurzmeldung, die sie auswendig konnte. Durch sie hatte die Außenwelt zum ersten Mal von ihr Kenntnis erlangt:

> Eine zwölfjährige Schülerin aus dem nordbayerischen Eibelsdorf, die mit ihrem dreieinhalbjährigen Bruder von zu Hause ausgerissen war, hält sich offenbar in Spanien auf. Die Mutter erhielt jetzt eine in Madrid abgestempelte Ansichtskarte. Darin beschrieb die von unstillbarer Reiselust besessene Zwölfjährige, sie sei endlich dort, wo sie hingehöre. Es gehe ihr gut, auch ihr Bruder habe kein Heimweh.

»Na? Nicht schlecht, oder?« Nancy sah Sid herausfordernd an.

»Abgefahren«, sagte Sid. »Wie hast du das gemacht?«

»Also, wir haben ja nur in den Grandhotels übernachtet«, sagte Nancy einen schnöselig-angeberischen Ton nachahmend und hob ihre Nase, um Sid wie von oben herab ansehen zu können. »Ich war echt gut.« Nancy senkte das Kinn und sprach mit einer rauhen, tiefen Stimme, die sich nicht sehr überzeugend anhörte: »Hallo, hier spricht Hermine von Hasselroth. Haben Sie ein Zimmer frei? Ich befinde mich in einer misslichen Lage. Unfall. Leider. Beinbruch. Ich liege im Krankenhaus. Morgen schon werde ich operiert. Aber meine zwölfjährige Tochter und mein dreijähriger Junge brauchen eine Unterkunft. Würden Sie die beiden bitte bei sich aufnehmen? Ich würde mich dafür auch erkenntlich zeigen. In spätestens einer Woche werde ich entlassen.«

»Und das hat geklappt?«, fragte Sid.

»Natürlich hat das geklappt«, sagte Nancy, obwohl es nicht immer geklappt hatte.

Manchmal hatte sie auch erzählt, dass ihre Eltern überfallen worden oder in einer geheimen Mission unterwegs seien. Rief sie ein Hotel an, legte sie wie in den Kriminalfilmen ein Taschentuch auf die Sprechmuschel. Nahmen nach ein paar Tagen die Fragen nach ihren Eltern überhand, suchte sie das nächste Hotel auf und umgarnte das Personal, das Mitgefühl für ihre missliche Situation hatte. Manchmal ging es allerdings auch schief. Dann verbrachten die beiden die Nacht auf einer Parkbank oder auf dem Friedhof. Aber das war gefährlich.

Nach ein paar Wochen gab sie ein Lebenszeichen von sich. Eine Postkarte mit dem Prado drauf. Sie war mit fünf Jahren gegen ihren Willen durch den Prado gezerrt worden. Bei dem Aufwand, den ihre Mutter damals betrieben hatte, um ihr großes Kulturgut nahezubringen, würde sie sich bestimmt freuen, dachte sie, auch wenn sie von den üppigen, sich räkelnden Damen in Öl und mit wenig oder nichts an etwas gelangweilt war. Das einzige Bild, das sie beeindruckt hatte und an das sie sich noch erinnern konnte war »Saturn verschlingt eines seiner Kinder«. Endlich mal ein gefährliches Bild von einem Monster.

»Wieso war die Postkarte ein Fehler?«, fragte Sid.

»Weil meine Eltern einen so verdammt langen Arm haben«, sagte Nancy verschwörerisch.

»Einen langen Arm?«

»Ich weiß bis heute nicht, wie die das gemacht haben, aber als ich im Corte Inglés aufgetaucht bin, warteten da schon drei Männer und haben uns mit auf die Botschaft genommen. Und einen Tag später holten uns dann meine Eltern ab«, sagte Nancy.

»Corte Inglés?«, fragte Sid.

»Na, das Kaufhaus in Madrid«, sagte Nancy, die nicht verstand, wie man das nicht kennen konnte.

Was Nancy nicht wusste: Als Auguste von Westphalen die Postkarte aus Madrid erhalten hatte, telefonierte sie mit dem deutschen Botschafter in der spanischen Hauptstadt, Ernst-Otto von Hohenstein. Ein Verehrer von ihr aus früheren Tagen, den sie auf der Hochzeit von Fürst Rainier und Grace Kelly in Monaco kennengelernt hatte, auf die sie zusammen mit ihren Eltern eingeladen worden war. Ohne ihren Mann, der nur Landadel war. Ihr Vater hatte bei dieser Gelegenheit versucht, ihr wieder zu zeigen, welch glänzende Zukunft ihr entgangen war, als sie Viktor von Westphalen geheiratet hatte.

Ernst-Otto von Hohenstein hatte sie unter Alkoholeinfluss zu sich ins Hotel eingeladen, vielleicht sogar ein bisschen verschleppt. Sie hatte nichts dagegen und sich nur der Form halber gewehrt. Hohenstein hatte ihr anschließend den Hof gemacht, aber Auguste war der Seitensprung nicht angemessen erschienen. Sie hatte ansonsten moralisch einwandfreie Vorstellungen von den Werten einer Familie. Und die erlaubten es ihr nicht, auch wenn sie das sehr bedauerte, sich Ernst-Otto von Hohenstein weiter hinzugeben, einem höchst ansehnlichen Mann, der vor allem in Uniform ausgesprochen attraktiv aussah, fast so wie zu k.u.k.-Zeiten, für die sie eine Schwäche hatte.

Ernst-Otto von Hohenstein verwand die Zurückweisung nie. Die Liebe, die er für Auguste empfand, wurde platonisch. Aus verzehrender Leidenschaft wurde Anbetung. Selbst nach dieser langen Zeit, die dieser Vorfall nun schon zurücklag, glühte noch eine gewisse Verehrung, und er bot Madame Auguste von Westphalen, geborene von Ledebur-Hellbach, hocherfreut an, über ihn doch bitte »vollkommen zu verfügen«. Er versprach ihr, seine Kontakte zur spanischen Polizeipräfektur spielen zu lassen.

Auguste von Westphalens Hauptbeschäftigung war es zwar, sich Sorgen zu machen, aber sie ging auch leidenschaftlich gerne einkaufen. In Paris. Oder London. Oder Mailand. Auch im Corte Inglés in Madrid war sie während eines Sommerurlaubs mit ihrer Tochter, die sie auf ihren Expeditionen häufig mitnahm. Bereits mit zwölf kannte sich Nancy in den Nobelkaufhäusern und mit Labels aus. Auguste von Westphalen hatte ihre Tochter infiziert. Dennoch war es nur eine vage Hoffnung, aber was sollte ihre Tochter sonst in Madrid tun?, fragte sie sich. Sie bat Ernst-Otto von Hohenstein, sich doch mal ein wenig im Corte Inglés umzusehen. Er stellte drei Mitarbeiter der Botschaft ab, die sich in der Modeabteilung für junge Frauen auf die Lauer legten. Und sie mussten nicht lange warten. Nicht mal einen Tag, wie einer der Botschaftsangestellten Nancy fröhlich mitteilte.

Sid war zwar noch nie abgehauen, schon gar nicht ins Ausland, und er hatte auch keinen Vater, der mit dem Gewehr auf ihn zielte, aber dafür einen, der ihn mit Boxhandschuhen in sein Metier einweihen wollte. Und bei jedem Treffer, den Willy Schlebrowski am Kopf seines zehnjährigen Jungen landete, sagte er »Hände hoch! Wann zum Teufel begreifst du das endlich!« Aber Sid begriff es nie, weil Willy einen Schlag in den Magen vortäuschte, um Sid in dem Moment, in dem er seine Deckung aufgab, mit der Rechten einen Schlag auf dem Kopf zu verpassen.

Sid hasste das. Und er hasste seinen Vater. Er hielt trotzdem dicht. Nicht weil er seinen Vater schützen wollte, sondern weil es niemanden etwas anging. Und als er einmal eine Beule davongetragen hatte, wäre es noch idiotischer gewesen, es zu erzählen, weil er dann erst richtigen Ärger bekommen hätte, wenn es sich bis zu seinem Vater herumgesprochen hätte. Doch jetzt schienen diese bedrückenden Erinnerungen ihre Macht über ihn zu verlieren. Es kam ihm vor, als stammten seine Erzählungen aus einem Leben, das plötzlich weit weg war und jede Bedrohlichkeit verloren hatte.

»Erinnert mich irgendwie an Charles Dickens«, sagte Nancy.

Sid wusste nicht, wer Charles Dickens war, aber er mochte es nicht, dass jemand angeblich auch so was erlebt hatte. Er erzählte daraufhin eine kleine Episode, die Charles Dickens bestimmt nicht zu bieten hatte, nämlich wie Wanda sich einmal zwischen Willy und Sid geworfen und einen Volltreffer abbekommen hatte, der eigentlich für Sid bestimmt war. Einen klassischen Kinnhaken. Und wie Wanda zu Boden gegangen war und Willy bis zehn gezählt hatte, bevor er seiner halb bewusstlosen Frau auf die Beine half und sich dabei selbst kaum auf den Beinen halten konnte.

Sid erzählte, dass Wanda nach dem K.o. angefangen hatte, sich merkwürdig zu verhalten. Sie beobachtete seither lieber Sternkonstellationen als zu kochen und war vom Einfluss des Mondes auf irgendwie alles überzeugt. Sogar auf den Haarwuchs und auf das Wachstum der Fingernägel.

»Ist ja irre«, sagte Nancy.

»Ja, sie sagte immer ›Fingernägel nur bei Vollmond schneiden. Merk dir das‹, und ich hab's mir gemerkt. Konnte da gar nichts dagegen tun, aber ich hab mich nicht dran gehalten.«

»Ausprobiert auch nicht?«, fragte Nancy.

»Ja, schon mal, aber da war nichts besonderes zu sehen«, sagte Sid. Vor fünf Jahren habe sie dann Lametta auf ihre Schultern verteilt und sich mit Weihnachtskugeln behängt, sei in den Käfer gestiegen und davongefahren.

Wanda sei sogar im Radio aufgetaucht. Im Verkehrsfunk als Warnung vor einem Geisterfahrer. Auch die Lokalpresse schrieb über den Vorfall und titelte »Christbaum hinterm Steuer«:

> Eine 51-jährige Geisterfahrerin, mit Christbaumschmuck behängt, war am Heiligen Abend rund 30 Kilometer lang auf der A9 von Trockau bis zur DDR-Grenze unterwegs.
> Polizisten stoppten die Fahrerin auf sehr unsanfte Art, nachdem die Frau zuvor mehrere Polizeisperren durchbrochen hatte. Ein Beamter warf einen sogenannten Nagelgurt vor ihr Auto. Die Metallstifte bohrten sich in die Reifen.
> Doch bei der anschließenden Kontrolle trauten die Polizisten ihren Augen kaum: Die Fahrerin war mit allerlei Christbaumschmuck behängt. Außerdem hatte sie ihr Auto »zum Schutz vor Strahlenbeeinflussung« mit einer Tüllgardine drapiert.

Wanda Schlebrowski tauchte in der Nachrichtenspalte noch als »Paradiesvogel« auf, der vehement »Polizeiwillkür« krächzte, nur weil die Ordnungshüter sie mit dem Verdacht, sie könnte etwas getrunken haben, ins Röhrchen pusten ließen und sie zu einem Arzt brachten, um sie auf ihre Zurechnungsfähigkeit untersuchen zu lassen. Wanda musste am Ende der Prozedur ihre Fahrt mit einem Taxi fortsetzen.

In der Kleinstadt wusste damals jeder, wer sich hinter der »51-jährigen Geisterfahrerin« verbarg. Das war nicht schwer herauszufinden, denn in der Zeitung war von den

»Abenteuern der Hausfrau Wanda S.« die Rede. Da blieb wenig Raum für Missverständnisse. Wanda war das peinlich. Sie tat so, als hätte der Vorfall nie stattgefunden. Und Willy legte seinen Arm um Sids Schultern, zog ihn zu sich heran und sagte: »Das bleibt unter uns. Verstanden? Schwör's!«

Und Sid schwor.

»Ach, deine Mutter war das!«, sagte Nancy. »Ist ja verschärft.«

»Verschärft?« Sid drehte den Kopf zu ihr und sah ein geheimnisvolles Lächeln im Profil. Er versuchte, diese Momentaufnahme in seinem Gedächtnis wie ein Foto aufzubewahren, um es sich immer wieder ansehen zu können.

Sid glaubte, auch etwas mehr Heroisches von sich erzählen zu müssen. Von Herrn Schulz, seinem Deutschlehrer, der SS-Schulz genannt wurde. Der war zwar nie bei der SS, sondern in der Hitler-Jugend. Aber Sid machte da keinen großen Unterschied. Zur Begrüßung, bei der alle aufstehen mussten, deklamierte Schulz jedesmal dramatisch: »Die Weide biegt sich, die Eiche aber bricht.« Dabei sah er Sid an, und der dachte, na gut, dann bin ich eben eine Weide. Es wäre ihm albern vorgekommen, stramm zu stehen. Einmal hatte ihn SS-Schulz nach vorne kommandiert und gesagt: »Hier seht ihr ein degeneriertes Prachtexemplar der heutigen Jugend. So was hätte früher nicht lange überlebt. Na los, Michael Schlappikowski, Brust raus, Bauch rein.« SS-Schulz ließ ein unangenehm schepperndes Lachen vernehmen. Die meisten Schüler fragten sich gerade, was degeneriert hieß, als Sid sagte: »Welchen Bauch? Ihren?«

Einen Moment war es still. Dann hörte Sid ein paar unterdrückte Lacher und ein aufgeregtes Füßescharren.

»Soso, da wird jemand auch noch frech«, sagte SS-Schulz und holte ein Heft hervor, in das er die Verweise eintrug.

Seitdem galt Sid als renitent. Und als jemand eines Tages auf das Straßenpflaster vor der Schule in großen Buchstaben gemalt hatte: »Haut dem Schulz ins Mondgesicht«, gehörte Sid zum Kreis der Verdächtigen. Die Schulleitung verhörte ihn, aber Sid sagte immer nur, er wisse von nichts. Von diesem Text wich er nicht ab, und das konnte er sehr gut. Nachweisen ließ sich ihm nichts. Danach sonnte er sich in der Bewunderung, weil nicht wenige in der Schule glaubten, er habe sich an SS-Schulz gerächt. Und warum eigentlich nicht?

»Und? Hast du?«, fragte Nancy.

Sid grinste chinesisch.

»Scheiße«, sagte Nancy, »ich hab keine Ahnung, wo wir hier eigentlich sind.«

Natürlich wusste sie, dass sie in München war. Sie war am Ende der Autobahn Richtung Innenstadt abgebogen und die Leopoldstraße entlanggefahren. Danach verließ sie die Orientierung. In der Nähe eines Taxistands fuhr sie an die Seite, stieg aus und ging zu einem der Wagen. Sid stellte fest, dass sie keine krummen Beine hatte, was ja theoretisch hätte möglich sein können.

Er beobachtete Nancy, wie sie sich lässig an ein Auto lehnte und eine Weile mit einem der Fahrer plauderte. Für Sid sah es so aus, als würden sich die beiden kennen. Sie lachten und gestikulierten. Dann kam sie zurück und sagte: »Süß. Der fährt uns voraus.«

»Wohin?«, fragte Sid.

»Na, zum Hotel«, sagte Nancy.

»Hotel?«

»Vier Jahreszeiten.«

»Vier Jahreszeiten?«

»Heißt so. Warum weiß ich aber nicht. Ich muss mich jetzt auf den Verkehr konzentrieren«, sagte Nancy und konzentrierte sich auf den Verkehr. »Ich hab nämlich bis jetzt immer nur auf Feldwegen geübt, weißt du. Großstadt ist irgendwie ganz anders. Ständig diese blöden Autos überall.«

Sid betrachtete den um sie herumbrausenden Verkehr nun mit anderen Augen und sagte nichts mehr. Zehn Minuten später hielt Nancy direkt unter einer Deutschlandfahne vor den Arkaden des Hoteleingangs. Sie winkte dem Taxifahrer hinterher, der aus dem offenen Fenster zurückwinkte und ihr eine Kusshand zuwarf. Sids Blick schweifte am Gebäude hoch und entdeckte einen kleinen einsamen Balkon aus Sandstein im dritten Stock, flankiert von zwei Statuen in langen Gewändern.

»Wie seh ich aus?«, fragte Nancy.

»Wie du aussiehst?«

»Seh ich gut aus?« Nancy besah sich im Rückspiegel.

»Ich denke schon. Aber was machen wir hier?«, fragte Sid.

»Was macht man wohl in einem Hotel?«, sagte Nancy.

»Aber wir haben doch gar kein Geld, oder?«, sagte Sid.

»Geld? O Gott! Stimmt, wir haben ja gar kein Geld«, sagte Nancy mit aufgerissenen Augen. »Hab ich ganz vergessen. Wir müssen ja erst mal eine Bank überfallen.« Sie lachte. Und als Sid sie befremdet anguckte, fügte sie hinzu: »Wer redet denn von Geld? Lass mich nur machen.«

Sie stieg aus, hielt die Autoschlüssel mit spitzen Fingern in die Höhe, ließ sie in die offene Hand eines Hotelbediensteten fallen und sagte: »Das Gepäck ist im Kofferraum.« Ohne eine Antwort abzuwarten, ging sie zur Rezeption. Sie zeigte auf einen Sessel in der Hotellobby, in dem Sid auf sie warten sollte. Als sie zurückkam zwinkerte sie Sid zu.

Sid folgte ihr. Er fand das alles grotesk und unwirklich, und ständig rechnete er damit, angehalten und gefragt zu werden, was er hier verloren habe. Unter dieser Voraussetzung war es schwer, selbstsicher und locker zu wirken.

Mit seiner Lederjacke kam er sich so auffällig vor wie ein fetter Regenwurm, der sich durch eine Schwarzwälder Kirschtorte hindurchfraß. Wie ein Irokese unter lauter Bankangestellten mit Anzug und Krawatte. Sid war, als würde ihn jeder mustern, bevor man sich abwandte, um die Ehefrau zu fragen, ob man gerade richtig gesehen habe. Vielleicht kam ihm das auch nur so vor, aber diese Welt war ihm fremd und schien ihm voller gefährlicher Fallen, und wenn am Hoteleingang ein Schild angebracht gewesen wäre mit der Aufschrift: »Punks müssen draußen bleiben« und zwar ohne das »leider«, das für Hunde galt, dann hätte ihn das nicht gewundert. Aber niemand starrte ihn an oder niemand zog auch nur eine Augenbraue hoch. Er schien überhaupt nicht zu existieren.

Sid bestaunte den Prunk und die Großzügigkeit des Zimmers.

Nancy sagte: »Und? Ist das nichts?«

»Doch«, sagte Sid.

»Schön groß hier. Bei kleinen Zimmern kriege ich immer Klaustrophobie.« Nancy war auf diesen Befund so stolz wie Sid auf Insubordination. Eine rätselhafte, seltene Krankheit. Wer konnte von sich schon behaupten, von ihr überhaupt mal gehört zu haben? Auch Sid hatte noch nie etwas von Klaustrophobie gehört. Ein Klassenkamerad hieß Klaus, aber das war auch schon alles, was er damit assoziierte. Es sah außerdem nicht so aus, als ob Nancy sehr unter dieser Krankheit litt, jedenfalls konnte er nichts Auffälliges an ihr feststellen. In diesem Zimmer schon gar nicht.

Sid ließ sich in einen der breiten, dunkelbraunen Fauteuils fallen und sah sie fragend an.

»Hey, keine Panik. Geht alles auf Rechnung von Papa.«

»Kriegst du da keinen Ärger?«, fragte Sid.

»Den hab ich schon.«

Stimmt auch wieder, dachte Sid.

»Und außerdem: Was will er denn machen? Mich umbringen? Das würde mich wundern. Mich nach Sibirien schicken? Das könnte sein.«

»Sibirien?«

»Naja, in ein Internat. Das ist ungefähr so was wie Sibirien.«

»Oh, nicht gut.«

»Ist es auch nicht. Ich war da nämlich schon mal.«

Es klopfte an der Tür und der Page schleppte zwei große Koffer. Nancy sagte dem Jungen, der nicht älter als Sid war, er solle das Gepäck beim Kleiderschrank abstellen. Sid beobachtete, wie Nancy mit ihm scherzte und der Page unsicher grinste.

Nancy packte aus und sortierte ihre Kleider. Sid sah ihr dabei verträumt zu.

»Wozu brauchst du diese ganzen Klamotten?«, fragte Sid.

»Um sie anzuziehen. Was hast du gedacht?«

Sid bemerkte den leicht spöttischen Ton in ihrer Stimme und nahm sich vor, Nancy das lieber nicht mehr zu fragen.

Nancy hielt einige Kleidungsstücke hoch, sagte die Marke, den Laden und die Stadt, und welche gekauft und welche geklaut waren.

Sid saß tief eingesunken im Sessel und bewunderte die für ihn etwas befremdliche Begabung Nancys, sich all diese Labels zu merken. Er fühlte sich schwer wie ein Stein und ungefähr auch so beweglich. Dennoch war er aufgewühlt, als würde er nachts bei schwerem Seegang allein auf einem Schiff stehen, das in Seenot geraten war. Und er hatte keine Ahnung, wo sich die Leuchtmunition befand, damit jemand kam, um ihn zu retten.

Bislang hatte er Mädchen als vollkommen überflüssig erachtet, ihnen gegenüber sogar eine gewisse Feindseligkeit an den Tag gelegt. Schließlich hatte Nancy Spungen die Sex Pistols kaputt gemacht. Und natürlich Yoko Ono die Beatles, obwohl ihm das ziemlich egal war.

»Hast du keinen Hunger?«, fragte Nancy. »Wir könnten uns was aufs Zimmer bringen lassen.«

»Die bringen einem was?«

»Ja, das machen die glatt. Was willst du essen?«, fragte Nancy und nahm den Telefonhörer in die Hand.

»Weiß nicht«, sagte Sid.

»Gibt's da glaub ich nicht«, sagte Nancy. »Trinken?«

»Champagner«, sagte Sid. Er war neugierig, wie Nancy auf diesen in seinen Augen absurden Vorschlag reagieren würde. Als Sechsjähriger durfte er mal Champagner trinken. Willy hatte gerade einen Kampf gewonnen und anschließend in seiner Stammkneipe »Zum Standesamt« »Schampus bis zum Abwinken« bestellt.

»Schmeckt wie Ahoi-Brause«, hatte sein Vater behauptet. Sid hatte genippt und das Gesicht verzogen. Zur Sicherheit. Und aus Gewohnheit. »Sei mal nicht so zimperlich«, hatte der bereits schwer betankte Willy gegrölt, sein Glas genommen und es über Sids Kopf ausgeschüttet. Es war also keine besonders schöne Erinnerung, die er mit dem Getränk verband.

»Gute Idee«, sagte Nancy.

Nancy bestellte ein Wiener Schnitzel mit Bratkartoffeln und Champagner. Sie ordnete weiter ihre Kleider und Sid rutschte immer tiefer in den Sessel. Das Bild, das sich bot – Mann sitzt im Sessel und sieht einer Frau dabei zu, wie sie Kleider in den Kleiderschrank räumt –, hätte ein Motiv für Edward Hopper abgeben können, aber plötzlich klopfte es und der Kellner brachte Unruhe in die beschauliche Szene. Als er das Zimmer verlassen hatte, jagte Sid den Korken des Dom Perignon an die Decke und trank in großen Schlucken das erste Glas aus. Er schenkte sich nach. Der Champagner schäumte über und Sid versuchte ihn vom Glasrand wegzuschlürfen. Auch das nächste und übernächste Glas trank er, als müsste er sich beeilen, weil der Traum gleich zu Ende sein würde. Die Flüssigkeit rann ihm über das Kinn.

»Lass mir was übrig«, sagte Nancy.

»Bestellen wir doch einfach eine neue Flasche«, sagte Sid. Nancy bestellte noch eine Flasche.

Sid fing an zu plappern und zu gestikulieren. Er fühlte sich großartig. Und der Champagner war es auch. Besser als Gras. Besser als schwarzer Afghane. Und besser als Bier sowieso.

Er stieß mit einer fahrigen Handbewegung Nancys Glas um. Ein heftiges Gefühl der Peinlichkeit überkam ihn. Betrunkene taten so etwas. Und das letzte, was er in diesem Leben wollte, war, vor Nancy als Alkoholiker dazustehen, der sich nicht mehr unter Kontrolle hatte.

Nancy fuhr erschrocken auf: »Scheiße!«

Sid beugte sich über Nancy und wollte etwas tun. Am besten das Ganze wegwischen. In solchen Dingen war er unbeholfen. Sogar seine Mutter hatte immer gesagt, dass er selbst zum Aufhängen von Wäsche zu doof sei. Aber im angetrunkenen Zustand verlor das Missgeschick das Moment des Peinlichen. Er fand wieder in die vom Dom Perignon beschwingte Stimmung zurück.

Sid suchte sprudelnd, ja schäumend, nach immer neuen Worten, um sich zu entschuldigen, und legte bedauernd seine Hand auf Nancys Schulter, als wolle er sie beruhigen, obwohl er sie gar nicht beruhigen musste, denn Nancy war nach dem ersten Schrecken schon wieder bester Laune.

3

Sid dehnte sich und versuchte, das zauberhafte Gefühl des Glücks festzuhalten, das sich in seinem ganzen Körper ausgebreitet hatte, als plötzlich die Tür aufgerissen wurde und Willy Schlebrowski hereinstapfte und schrie: »So, mein Lieber, mit dir hab ich noch ein Hühnchen zu rupfen. Du denkst wohl, du kannst hier machen, was du willst?« Er hatte seine Boxhandschuhe an, deutete eine Links-rechts-Kombination an und tänzelte, auf groteske Weise Muhammad Ali imitierend, auf seinen Sohn zu. »Los, Hände vors Gesicht, du Waschlappen, oder willst du meine Handschuhe küssen?« Sid schreckte hoch.

Verwirrt versuchte er sich zu orientieren, irgendetwas Bekanntes zu entdecken, das er einordnen konnte. Aber da war nichts. Er lag in einem riesigen Bett. Nebenan hörte er Wasser plätschern.

Die Erinnerung an den Abend mit dem vielen Champagner kroch zurück an die Oberfläche seines getrübten Bewusstseins. Dann wieder der absurde Auftritt seines Vaters. War er denn nicht die ganze Nacht wach gewesen? Er durfte einfach nicht mehr schlafen, dann hätte sein Vater auch keinen Zugriff auf ihn. Die Angst, die ihn einen Moment im Klammergriff hatte, löste sich auf wie eine Rauchschwade, in die der Wind hineinfuhr, und Erleichterung überkam ihm und hüllte ihn ein wie das warme Wasser in der Wanne, in dem er freitags immer badete. Wie wenig Willy Schlebrowski ihm doch anhaben konnte. Dabei war es nur einen Tag her, als das größte Problem Sids Willy Schlebrowski hieß.

Willy Schlebrowski war ein Boxer, der auch schon mal auf Volksfesten aufgetreten war. Inzwischen arbeitete er in einer Mehlfabrik. Als Sid ihn aus Spaß Jahrmarktsboxer nannte, wurde Willy sauer. Sehr sauer, denn er hatte einmal ein Turnier gewonnen. Durch K.o. Und darauf war er sehr stolz. Die Boxhandschuhe hingen, so lange Sid denken konnte, dekorativ an der Wand. Sid und Wanda zur Mahnung, Willy Schlebrowski Respekt zu zollen und den Bogen nicht zu überspannen.

Willy Schlebrowski hatte Anfang der sechziger Jahre seine große Zeit. Er glaubte, ihm stehe eine große Karriere bevor, weil er in einigen Kämpfen seine Gegner so demoralisiert hatte, dass sie aufgaben, weil ein K.o nur eine Frage der Zeit war. Nach einem wichtigen Kampf gegen Hermann Botsnansky, den Willy nur knapp für sich entscheiden konnte, stand im Sportteil der *Süddeutschen Zeitung* ein kleiner Artikel, in dem es hieß:

> Boxstil hat Willi Schlebowski keinen, es sei denn, man erkennt bei einem Kneipenschläger den Willen, seinen Gegner zu verdreschen, bereits als Technik an. Die Kontrahenten beeindruckt er durch wildes Draufgängertum.

Nicht mal seinen Namen hatte der Journalist richtig geschrieben. Willy wollte den Mann verprügeln und fuhr nach München, wusste dann aber nicht, wie er ihn finden konnte und landete schließlich in einer Kneipe, wo er Wanda kennenlernte, die hinter dem Tresen Bier zapfte. Seine Reise in die Großstadt war also nicht umsonst gewesen.

Danach war das Leben schön. Kennedy hatte gesagt »Ich bin ein Berliner«. Die Zukunft brachte Twiggy und Uschi Obermaier, falsche Wimpern und Pullunder. Es gab jede Menge Gründe zu feiern und zu trinken, und wenn nicht, suchte Willy sich welche. Das bekam ihm auf Dauer nicht gut. Im Leben nicht und im Ring erst recht nicht. Einen Grund zu feiern gab es nur noch selten, die Gründe zu trinken waren nun andere, die Abstürze wurden immer heftiger. Auch als sein Sohn geboren wurde, trank Willy Schlebrowski. Der Wurm machte ihn stolz und glücklich. Immer wieder warf er ihn hoch in die Luft und im Sommer lag er mit ihm zusammen auf der Wiese und kitzelte ihn mit einem Grashalm. Später hielt er ihm seinen Bauch hin, den Sid als Punchingball benutzen durfte, während Willy lachte. An diese glücklichen Stunden konnte sich Sid später nicht erinnern. Schon mit zwei allerdings begann Sid, langsam zum Ärgernis zu werden. Das Lachen wurde seltener, das alkoholisierte Hoch stürzte immer schneller in sich zusammen und Willys Ekel vor der Welt nahm zu. Er wurde zwischen Jähzorn, Verzweiflung und Selbstmitleid hin- und hergeworfen und geriet immer wieder in einen Zustand, in dem ihn niemand mehr erreichte und selbst Schmerzen ihn nicht an die Oberfläche des Lebens zurückholen konnten.

Mit jedem Tag entsprach Sid den Erwartungen seines Vaters weniger. Worin die Erwartungen bestanden, das war Willy Schlebrowski selbst nicht klar. Manchmal stellte er sich vor, Sid würde ein erfolgreicher Boxer und er sein Trainer und Manager, der endlich im Erfolg baden konnte, der ihm, wie er glaubte, in seiner aktiven Laufbahn vorenthalten worden war. Aber schon bald erwies sich dieser Wunsch als Traum, denn sein eigener Sohn war ihm ein Rätsel. Er war introvertiert und lustlos, und dann wieder erschreckte ihn Sids blinde Wut, weil er sich selbst in ihm erkannte. Außerdem war Sid sogar fürs Fliegengewicht zu schmächtig, und wenngleich er manchmal eine Rücksichtslosigkeit an den Tag legte, die nötig ist, um jemanden die Nase zu brechen, so musste Willy Schlebrowski sich eingestehen, dass er nicht wusste, wie diese sich steuern ließ. Und für dieses Wesen, das ihm umso fremder wurde, je ähnlicher es ihm war, hatte er seinen Beruf an den Nagel gehängt. Behauptete er.

Die Arbeit in einer Mehlfabrik war seine letzte Chance, in sein Leben noch so etwas wie Struktur zu kriegen. Jedenfalls aus der Sicht des Arbeitsamtes. Willy Schlebrowski war, glaubte man dem zuständigen Sachbearbeiter, ein »Problemfall«. Und diesem Problemfall war es zunehmend egal, was aus seinem Sohn wurde. Aber wohin der steinige Weg in Sids Zukunft auch immer führen würde, es konnte nicht schaden, ihm ab und zu »eine zu scheuern«, wie Willy sagte. Das war genau genommen alles, was er zur Erziehung Sids beitrug. Aber das war genug, um Sid für immer zu verlieren.

Sid befand sich in einem merkwürdigen Zustand der Schwerelosigkeit. Er dachte an die lange Nacht, die nie zu Ende hätte gehen dürfen, und an den Champagner, der aus ihm einen vor Witz und Charme überschäumenden Menschen gemacht hatte.

Nancy kam aus dem Bad, mit einem großen weißen Handtuch umwickelt und einem weiteren als Turban auf dem Kopf und sagte: »Guten Morgen.« Sie strahlte. Dieses wundersame »Guten Morgen« war für Sid wie ein Versprechen auf die Zukunft. Es umschmeichelte ihn wie die sanfte Luft eines ersten Sommerabends, wenn er auf dem Begrenzungsstein zu einer Brache abseits vom Bahnhof saß und den Zügen hinterhersah. So musste es an einem einsamen Strand sein mit feinem weißen Sand, der durch die Zehen rieselte, stellte er sich vor.

Drei Stunden später standen Sid und Nancy in der Herrenabteilung des Oberpollinger in der Neuhauser Straße. Sie waren wie zufällig dort gelandet. Sid betrachtete misstrauisch den riesigen, funkelnden Warenhaustempel.

»Was machen wir hier?«, fragte Sid.

»Überraschung.«

»Überraschung?«

»Neugierig?«

»Weiß nicht«, sagte Sid zögerlich, obwohl er natürlich neugierig war. Sehr sogar.

Nancy hatte eine große Einkaufstüte über ihrer Schulter hängen, auf der Versace stand, in der eine weitere Tüte von Versace steckte. Die stammten von ihrer Mutter, die Einkaufstüten wie Trophäen aufhob. Für Auguste von Westphalen waren sie das, was der Hirschkopf für ihren Schwiegervater war, der immer noch über dem Kamin hing. Nancy mochte Versace nicht besonders. Und den Hirschkopf fand sie lächerlich.

Sid fragte sich und Nancy, wozu sie die Tüten brauchte, aber Nancy grinste nur und sagte:

»Gehört zum Auftrag.«

Sie streifte die Anzugreihen entlang, nahm hin und wieder einen heraus und warf einen prüfenden Blick darauf.

»Der ist nicht schlecht, oder?«, sagte Nancy schließlich.

Für Sid hatte der Anzug nichts Ungewöhnliches. Nur das Preisschild fand er ungewöhnlich.

»Très chic«, sagte Nancy, als Sid hinter den Vorhängen der Umkleidekabine wieder hervorkam. Im Spiegel sah er ein gequältes Gesicht. Er fühlte sich so fremd wie ein Außerirdischer, der sich auf dem Viktualienmarkt zum nächsten Telefon durchfragen muss, um seine Freunde anzurufen, damit sie ihn abholen.

»Du siehst jetzt ganz anders aus«, sagte Nancy, »wie David Bowie. Umwerfend.«

Umwerfend? Seine Mutter hätte es umgeworfen. Und die Jungs an seiner Schule auch. Sie hätten sich vermutlich gefragt, was mit ihm los sei, und diskutiert, ob die Krankheit sehr schlimm sei oder nicht ganz so schlimm. Oder sie hätten sich gebogen vor Lachen. Und es wäre kein nettes Lachen gewesen.

Schließlich entschied sich Nancy für drei Anzüge, einen in Kobaltblau, einen in Ebenholzschwarz und einen in Champagnerfarben. Drei weiße Button-down-Hemden kamen noch dazu.

Die Verkäuferin Manuela Hillgruber registrierte den teuren Geschmack des jungen schwarzhaarigen Mädchens, und da Nancy ihr mit einem freundlichen und entschiedenen »Danke« zu verstehen gegeben hatte, dass sie bei der Anprobe alleine zurecht kämen, faltete Manuela Hillgruber wieder T-Shirts zusammen, die Kunden aus einem Stapel hervorgezerrt und achtlos hingeworfen hatten. Sie dachte daran, dass ihr Freund leider nicht so ein dankbares Opfer war wie der Freund des Mädchens, der offenbar alles über sich ergehen ließ. Werner lief in der Regel mit einem Trikot der Löwen und in Trainingshosen herum. Fragen der Mode hielt er für so abartig wie mit einem Schminktäschchen die Leopoldstraße entlangzuspazieren. Er interessierte sich einfach nicht für ihren Beruf. Manuela Hillgruber litt darunter. Sie nahm sich vor, ihr Leben zu ändern. Und das tat sie dann auch. Sie warf seinen blau-weißen Fanschal zum Fenster hinaus und verliebte sich in einen Koch. Als sie erfuhr, dass er Bayern-Fan war, war es bereits zu spät.

Nancy nahm aus der Versace-Tasche eine identische

Versace-Tasche heraus, gab eine davon Sid und sagte ihm, er solle die Anzüge und Hemden einpacken.

»Bleib in der Umkleide. Warte auf mein Zeichen«, sagte Nancy.

»Was für ein Zeichen?«, fragte Sid.

»Das wirst du schon merken.«

Dann schlenderte sie unauffällig umher, blätterte die Anzüge an der Stange durch und stellte die Versace-Tasche hinter einer Säule ab. Nachdem sie sich davon überzeugt hatte, nicht beobachtet zu werden, nahm sie eine Schuhschachtel mit Löchern heraus, öffnete sie und ließ dreißig kleine weiße Mäuse frei. Die Mäuse tapsten unsicher herum, bevor sie sich in alle Richtungen zerstreuten. Schachtel und Tasche schob Nancy unter einen Tisch, ging wieder zurück zu Sids Kabine und wartete, während sie so tat, als würde sie interessiert die Auslagen betrachten.

Manuela Hillgruber hatte eine Mäuse-Phobie und ihr Aufschrei war wie eine Sirene, die auch andere Menschen auf das plötzliche Auftauchen von weißen Mäusen in der Herrenabteilung des Oberpollinger aufmerksam machte.

Sid kam aus der Umkleidekabine hervor und Nancy gab ihm zu verstehen, ihr zu folgen. Sie ging mit der Versace-Tüte, die sie sich umgehängt hatte, zur Verkäuferin und sagte mit leicht erregter Stimme: »Da hinten sind auch welche. Was ist denn hier los?«

Manuela Hillgruber keuchte: »Ich versteh das nicht. O nein, da ist schon wieder eine.«

In der Ansammlung von zur Hilfe eilenden Kollegen und neugierigen Kaufhausbesuchern fiel es nicht auf, dass Nancy und Sid sich entfernten. Erst am Ausgang zur Neuhauser Straße glaubte Sid jemanden zu bemerken, der sie verfolgte. Als er seine Schritte beschleunigte, schien auch der Mann hinter ihnen schneller zu gehen. Sid, der mit Nancy noch kein Wort gewechselt hatte, sah, dass sich Nancy verstohlen umblickte. Er beschleunigte seine Schritte noch mehr und als Nancy zu rennen anfing, rannte er hinter ihr her. Zunächst in Richtung Karlsplatz durch das Karlstor bis zur nächsten Ecke. Sie liefen weiter zum S-Bahn-Eingang. Bevor sie die Treppen hinuntersprangen, drehte sich Sid noch einmal um. Der Mann stand verloren auf dem Platz und sah sich suchend um. Sid war sich nicht sicher, ob es derselbe war, der sie durch die Neuhauser Straße verfolgt hatte, falls sie überhaupt verfolgt worden waren. Auf dem Bahnsteig beobachtete er nervös die heranströmenden Menschen. Niemand schien sie zu beachten, aber würde er den Mann wiedererkennen? Als sich die Türen der erstbesten S-Bahn öffneten, verschwanden sie im Waggon im Trubel der Menschen, die nachdrängten.

Nach einer Station, am Marienplatz, stiegen sie aus und setzten sich in ein Straßencafé. Als die Bedienung kam, standen sie auf und gingen am Ratskeller vorbei die Dienerstraße entlang. Am Marienhof fanden sie eine freie Bank, auf der für gewöhnlich Rentner saßen und Tauben fütterten. Langsam fiel die Anspannung von ihnen ab und Euphorie durchflutete sie wie ein Aufputschmittel.

Nancy alberte herum und kalauerte: »Dreißig weiße Mäuse, fliehen aus ihrem Gehäuse. Sie laufen ganz friedlich im Kaufhaus herum, die Katze macht den Buckel krumm, alle schreien ›da ist eine Maus‹, da wurde es Zeit und wir sind schnell raus.«

»Da beißt die Maus keinen Faden ab, heißt es immer. In dem Laden haben die Mäuse jetzt genug zu tun«, fügte Sid hinzu.

Danach ließen sie sich durch die Straßen Münchens treiben. Als sie an einer Boutique vorbeikamen, entdeckte Nancy eine Bluse im Schaufenster. Und als sie im Laden nach ihr suchte, entdeckte sie auch noch ein exzentrisches

Kleid. Hätte Sid sich in Mode ausgekannt, wäre ihm aufgefallen, dass Nancy nicht einfach nur ein Kleid mit komischem Muster anprobierte, sondern eins von Jean-Charles de Castelbajac mit Mondrian-Motiven. Und wenn er dann noch gewusst hätte, dass Castelbajac mit dem Manager der Sex Pistols Malcolm McLaren befreundet und Mondrian ein Maler war, dann wäre er vermutlich noch beeindruckter gewesen, als er es sowieso schon war, auch wenn das mehr mit Nancy zu tun hatte und weniger mit Castelbajac oder Mondrian.

»Toll«, hörte sich Sid sagen und es kam ihm nicht fremd vor, während Nancy als Mondrian vor ihm auf und ab paradierte.

Noch vor einem Tag hätte Sid niemals geglaubt, in einer Boutique zu sitzen und »toll« oder »whow« oder »Klasse« zu sagen. Menschen, die das taten, hatte er für armselige Trottel gehalten. Und jetzt drehte sich Nancy vor dem Spiegel, besah sich von hinten und vorne, zupfte am Mondrian und ihren Haaren und fragte: »Findest du?« Allerdings war er auch noch nie mit Hilfe von weißen Mäusen einkaufen gewesen.

Nancy trug Kleid und Bluse zur Kasse, und Sid fragte sich, ob sie noch mehr Mäuse hatte. Er schlenderte unauffällig in die Nähe der Tür und wartete mit klopfendem Herzen auf den Trick, den sich Nancy diesmal ausgedacht haben würde. Aber er sah sie einfach nur mit der Verkäuferin plaudern. Schließlich hörte Sid die Frau an der Kasse sagen: »Aber selbstverständlich. Wir lassen Ihnen die Sachen in das Vier Jahreszeiten bringen.«

4

Der Rezeptionist des Vier Jahreszeiten hob den rechten Arm wie ein Klassenstreber. Er reckte das Kinn nach oben und stellte sich auf die Zehenspitzen.

»Ihr Herr Vater hat gerade angerufen und ausrichten lassen, Sie sollen bitte sofort zurückrufen. Es sei äußerst dringend. Er klang sehr beunruhigt«, sagte der Rezeptionist sehr beunruhigt.

Nancy ließ sich das Telefon reichen und wählte eine Nummer. Es war nicht die Nummer ihres Vaters. Es entwickelte sich ein durch kleine Pausen unterbrochener Monolog.

»Hallo? Hallo Papa, du hast angerufen? Was ist denn passiert?« Pause. »Nein, alles in Ordnung.« Pause. »Wir sind gut hier angekommen.« Pause. »Ja, tut mir leid, ich hätte dich früher anrufen sollen. Ich hab's vergessen.« Pause. »Ja, Benny ist auch hier. Willst du ihn sprechen?« Kurze Pause. »Nein?« Pause. »Wann kommt ihr?« Pause. »Ach, morgen schon? Schön, dann sehen wir uns ja bald. Tschüss. Und sag Mama, sie soll sich nicht aufregen.«

Sie reichte den Telefonhörer über den Tresen zurück und fasste das Gespräch für den Rezeptionisten noch einmal zusammen. Er gab sich beruhigt, aber Nancy sah ihm an, dass ein kleines Körnchen Misstrauen geblieben war, das jederzeit keimen konnte.

Nancy sagte, er solle ihren Vater durchstellen, würde er noch einmal anrufen, und lächelte ein liebenswürdiges Lächeln. Der Rezeptionist lächelte beflissen zurück.

»Scheiße«, sagte Nancy, als der Rezeptionist sie nicht mehr hören konnte.

Sie wusste, dass es riskant war, in dem Vier Jahreszeiten abzusteigen, aber Sid damit zu beeindrucken, war einfach zu verlockend für sie gewesen. Ihr Onkel Joseph von Westphalen war als Journalist in der Münchner High Society unterwegs und saß häufig mit Schauspielern im Hotel Vier Jahreszeiten zusammen. Er gehörte zum sogenannten »Etagenadel«, also denjenigen aus der weitverzweigten Familie, die weder ein Schloss noch das dazugehörige Grundstück besaßen, ja nicht mal ein Haus. Und weil Joseph von Westphalen im Hotel gut bekannt war, stieg auch sein Bruder Viktor von Westphalen gerne im Vier Jahreszeiten ab, wenn er in München zu tun hatte. Ihm war das angenehmer, als bei den von Ledebur-Hellbachs zu logieren, der Familie seiner Frau, die zum Hochadel gehörte und ihn bei jeder Gelegenheit ihre Geringschätzung spüren ließ, weil er nur dem »Wald- und Wiesenadel« angehörte, wie Viktors Schwiegervater sich gerne mokierte. Er empfand deshalb gegenüber den Eltern seiner Frau eine gewisse Reserviertheit, wie er das ausgedrückt hätte, während Nancy sich diese Zurückhaltung nicht auferlegte. »Die sind doch alle behindert im Kopf«, hatte sie gesagt. Auch das wurde in der Familie unter dem Tourette-Syndrom verbucht und mit einem Verbot belegt. Aber Viktor von Westphalen räumte ein, dass seine Tochter nicht ganz unrecht hatte. Auch er fand, dass jahrhundertelange Inzucht deutliche Spuren in Form eines unerträglichen Standesdünkels bei den von Ledebur-Hellbachs hinterlassen hatte. Er konnte ihre Affektiertheit und Schnöseligkeit nur schwer ertragen, jedenfalls wenn er länger als eine Stunde mit ihnen verbringen musste. Auguste von Westphalen bestand ebenfalls nicht darauf, ihren Vater und ihre Mutter zu sehen. Sie hatten sogar versucht, die Hochzeit zu verhindern.

Auguste nahm jede Gelegenheit wahr, in München die Luft einer Großstadt einzuatmen und mit ihrer Tochter einkaufen zu gehen. Sie bevorzugte Burberry, da die Zeiten von Schiaparelli leider vorbei waren, abgesehen davon, dass sich Schiaparelli in Eibelsdorf schlecht tragen ließ. Auch Versace kaufte sie manchmal, weil alle von der neuen Modelinie schwärmten, aber mit den tiefen Ausschnitten, den opulenten Verzierungen und den grellen Farben hatte sie ihre Schwierigkeiten. Und aus den figurbetonten Kleidern war sie leider auch schon herausgewachsen.

Nancy ging im Zimmer nervös auf und ab und kaute auf ihren Lippen. Sid konnte sich später noch genau an das unangenehme Gefühl erinnern, einfach nur herumzustehen und nicht zu wissen, was er tun sollte.

»Sieht scheiße aus, oder?«, sagte er, aber Nancy antwortete nicht. Stattdessen nahm sie den Telefonhörer und sprach mit Sascha, dem sie den Autoschlüssel gegeben hatte, und bat ihn, das Auto vorzufahren.

Sie raffte ein paar Kleider zusammen und warf sie zusammen mit dem ebenholzschwarzen Anzug aus dem Oberpollinger in die große Versace-Einkaufstüte.

»Geben Sie mir bitte das Telefon«, sagte Nancy zum Rezeptionisten in einem verzweifelt-angespannten Ton, der Sid überraschte.

»Papa? Harry liegt im Krankhaus. Unfall. Hab‘s gerade erfahren. Schrecklich. Ich fahre gleich hin. Ja. Ich rufe dich an, wenn ich was weiß. Nein. Ich muss los. Bis später.«

Sid fragte sich, ob diese Einlage nicht ein bisschen

übertrieben war. Sie hätten auch gleich abhauen können, aber Nancy sagte später: »Du hast keine Ahnung.«

»Na dann«, hatte Sid gesagt.

»Soll ich Ihnen ein Taxi rufen?«, fragte der Rezeptionist, aber Nancy winkte ab und eilte auf die Straße. Sascha hielt ihr die Tür auf, sie drückte ihm dankbar den Arm, warf die Tasche auf die Rückbank und startete den Wagen.

Sid atmete tief durch. Im Rückspiegel sah er den Rezeptionisten, der aufgeregt mit den Armen wedelte. Aber nur ein paar Augenblicke später hatte der Verkehr den schwarzen Citroën verschluckt.

»Scheiße war das knapp«, sagte Nancy.

Sid sagte nichts. Nancy war ihm auf der Autobahntankstelle und bei Oberpollinger cool und glamourös vorgekommen. Wie eine Mischung aus Django und David Bowie. Jetzt sog sie hektisch an einer Zigarette und hätte, als sie die Spur wechselte, fast einen VW gerammt.

»Scheiße, Scheiße, Scheiße«, sagte Nancy. »Meine ganzen Klamotten! Alles weg. Dieses blöde Scheiß-Hotel. Ich könnte kotzen. Einen ganzen Eimer voll!« Wieder schlug sie auf das Lenkrad ein.

Sid dachte gerade daran, dass seine Lederjacke ebenfalls im Hotel lag. Er steckte in einem kobaltblauen Anzug, weil Nancy in der Boutique zu ihm gesagt hatte: »Jetzt zieh ihn doch mal an.«

Und er: »Ach, nicht jetzt.«

»Was geklaut ist, muss man auch anziehen.«

Das stimmte natürlich irgendwie, denn sonst hätte man es ja nicht klauen müssen. Aber jetzt war seine Lederjacke weg und Sid nahm sich vor, nie wieder auf eine derart krumme Logik hereinzufallen.

Nancy klang niedergedrückt, als sie auf der Autobahn und nach langem Schweigen etwas sagte, das Sid wie ein Geständnis vorkam.

»Weißt du, ich konnte nicht mit meinem Vater sprechen. Ich hätte es nicht ausgehalten. Ich hätte nicht Nein sagen können, wenn er gesagt hätte, ich solle zurückkommen.« Sie zögerte, bevor sie fortfuhr. »Er hätte mich rumgekriegt. Er kriegt mich immer irgendwie rum. Ich hätte ihn nicht anflunkern können. Ich hätte ihm nicht sagen können, hol mich ab, ich warte hier auf dich, es tut mir leid, und mich dann ins Auto setzen und abhauen. Er hätte mir ins Gewissen geredet, so lange, bis ich weich geworden wäre wie so ein scheißfranzösischer Weichkäse in der Sonne. Aber dann hätte ich gar nicht erst wegfahren brauchen. Du kennst das nicht, aber das ist echt schlimm.«

Sid verstand, weil ihm die Worte groß und schwer und bedeutend vorkamen. Als er später wieder daran dachte, und er rief sich die Ereignisse in diesen Tagen immer wieder in Erinnerung, war er sich nicht mehr sicher, denn ihr Geständnis hörte sich ein wenig nach einem Luxus-Problem an. Er hatte jedenfalls keine Schwierigkeiten damit, seinen Vater zu enttäuschen. Für Willy Schlebrowski war er sowieso nur eine Enttäuschung und Sid hatte nicht die Absicht, ihn in dieser Hinsicht zu enttäuschen. Aber es wäre auch nicht der richtige Moment gewesen, Nancy ihr merkwürdiges Verhältnis zu ihrem Vater vorzuhalten.

»Hey Nancy«, flüsterte Sid und war überrascht, wie heißer und stockend seine Stimme klang, »es wird schon wieder. Wir kriegen das hin.«

Was immer das sein sollte, Sid wusste es selbst nicht, aber irgendetwas musste er sagen, etwas, von dem er hoffte, es würde sie trösten. Es fiel ihm schwer, weil er in solchen Dingen keine Erfahrung hatte. Er sah ihre griechische Nase und ihren düster entschlossenen Blick, der Sid schon aufgefallen war, als sie ihn von der Straße aufgelesen und ein Auto zur Vollbremsung gezwungen hatte. Als Nancy bemerkte, dass Sid sie ansah, huschte ein gequältes Lächeln über ihr Gesicht, bevor sie wieder auf den grauen Asphalt starrte, der unter ihnen hinwegschnurrte.

Ihre Schultern bebten, als sie an einer Raststätte angehalten und ihren Kopf in Sids Schoß gelegt hatte. Er strich vorsichtig mit seinen Fingern durch ihre Haare.

Michelangelo Bellini saß auf einem olivgrünen Seesack und rauchte eine Selbstgedrehte. Er beobachtete ein junges Paar, das ihm aufgefallen war, weil es in einem schwarzen Citroën langsam an ihm vorbeifuhr und eine Parklücke ansteuerte. Nachdem die Frau den Motor abgewürgt hatte, blieben die beiden noch lange im Auto. Sie hatte sich zu dem jungen Mann hinabgebeugt und war nicht mehr aufgetaucht.

Michelangelo Bellini überlegte, was sie da wohl trieb. Vielleicht würde sie ihm ja einen blasen? Er hatte Zeit, solche Überlegungen anzustellen, weil er nichts zu tun hatte, außer auf eine Mitfahrgelegenheit zu warten. Als die beiden schließlich aus dem Auto stiegen, glaubte er einen Moment lang, verlaufene Wimperntusche zu sehen, aber gleich darauf verbarg die junge Frau ihre Augen hinter einer großen Sonnenbrille. Da er selbst wenig auf sein Äußeres achtete, fiel ihm der kobaltblaue Anzug des Jungen auf, in dem dieser sich nicht wohlzufühlen schien. Ständig zog und zupfte er am Revers und an den Ärmeln, während die schäbigen Turnschuhe einen eigenartigen Kontrast bildeten. Er hielt die beiden für Popper, die eine Spritztour mit dem Auto ihres Papas machten.

Michelangelo Bellini mochte solche Leute nicht, weil sie privilegiert waren und er nicht. Aber genau deshalb interessierten sie ihn, denn er war 24 und Kleinkrimineller. Da gab es eine gewisse Symbiose. Dass es solche Leute gab, darauf war er schließlich angewiesen.

Das mit der Symbiose hatte Sids Schutzengel nicht mitbekommen, denn da war er gerade damit beschäftigt, in Michelangelo Bellinis Akte zu blättern. Bellini war schon Leichenwäscher, Zeitungsausträger, Bauarbeiter, Kellner, Kleindealer, Autoknacker (einmal erwischt), Kohlenschlepper, Ticketverkäufer für eine Geisterbahn, und einmal hatte er gegen Bezahlung Flugblätter einer kommunistischen Organisation vor den BMW-Werken in München verteilt, in denen zum Generalstreik aufgerufen wurde. Bei diesen Unternehmungen reifte in ihm die Erkenntnis, dass er nicht die Zeit hatte, das Leben mit Arbeit zu vertun. Lieber trieb er sich mit Leuten herum, die, wie er, nicht müde wurden, den ganzen Tag darüber zu reden, wie man zu Geld kommen könnte, ohne sich groß anzustrengen.

Ein Hallodri, dachte der Schutzengel. Na gut. Etwas Besseres war auf die Schnelle nicht zu finden. Dass die Sache dann allerdings so aus dem Ruder laufen würde, hätte er nie gedacht. Er war abgelenkt von der Notiz, die mit einer Büroklammer an der Akte befestigt war. Da stand, dass Michelangelo auf dem Weg nach Hause war, um seinen todkranken Vater zu besuchen. Sids Schutzengel empfand sofort Mitleid mit dem jungen Mann.

»Why the fucking hell not?«, murmelte Michelangelo Bellini in seinen Fünftagebart. Sids Schutzengel hörte das nicht gern, aber dieser Ton schien bei Jugendlichen verbreitet zu sein. Er beobachtete Bellini skeptisch, als er den beiden in die Raststätte folgte, wo Nancy und Sid an einem Tisch saßen und sich eine Portion Pommes teilten.

»Fahrt ihr nach Italien?«, fragte er.

Der Junge sagte nichts. Die junge Frau sah ihn durchdringend an, obwohl er das wegen der Brille nicht wirklich beurteilen konnte.

»Vielleicht«, sagte sie und dieses Vielleicht schwebte

wie ein vages Versprechen zwischen ihnen. Für Michelangelo Bellini aber war das ein so gut wie sicheres »Sicher!«

»Und?«, fragte er.

»Hört sich nicht schlecht an, oder? Was meinst du, Sid?«, sagte die junge Frau und stieß ihren Begleiter an.

Sid zuckte mit den Schultern. Warum kam ausgerechnet jetzt, wo sich gerade eine zarte Vertrautheit zwischen ihm und Nancy herstellte, dieser Typ an und machte alles kaputt, fragte sich Sid. Andererseits konnte er ja wohl schlecht einen Tramper einfach stehen lassen. Ein Tramper muss immer mitgenommen werden. So lautet das Gesetz. Schließlich war er gestern selbst einer gewesen.

»Warum nicht«, sagte sie, als von Sid nichts kam. »Wollten wir nicht sowieso in den Süden?«

»Da gibt's eine Grenze. Vergessen?«, sagte Sid.

»Sogar zwei«, sagte Michelangelo Bellini. »Jedenfalls, wenn ihr nach Italien wollt.«

»Nicht gut. Wie soll das gehen?«

»Das geht ganz einfach«, sagte Bellini, der hellhörig wurde, weil sich normale Leute ein solche Frage eher nicht stellen. »Auf der Autobahn wird man nämlich einfach durchgewunken. Befreundete Nachbarstaaten. Es sei denn, die suchen nach was Bestimmtem. Habt ihr denn was ausgefressen? Steht ihr auf der Fahndungsliste? Oder habt ihr das Auto geklaut?«

Nancy gefiel sein Humor. Weniger gefiel ihr der etwas wilde Eindruck, den er machte, und sein wirres Haar, das von einem Stirnband gehalten wurde, so dass er sie an Charles Manson erinnerte.

Diesem Mann musste sie nichts vormachen. Also erklärte sie ihm, wie sich die Lage darstellte. Michelangelo Bellini stellte zufrieden fest, dass er mit seiner Vermutung, es handle sich um das Auto Papas, richtig gelegen hatte. Er habe einen Führerschein und könne sie chauffieren. Pässe könne er ihnen leider nicht besorgen, jedenfalls nicht auf die Schnelle. Er konnte es sich nicht verkneifen, damit ein wenig anzugeben. Das einfachste sei es, einfach freundlich an den Grenzbeamten vorbeizufahren. Die Erfolgsaussichten, durchgewunken zu werden, stünden bei 95%, bei einem vorzeigbaren Auto wie dem Citroën sogar bei 97%. Sie könnten es sich auch im Kofferraum bequem machen, was die Erfolgsaussichten jedoch nicht wesentlich erhöhe und was er, Michelangelo Bellini, auch nicht so gern hätte, denn dann würde er sich, wenn es dumm liefe, strafbar machen. So könne er ja immer noch behaupten, von allem nichts gewusst zu haben. Schließlich sei er nur ein ganz gewöhnlicher Tramper. Das mit dem Gelegenheitskriminellen erwähnte er an dieser Stelle nicht.

Nancy fragte ihn, ob es ihm etwas ausmachen würde, wenn er das Stirnband abmachen und seinem Haar etwas Struktur verleihen würde. Wäre vielleicht ganz gut, um die Grenzer nicht auf dumme Gedanken zu bringen.

Der Polizei, Michelangelo Bellinis natürlichem Feind, machte er ungern Konzessionen. Auch nicht, wenn es sein Äußeres betraf. In diesem Fall musste er jedoch zugeben, verhielt sich die Sache anders. Er frisierte auf der Raststättentoilette seine schwarzen Haare mit Wasser streng nach hinten, zurrte sie mit einem Gummi fest und rasierte seinen Fünftagebart. Mehr, fand er, konnte niemand von ihm verlangen.

Michelangelo Bellini sah, nachdem er sich in das schwarze Jackett aus dem Oberpollinger hineingezwängt hatte, so aus wie der, der er auch war: Ein kleiner Ganove, der jedem Grenzbeamten auf der ganzen Welt verdächtig vorkäme.

Sids Schutzengel war erstaunt, wie selbstverständlich man sich anscheinend auf ihn verließ. Er gab sich Mühe. Die drei hielten dem ausdruckslosen, aber dadurch umso bedrohlicheren Blick des deutschen Grenzbeamten stand und durften weiterfahren. Jetzt kamen die Österreicher.

Der Grenzer Werner Bruckmayr hatte in fünf Minuten Schichtende und keine Lust mehr, irgendwen herauszuwinken und Überstunden zu machen. Außerdem hatte er gerade eine nervenaufreibende Kontrolle hinter sich, in der eine aufgebrachte Frau ständig ihr Menschenrecht auf menschliche Behandlung einklagte und ihren Mann als »Verräter« beschimpfte, weil der nicht dasselbe tat wie sie. Wäre dieses seltsame Trio etwas früher gekommen, hätte er die jungen Leute genauer unter die Lupe genommen. Aber so kurz vor Arbeitsende brachte Bruckmayr keine Energie mehr auf. Er fühlte eine leichte Grippe im Anflug und wollte keine Überraschung, sondern nach Hause, vor dem Fernseher die Beine hochlegen und Bier trinken.

Er gab grünes Licht mit einer lässigen, nur angedeuteten Handbewegung, die an heißen Tagen nicht mal eine lästige Fliege erschreckt hätte. Das hatte er in »Der Pate« Teil 1 gesehen und diese fast unmerkliche Geste gelang ihm, wie er fand, ziemlich gut. Sids Schutzengel küsste ihn dafür auf die Stirn. Werner Bruckmayr ging es danach wesentlich besser.

5

»Na, was hab ich gesagt?«, sagte Michelangelo Bellini. Er fand, dass die Verschönerung, die er an sich vorgenommen hatte, überflüssig war und sie auch so durchgewunken worden wären. Staatsbeamte trieben seinen Blutdruck jedesmal in die Höhe. Das ärgerte ihn. Er hätte lieber die stoische Traurigkeit Lino Venturas in »Der zweite Atem« ausgestrahlt, die noch jeden zermürbt hatte. Aber einmal in Handschellen abgeführt worden zu sein genügte, um gegen Menschen in Uniform auf immer eine Abneigung zu spüren.

»War doch ein Kinderspiel!«, sagte er.

Nancy war nicht dieser Meinung, aber ihre Skepsis wurde von der Hochstimmung schnell weggespült. Sie spottete über die Grenzer, die glaubten, jeder, der in einem Anzug stecke, auch wenn er drei Nummern zu klein ist, sei ein braver und unbescholtener Bürger.

Sid saß hinten und grinste in sich hinein. Er hielt eine Kassette in seinen Händen. Eine Kassette mit seiner Lieblingsmusik. Stranglers, Gang of Four, Clash, New York Dolls, Iggy Pop, Siouxsie And The Banshees, Pere Ubu. Und natürlich die Sex Pistols. Genau das richtige, um die Beklemmung zu vertreiben.

Wenn Viktor von Westphalen gewusst hätte, was in seinen Kassettenrecorder einmal eingelegt werden würde, hätte er ihn vermutlich gar nicht einbauen lassen. Seiner Meinung nach war er ausschließlich für Chopin da.

Als Sid die Kassette zwischen den Sitzen nach vorne zu Michelangelo reichte, der sie wiederum in die Anlage steckte, erklang »God save the Queen, the fascist regime.«

Sid hatte immer gedacht, es würde »God shave the Queen« heißen und war etwas enttäuscht, als er seinen Irrtum bemerkte. Aber das machte den Song für ihn nicht weniger genial und nahm ihm nichts von der Ironie und der Aggressivität, die ihm so grandios erschien, weil sie seinem Misstrauen gegen die Welt Ausdruck verlieh und ihm eine gewisse Genugtuung für alles Unrecht verschaffte, das ihm, wie er glaubte, schon immer und von Anbeginn an zugefügt wurde. »God save the Queen, she ain't no human being«, sang Rotten weiter und das fand Sid unschlagbar, auch wenn er gar nichts gegen die Queen hatte. Aber das musste er auch nicht. Johnny Rotten hatte was gegen sie, und das reichte ihm vollkommen aus.

Die Kassette leierte ein wenig, aber es lief ihm immer noch ein heiliger Schauer über den Rücken. Mit den bis zum Anschlag aufgedrehten Sex Pistols wurde das Fahren auf der Autobahn für Sid zu einem intergalaktischen Erlebnis. Er ballte die Fäuste, schloss die Augen, schrie lautlos den Text mit und stellte sich vor, für einen Moment der echte Sid Vicious zu sein und auf der Bühne des Winterland zu stehen, beim letzten Auftritt der Sex Pistols, als sie mit Pappbechern, Münzen, Schuhen, Mützen beworfen wurden.

Michelangelo Bellini hatte die beiden für Popper gehalten. Damit lag er falsch. Nancys Tirade auf die unfähigen Grenzer, die zu beschränkt waren, jemanden zu erwischen, der sich mehr zuschulden kommen ließ als eine Geschwindigkeitsüberschreitung von zehn Stundenkilometern, war ganz nach seinem Geschmack. Einem Popper hätte er das nicht zugetraut. Und der schmale und schüchterne Junge hatte die Sex Pistols auf Kassette. Ein Punk also. Die beiden hatten zwar noch nie ein Auto geknackt, da war er sich sicher, aber sie würden ihn auch nicht freiwillig bei der Polizei verpfeifen. Das war für Michelangelo das wesentliche Kriterium, wenn er Leute einzuschätzen versuchte. Klar, wenn man sie unter Druck setzte, würden sie natürlich ganze Arien singen. Aber was will man schon von Amateuren erwarten?, dachte Michelangelo Bellini.

Von den Sex Pistols angeheizt, hetzte Michelangelo den Citroën über die österreichische Autobahn. Das war nicht klug, wenn man die Aufmerksamkeit der Ordnungshüter nicht auf sich ziehen wollte. Und in der Tat hatte Sids Schutzengel alle Hände voll zu tun, die Polizei im entscheidenden Moment abzulenken, damit die Sache nicht in eine wilde Verfolgungsjagd ausartete. Er verfluchte ..., nein, er bedauerte es in diesem Moment zutiefst, dass sich auf der Raststätte keine bessere Alternative angeboten hatte.

Die Nacht hatte ihre grauen, schweren Schleier über Österreich geworfen. Sie fuhren die nächste Raststätte an. Tanken. Mit Michelangelo Bellini hatte man jetzt eine Fachkraft dabei. Und die erklärte sich bereit, die Kosten für eine Tankfüllung zu übernehmen. Sid war erleichtert und Nancy war klar, dass es nicht so günstig wäre, ein Risiko einzugehen, wenn man anschließend die Grenze nach Italien überqueren wollte.

Nancy und Sid gingen in die Raststätte. Michelangelo wollte in zehn Minuten nachkommen. Sie sollten schon mal einen Kaffee für ihn bestellen. Sagte er. Im Sinn hatte er jedoch etwas anderes, denn die Gelegenheit war ihm plötzlich und ohne sein Zutun in den Schoß gefallen und würde sich so schnell nicht wieder bieten. Er würde in Italien den Wagen verkaufen. Die beiden taten ihm etwas leid, aber nicht sehr. Papa würde sich schon um die beiden kümmern. Er hingegen musste selbst sehen, wie er über die Runden kam, beruhigte er sein Gewissen, das leise bei ihm anklopfte. Richtig viel Geld verdienen, ohne jeden Morgen um sechs Uhr vom Wecker aus dem Schlaf gerissen zu werden, davon hatte er immer geträumt. Jetzt musste er nur noch zugreifen.

Sids Schutzengel hörte überrascht den Gedanken Michelangelos zu. Hatte er etwas übersehen? Waren die Akten unvollständig? Er verfiel in Hektik.

In einem Polizeiauto etwas abseits und verdeckt, saß ein Beamter und starrte gedankenverloren auf das Treiben an der Tankstelle. Sein Blick fiel auf den schwarzen Citroën. Er beobachtete die jungen Leute, die dem Wagen entstiegen, und dachte, wie ungerecht diese Welt war, denn er liebte dieses Auto, konnte es sich aber nicht leisten. Er seufzte, als über Funk die Meldung kam, dass auf der Autobahn zum Brenner ein schwarzer Citroën mit deutschem Kennzeichen geblitzt worden sei, und zwar mit 50 Stundenkilometer mehr als zulässig. Der Beamte wartete auf seinen Kollegen, der sich in der Raststätte einen kleinen Imbiss besorgte, und als Michelangelo Bellini den Tankdeckel zudrehte, ging er auf ihn zu und forderte ihn auf, die Papiere vorzuzeigen.

Sid war noch beschwingt von der Musik und der rauschenden Fahrt. Er nahm einen Schluck aus seiner Cola und trommelte mit seinen Fingern auf dem Tisch »Blank Generation« von den Voidoids, aber er kam schnell aus dem Takt. Ein unbeteiligter Beobachter hätte den Eindruck gewinnen können, Sid sei ein wenig autistisch. Er bemerkte nicht, wie draußen eine gewisse Unruhe aufkam und der schwache Widerschein eines Blaulichts in die Raststätte drang. Nancy hingegen bemerkte sie. Und sie fragte sich, wo Michelangelo blieb. Sie ging ein paar Schritte zum großen Fenster und kehrte kurz darauf wieder zurück.

»Scheiße«, sagte sie gedämpft. »Michelangelo steht da draußen mit zwei Polizisten. Wir müssen hier verschwinden. Mein Papa macht mir die Hölle heiß.« Und nach einem kurzen Moment fragte sie nach: »Verstehst du das, Sid?«

Sid verstand. Jetzt war nicht nur seine Lederjacke weg, sondern auch noch die Kassette mit seiner Lieblingsmusik. Eine echte Katastrophe. Nein, zwei.

Sid sah über die rechte Schulter von Nancy hinweg einen Uniformierten am Eingang, der sich in der Raststätte suchend umblickte.

»Achtung«, flüsterte er, »dreh dich nicht um.«

Er legte Nancy seinen Arm um ihre Schulter und zog sie zum Hinterausgang, der hauptsächlich von Lastwagenfahrern benutzt wurde. Auf dieser Seite der Raststätte befand sich die Dieseltankstelle. Er zwang sich, nicht nach den Polizisten zu sehen, und versuchte, Nancy unsichtbar im Windschatten der zahlreichen Raststättenbesucher zu navigieren.

Draußen gingen die beiden hinter einem Sattelschlepper in Deckung und überquerten schließlich die Fahrbahn bis zur Leitplanke, hinter der der Wald begann. Sie sprangen über die Begrenzung und rutschten und stolperten einen kurzen Abhang hinunter, zwischen moosbewachsenen Baumstümpfen und Gestrüpp hindurch bis zu einem vorstehenden Felsen. Nancy hatte ihre Schuhe abgestreift und umklammerte die schmalen Riemchen. Ihr linker großer Zeh blutete etwas nach der Rutschpartie, aufgerissen von den Steinen und Wurzeln. Ihr Yves-

Saint-Laurent-Kleid hatte seitlich einen Riss und an ihrem Hintern klebte Laub und feuchte Walderde. Um sie herum lagen Kippen, zerknüllte Plastiktüten, Verpackungspapier, Dosen – Abfall, der sich bei Lastwagenfahrern während einer längeren Fahrt ansammelt. Eine Laterne warf ihr Licht großzügig über die Leitplanke hinweg auf Sid und Nancy. Sid hatte das Gefühl, auf der Bühne eines Theaters zu stehen, er hatte den Text vergessen und alle starrten ihn gespannt an. Er hielt sich an einem dünnen Stamm fest, ging einen Schritt nach vorne und sah in den Abgrund. Er warf einen Stein hinunter. Kurz danach hörte er etwas, was sich so anhörte, als sei der Stein aufgeprallt. Schwer zu sagen, wie tief es da hinunterging. Es nützte ihm nichts, Pfadfinder gewesen zu sein. Er versuchte, die in der Tiefe sich ausbreitende Dunkelheit zu durchdringen und glaubte, auf der rechten Seite schemenhaft Felsvorsprünge und Bäume zu erkennen. Er kletterte voraus und sagte Nancy, wohin sie ihren Fuß setzen und wo sie sich festhalten sollte. Nach drei, vier Metern waren sie unten angekommen. Vorstehende Felsen boten ihnen Schutz. Nun konnte sie niemand mehr sehen. Sie setzten sich auf einen umgestürzten Baumstamm und lauschten, versuchten herauszufinden, was oben los war. Aber da war nur das Brummen der Laster und der eintönige, dunkle Sound der Autobahn, der die Stille des Waldes etwas weniger bedrohlich machte.

»Ich hasse diese Scheißnatur. Ich hasse diesen Scheißwald. Ich hasse diese Scheißbäume. Ich hasse diese Scheißfelsen. Ich hasse dieses Scheißmoos«, fluchte Nancy leise. »Guck dir das an.« Sie sah an ihrem Kleid hinab. »Völlig hinüber. Was machen wir hier eigentlich?«

»Uns verstecken«, sagte Sid leise.

»Verstecken? Ich fühle mich hier wie lebendig begraben. Als ob mich jemand in der schlimmsten Wildnis ausgesetzt hätte«, sagte Nancy.

Sid verließ das schützende Felsdach und versuchte zu sehen, ob sich oben irgendetwas tat, konnte aber nichts entdecken. Nach einer halben Stunde, die ihnen wie fünf Stunden vorkam und in der Nancy einen langen, schmal fundierten und redundanten Vortrag »über die Natur als überflüssige Scheiße« hielt, hörten sie ein vorsichtiges, zögerliches »Hallo?«, das kaum wahrnehmbar zu ihnen heruntertropfte.

Sid sah nach oben, konnte aber niemanden erkennen. Es kam ihm nicht wie das entschlossene »Hallo« eines Polizisten vor, aber er sagte trotzdem nichts.

»Ihr könnt hochkommen. Die Polizei ist weg«, meldete sich die selbe Stimme noch einmal. Sid schickte sich an hochzusteigen.

»Du willst mich doch nicht etwa hier allein lassen, mit diesem ganzen Ungeziefer«, sagte Nancy.

»Bin gleich wieder zurück. Ich guck mal, wie die Sache da oben aussieht. Oder willst du hier übernachten?«

Sid kletterte nach oben und spähte vorsichtig über die Leitplanke hinweg. Kein Uniformierter. Kein Blaulicht, das auf dem Asphalt schimmerte. Nur ein Lastwagenfahrer, der eine Plane festzurrte, die sich durch den Fahrtwind gelockert hatte. Und ein Mann, der etwas abseits an einem dunklen Mercedes lehnte. Sid sah einen Moment die aufglimmende Glut einer Zigarette, die ein zartes, vom Rauch zerstäubtes Licht auf das Gesicht des Mannes warf, der unverwandt in Sids Richtung starrte. Als er Sid bemerkte, hob er den Arm, als wolle er einen alten Bekannten grüßen. Er trat aus dem Schatten und ging ohne Eile auf Sid zu, der sich Mühe gab, so lässig zu wirken wie der Mann, der etwas von ihm zu wollen schien. Seine rechte Hand vertraulich auf Sids Schulter legend, redete er auf ihn ein.

Der Mann trug eine bläulich getönte Sonnebrille, die ein wenig merkwürdig an diesem Ort des Zwielichts und der Schweinwerfer wirkte, die die Dunkelheit aus den

Winkeln verscheuchte, in denen Unkraut wucherte. Sein blondes, sorgfältig nach hinten gelegtes Haar ließ ihn ein wenig wie einen Playboy aussehen, sein dunkelblauer Anzug hingegen war gewöhnlich, als ob er nicht unnötig auffallen wollte. Er sah selbstsicher aus, kalt und entschlossen, und Sid erinnerte der Mann ein wenig an Edward Fox in »Der Schakal«, was er nicht wirklich beruhigend fand, aber Sid wusste, dass er nicht in der Situation war, in der er wählerisch sein konnte.

Als Nancy die Raststätte betreten hatte, hatte sie sofort die Aufmerksamkeit des Fremden geweckt. Er beobachtete sie interessiert und als die beiden unauffällig durch die Hintertür verschwanden, kaum dass ein Polizist den Raum betreten hatte, ließ er seinen Kaffee stehen und folgte ihnen. Er sah noch, wie sie über die Leitplanke sprangen.

Der Mann hieß Rodolfo Cardoso, jedenfalls stand der Name in seinem Ausweis, und mehr wusste niemand über seine Biographie. Selbst Sids Schutzengel war überrascht von seinem unerwarteten Auftauchen. Und er fragte sich, welcher Kollege im Hintergrund die Fäden zog und sich womöglich einen Scherz erlaubte. Wie immer, wenn eine Figur auf dem Schachbrett des Seins auftauchte, die er nicht kannte, machte ihn das misstrauisch. Er blätterte im Register, musste aber feststellen, dass es unglaublich viele Leute mit diesem Namen gab. Es würde dauern, bis er alle überprüft hatte. Cardoso war kein italienischer Name. Vielleicht ein Pseudonym? Ein falscher Name, gewählt von jemandem, der etwas zu verbergen, der Grund hatte, einen anderen Namen anzunehmen? Vielleicht war er einfach nur ein durchreisender Geschäftsmann? Aber unterwegs in welchen Geschäften? Sids Schutzengel wurde nervös. Es war ihm unheimlich, nicht Herr der Situation zu sein, nicht zu wissen, woran er war und wer sich da womöglich mit seinem Schutzbefohlenen einen Scherz erlaubte.

Sid kletterte wieder zu Nancy hinab, die die Riemchen ihrer Schuhe nicht losgelassen hatte und leise den bereits gehaltenen Vortrag für sich noch einmal rekapitulierte, als wollte sie sicher gehen, nichts zu vergessen.

»Lass uns bloß schnell verschwinden, sonst kannst du mich gleich einweisen. Was für eine Scheißidee, hier runter zu klettern«, sagte Nancy.

Sid nickte keuchend. Auf dem Steilhang nach oben beugte er sich an den schwierigen Stellen nach unten, reichte Nancy die Hand und zog sie hinter sich her. Sid fühlte Schweißperlen über seine Stirn rinnen. Nancy klammerte sich zwischendurch an irgendetwas fest und stöhnte, als ihr zerschundener Zeh an einen Felsen stieß. Sid war wieder ein Stück hochgeklettert, hielt sich mit der linken Hand an einem stabilen Ast fest, beugte sich nach unten und packte Nancys Hand mit seiner Rechten, um sie wieder ein Stück nach oben zu ziehen. In diesem Augenblick rutschte sie weg. Sie hing an Sids Hand und baumelte hin und her, während die Schatten der Bäume über sie herfielen.

»Halt mich fest!«, schrie sie.

Sid hatte nicht die Absicht, sie fallen zu lassen, aber er wusste, dass sie ihm bald entgleiten würde.

»Halt dich irgendwo fest«, stieß er hervor.

»Wo denn?«

»Mach's einfach. Ich kann dich nicht mehr halten.«

Nancys andere Hand grapschte nach einer Wurzel. Ihre Füße fanden einen unsicheren Halt. Sid gelang es, Nancys Handgelenk zu umgreifen, so dass er besser zupacken konnte. Er zog sie zu sich hoch und weiter bis zu einem Baumstamm, der sich mit starken Wurzeln am Steilhang festkrallte und ihnen Halt gab.

»Scheiße, war das knapp.« Nancy atmete tief durch.

»Ja.« Sid schnaufte vor Anstrengung.

»Ich wäre verdammt nochmal fast abgestürzt.« Sie hörte sich an, als sei sie beleidigt, als sei ihr eine unfassbare Ungerechtigkeit zugestoßen.

»Ja«, sagte Sid. Das fahle Licht einer Laterne streifte ihn, und während sich Nancy an ihm festhielt, konnte man ein leises Lächeln über sein Gesicht huschen sehen.

Nancy ließ wieder los: »O Scheiße, tut das weh.«

Die letzten Meter krochen sie auf allen Vieren den rutschigen Hang bis zur Leitplanke hoch. Nur ein paar Schritte entfernt stand ein Mercedes mit offenem Kofferraum. Rodolfo Cardoso lud die beiden mit einer generösen Geste ein und sagte so etwas wie »Nur hereinspaziert«. Er sah sich kurz um und klappte die Haube zu.

6

Nancy und Sid wurden durchgerüttelt und immer wieder zerrten unerwartete Fliehkräfte an ihnen. Aber alles schien ihnen besser als auf einem feuchten, mit Moos überzogenen Baumstamm sitzend die Käfer, Würmer und die anderen Ungeheuer der Nacht abzuwehren.

Sid war erschöpft, der Kofferraum hart, aber das war ihm egal. Er lag bei Nancy. Ganz eng. In Löffelstellung. Er drückte sie an sich. Das war es, was er wollte.

Nancy biss die Zähne zusammen, um ihre Schmerzen zu unterdrücken. Sie zitterte, als Sid seinen Arm um sie schlang.

»Was war das denn für einer?«, fragte sie.

»Keine Ahnung, aber er hat gesagt, er würde uns über die Grenze bringen und ein Stück mitnehmen.«

»Hoffentlich lässt er uns wieder raus.«

»Mmmh«, brummte Sid. Es ging im Motorengeräusch unter, das mit dem Geräusch der Reifen auf dem Asphalt einschläfernd wirkte. Sid hätte den Rest seines Lebens so zubringen können. Die Welt um ihn herum spielte keine Rolle mehr. Zeit und Raum fingen an, ihre Bedeutung zu verlieren, sich zu vermischen, aufzulösen.

Sid hatte keine Vorstellung, wieviel Zeit vergangen

war, als der Mercedes hielt. Der Deckel hob sich und Sid sah in ein breites Grinsen.

»Ihr könnt rauskommen. Wir sind in Italien«, sagte er in leicht spöttischem Ton.

Nancy und Sid krabbelten benommen aus dem Kofferraum. Rodolfo Cardoso hielt Nancy die Beifahrertür auf, beflissen wie ein englischer Butler. Er verbeugte sich leicht. Eine Haarsträhne fiel ihm ins Gesicht, die er mit einer Handbewegung nach hinten warf, als würde er auf der Bühne stehen.

»Ich will gar nicht wissen, was ihr ausgefressen habt«, sagte Cardoso, als er das Auto wieder auf die Autobahn lenkte, »aber ich hätte es mir nie verziehen, ein so reizendes junges Mädchen ihrem Schicksal zu überlassen.« Er sah zu Nancy hinüber, um zu überprüfen, wie seine Worte ankamen. »Man darf die Schönheit nie der Willkür überlassen. Schönheit ist ein Privileg der Jugend. Flüchtig und zerbrechlich. Man muss gut auf sie aufpassen.« Dann fragte Cardoso, woher sie kämen und wohin sie wollten.

Nancy sagte, sie befänden sich auf der Flucht vor ihrem gewalttätigen Vater. Sie wollten nach Süden, um eine Tante aufzusuchen, eine Signora Prandelli, die einen Italiener geheiratet habe und in Rom lebe. Dort würden sie weitersehen. Sid war überrascht, aber zu müde, um zu fragen, warum sie nicht schon früher von der Tante erzählt hatte. Also Rom. Warum nicht?, dachte er.

Cardoso hörte aufmerksam zu und sagte so etwas wie »Ah, Rom! Die ewige Stadt. Aber im Sommer unerträglich.«

Sid war froh, auf der Rückbank zu sitzen und Nancy die Unterhaltung mit dem Fremden überlassen zu können.

»Aber Rom ist noch weit. Heute werdet ihr nicht mehr weit kommen. Nachts ist auf der Autobahn kaum etwas los«, sagte Cardoso.

Wohin er denn fahre, wollte Nancy wissen, als ob die Antwort sie auf eine Idee bringen, ihr einen rettenden Anker zuwerfen würde. Aber Sid wusste, dass sie gestrandet waren wie Wale, die die Orientierung verloren haben und auf Grund gelaufen waren.

Rodolfo Cardoso schien zu überlegen. Schließlich sagte er, es gäbe die Möglichkeit, heute in einer Wohnung zu übernachten, die ihm gehöre. Zögernd fuhr er fort, er sei sich aber nicht sicher, ob er sie Nancy wirklich anbieten könne. Er tat so, als ob er über seinen gemachten Vorschlag nicht sehr glücklich sei. Was hätte er schon davon, sie da übernachten zu lassen? Außer Scherereien. Schließlich kenne er sie ja nicht. Und wie es aussah, würden sie sich auf der Flucht vor der Polizei befinden. Er wolle keinesfalls in etwas hineingezogen werden. Nancy versuchte Rodolfo Cardoso zu beschwichtigen, bis ihr schließlich dämmerte, dass dieser Mann gar nicht beschwichtigt werden wollte, sondern auf etwas anderes aus war.

In einem tristen Wohnkomplex außerhalb der Bozener Innenstadt hielt Cardoso an. Er sagte in einem Ton, der sehr bestimmt und dem nicht mehr die geistreiche Beiläufigkeit anzuhören war, sie sollten warten und stieg aus. Er sah nach oben, als wollte er sehen, ob Licht in einer Wohnung brannte, bevor er das Haus betrat. Als er nach fünf Minuten wieder zurückkehrte, winkte er ihnen von der Türe aus zu. Er ging zwei Stockwerke nach oben und schloss auf. Im Zimmer mit einem Fenster zur Straße hin lag eine Matratze in der Ecke. Eine nackte Glühbirne warf von der Decke ein erbarmungsloses Licht auf das spärliche Ensemble.

In der Küche stand auf dem Tisch eine Tasse, in der sich noch ein Rest Tee befand. In der Spüle tropfte gelangweilt Wasser auf schmutziges Geschirr und auf dem Boden lagen Scherben eines zerbrochenen Glases, das unter den Schuhen Cardosos knirschte.

»Diese Schlampe«, hörte Sid Cardoso zwischen den Zähnen hervorknurren und er wusste, dass es nicht für ihre Ohren bestimmt war.

Cardoso nahm Nancy beiseite und redete leise auf sie ein. Sid hörte nur undeutliches, hastiges, drängendes Flüstern, aber verstand nichts. Er beobachtete, wie Nancy nickte und ihm einen flüchtigen Kuss auf die Wange gab. Cardoso fasste sie am Kinn, damit Nancy ihm ins Gesicht sah: »Abgemacht?«, fragte er, und seine Stimme klang drängend und ungeduldig.

Im nächsten Moment sagte er leichthin und generös, er müsse heute noch nach Verona fahren, käme aber am folgenden Abend wieder zurück und dann würde er sie in das beste Restaurant der Stadt einladen. Sie würde es nicht bereuen.

Sid vernahm das beschwingte Klackern seiner Absätze auf den Treppenstufen. Er kramte eine Lucky Strike-Schachtel aus seinem Jackett und steckte sich eine Zigarette an. Am Fenster sah er den Mercedes wegfahren. Er aschte auf den Boden.

»Hast du noch eine für mich«, fragte Nancy.

Sid gab ihr seine letzte, knüllte das leere Päckchen zusammen und hielt ihr die Flamme vors Gesicht. Im unruhigen Lichtschein des Feuerzeugs flackerte einen Moment lang ein Fetzen Verzweiflung auf. Nancy sog den Rauch tief ein. Sid glaubte, in ihrem Gesicht etwas lesen zu können, was er sich auch wünschte: Abtauchen und so schnell nicht wieder zur Realität zurückkehren. Sie standen beide am Fenster und starrten auf eine menschenleere, trostlose Straße und auf ein trostloses Gebäude gegenüber, das aussah, als würde es hässliche Geheimnisse verbergen. Nancy löschte das Licht und legte sich auf die Matratze. Sid sah in der Dunkelheit ein letztes Aufglimmen der Glut, einen letzten Schatten.

»Scheißtag«, hörte Sid sie flüstern.

»Mmmh«, brummte er und starrte wieder auf die in

milchiges Licht getauchte Straße. »Und jetzt?«, fragte er leise. Er erhielt keine Antwort. Er wandte den Kopf zu ihr. Sie bewegte sich nicht. In der Dunkelheit konnte Sid nicht erkennen, ob sie die Augen offen oder geschlossen hielt. Noch lange sah Sid auf die Straße, während sich seine Gedanken überstürzten und planlos hin und herschwirrten zwischen den vielen Dingen, die sich ereignet hatten. Geräuschlos legte er sich schließlich zu ihr. Steif und unbeweglich wie ein Brett. Er fiel in einen bleiernen Schlaf.

Inzwischen hatte Sids Schutzengel den richtigen Rodolfo Cardoso im Register der Lebenden gefunden. Ein eigenartiger Fall, denn offenbar hatte jemand wichtige Informationen aus der Akte entfernt, so dass Sids Schutzengel nicht schlau aus ihm wurde. Aber er glaubte, gewisse Vorsichtsmaßnahmen könnten nicht schaden. Er platzierte dezent einen spitzen Stein auf der Autobahn, auf der Rudolfo Cardoso entlangfuhr, und sorgte für zwei platte Reifen, mit der Folge, dass Cardoso in dieser Nacht sein Ziel nicht mehr erreichte. Und auch am kommenden Tag nicht.

Clara und Artur Goldstajn diskutierten seit über 40 Jahren die Gründe, warum die Rebellion der »Freunde Durrutis« im Mai 1937 in Barcelona gescheitert war. Sie waren sich immer einig und dennoch wurden sie nie müde, sich die Spannungen, die Euphorie, die Intrigen, die Kämpfe, den Alkohol, die Straßen, die Freunde, die sich zu einem großen Panorama der vergessenen und weit zurückliegenden Ereignisse fügten, in Erinnerung zu rufen.

»Gab es jemals wieder so eine Stadt wie Barcelona?« Artur Goldstajn war melancholisch gestimmt, während seine Frau Clara neben ihm stand und sich gerade Gedanken machte, welches Gemüse und welche Beilage zur Schweinelende am besten passte, die sie abends zubereiten wollte.

Artur Goldstajn erwartete nicht wirklich eine Antwort. Er gab sich seinen Erinnerungen hin und mit diesem Satz begann er, in eine andere Zeit abzudriften, dorthin, wo die Gegenwart keine Rolle mehr spielte. Er war in einem Alter, in dem die Erinnerungen an Vergangenes ihn am Leben hielten, das ihm sonst nicht mehr viel zu bieten hatte, jedenfalls im Vergleich zu seinem früheren Leben.

Sid saß schon seit geraumer Zeit nicht weit weg an einem Tischchen der Bar »Tossoni« und hörte zu. Es war wie eine Ablenkung von dem Unglück, das sie überfallen hatte.

Nancy wollte nicht über die vergangenen Ereignisse sprechen.

»Dieser Tag«, sagte sie, »hat nie existiert.«

Dann hat er eben nicht existiert, dachte Sid, aber so schnell würde er ihn nicht vergessen. Da war er sich sehr sicher.

Nancy hatte sich schließlich auf die Suche nach Nadel und Zwirn gemacht, um ihr an der seitlichen Naht aufgeplatztes Yves-Saint-Laurent-Kleid zu renovieren, und Sid in der Bar »Tossoni« zurückgelassen.

Sid beobachtete den kleinen untersetzten Mann mit dem dichten weißen Haar und dem faltigen Gesicht eines Mopses. Er trug einen dunkelbraunen Breitcordanzug und auf seiner Nase saß eine schwere Brille. Vielleicht ein Lehrer? Die Frau hatte einen offenen und warmherzigen Blick, den er bei sechzigjährigen Frauen eher ungewöhnlich fand, wobei er sich nicht erinnerte, mit sechzigjährigen Frauen schon mal etwas zu tun gehabt zu haben, außer mit seiner Lateinlehrerin Penelope Grusche, und die hatte so tote Augen wie er sie nur von toten Fischen aus dem Fischladen kannte.

Als der Name Durruti fiel, sah Sid auf. Durruti kannte er. Nicht Durruti persönlich, aber die Durruti Column. Das war also der Typ, nach dem sich die Punkband benannt hatte. Er nahm sich vor, ihre Platte noch einmal hervorzuholen. Aber würde er jemals wieder nach Hause kommen? Ihre Songs hatten ihn damals nicht mitgerissen.

Sid lauschte der Geschichte eines gewissen Ascaso, einem Freund Durrutis, der sich beim Sturm auf eine Kaserne in Barcelona waghalsig in den Kugelhagel gestürzt hatte. Warum, fragte Artur Goldstajn, hat er das getan? Es war doch nur eine Frage der Zeit, bis die Militärs die weiße Fahne gehisst hätten. Clara Goldstajn schwieg. Sie kannte die Antwort. Es war die Euphorie, kurz vor dem großen Sieg über das verhasste Militär zu stehen, aber auch dieser verdammte Heroismus, der ihn an seine eigene Unverwundbarkeit glauben ließ, diese Faszination des Sterbens für eine gerechte Sache.

»Erinnert mich an Sid Vicious«, mischte sich Sid unvermittelt ins Gespräch.

»An wen?«, fragte Artur Goldstajn und sah überrascht auf. Kannte sich da jemand etwa im Spanischen Bürgerkrieg aus? Saß da jemand direkt neben ihm, mit dem er das alles nochmal durchgehen konnte? Artur Goldstajn konnte sein Glück kaum fassen.

»Sid Vicious. Der hat sich auch immer ins Getümmel geworfen.«

»Wer ist denn Sid Vicious?«, fragte Artur Goldstajn, und als Sid ihm das in ein paar eher unzusammenhängenden Sätzen und nicht sehr präzise mitteilte, schrumpfte seine Erwartung schnell wieder zusammen.

»Getümmel? Das war Krieg«, sagte Artur Goldstajn entsetzt über die Ahnungslosigkeit des Jungen.

»Ja schon«, sagte Sid eingeschüchtert und breitete seine etwas willkürliche Assoziation aus, von der Punkband, die Durutti Column hieß. Das wiederum ließ Artur Goldstajn aufhorchen. Er machte sich eine Notiz. Von dieser

Gruppe würde er sich eine Platte besorgen. Vielleicht war das eine Spur, eine Verbindung zur Gegenwart. Vielleicht waren diese Punks doch nicht so unpolitisch, wie er gedacht hatte.

Immerhin schien er jemand gefunden zu haben, der sich für die alten Geschichten zu interessieren schien, weshalb er wieder zu monologisieren begann. Das tat er am liebsten, und schließlich musste man diese jungen Leute ja aufklären.

Sid hörte zu. Immerhin mal nicht dieses »Drei-drei-drei, bei Issos Keilerei«, mit dem sein Geschichtslehrer Herr Kretschmann den Schülern ein historisches Datum einzubimsen versuchte, und endlich keine Kaiser und Könige, die er nie auseinanderhalten konnte.

Er nahm sich vor, das Buch der Goldstajns über den Spanischen Bürgerkrieg zu lesen, denn das war eines der Dinge, die ihm Artur Goldstajn bereits in der ersten Minute seines Monologs mitgeteilt hatte. Sid saß nun einem Schriftsteller gegenüber, der ihm dieses Buch schenken würde, wenn er es haben wollte. Natürlich wollte Sid. Vielleicht würde er darin einen Hinweis finden, warum sich die Band nach Durruti benannt hatte.

Als Nancy zurückkam, war ihr Kleid geflickt und gesäubert und nur einem prüfenden Blick wäre die ein oder andere winzige Spur aufgefallen, die die Kletterei an der Raststätte hinterlassen hatte. Von den Anwesenden hatte niemand diesen professionellen Blick.

Sid stellte ihr das Ehepaar vor. In der nun folgenden Unterhaltung ging es weniger um den Spanischen Bürgerkrieg als um profane Dinge. Dass Nancy sich lange auf der Suche nach einem Geschäft befunden hatte, in dem es Nadel und Faden gab. Wie man dort die Reparatur ihres Kleides mit entschiedener Freundlichkeit übernommen hatte. Weshalb das Kleid denn zerrissen sei, lautete die Frage, die an diesem Punkt der Erzählung nahe lag. Und so ergab sich ein Gespräch über das, worüber Nancy eigentlich nie wieder reden wollte. Den Goldstajns wurde klar, dass sich die beiden in einer sehr unschönen Situation befanden, aus der sie ohne fremde Hilfe keinen Ausweg finden würden.

Artur Goldstajn beschloss, ihnen unter die Arme zu greifen, weil er wusste, dass Clara, die viel mehr als er zur praktischen Hilfe neigte, sowieso so entscheiden würde. Er war begeistert, zwei Teenagern, die von zu Hause ausgerissen waren, helfen zu können, und fühlte sich plötzlich um zwanzig Jahre jünger.

Er lud die beiden zu einer Cola ein, neugierig auf die jungen Leuten, die weder wussten, wer Francisco Ascaso war noch Buenaventura Durruti. Wahrscheinlich noch nicht mal vom Spanischen Bürgerkrieg gehört hatten.

Clara Goldstajn fiel nach einiger Zeit die Neigung des Jungen auf, alles dem Mädchen zu überlassen, das trotz der üblen Dinge, die den beiden zugestoßen waren, sehr selbstbewusst auftrat. Die zarten Blicke, mit denen der Junge sie bedachte, während sie ihre verrückte Flucht dramatisch in Szene setzte, machten ihr den Jungen sympathisch. Clara spürte den Zauber, der über den beiden lag. Das weckte Erinnerungen an ihre Jugend in Barcelona und an die Bar »Marsella«, als der Besitzer die Jalousien herunterließ, das Licht löschte und bei Kerzenschimmer ein paar Gläser mit Bier füllte, während draußen geschossen wurde. Auch sie kannten sich damals gerade mal zwei Tage. Allerdings war die Bar in Barcelona ein würdigerer und romantischerer Ort als »Tossoni«, in das sie nur gingen, weil ihr Freund Massimo Toretti hier arbeitete. Der Liebe ist das vermutlich egal, dachte sie. Sie kann überall gedeihen, auch im verstaubtesten Winkel irgendeiner gottverlassenen Geröllhalde in Kurdistan oder Afghanistan, wo es selbst für einen Kaktus zu trist ist.

Clara Goldstajn, damals noch Clara Reich, war als Schwimmerin zu den Olympischen Spielen nach Barcelona gereist. Sie waren von den Jugendlichen der ganzen Welt als Gegen-Olympiade zu den Olympischen Spielen in Berlin organisiert worden, aber dann kam Francos Putsch dazwischen, der Bürgerkrieg brach aus und die Sportwettkämpfe fielen ins Wasser. Clara Reichs Traum von einer Medaille löste sich in Luft auf. Sie geriet mitten in die Kämpfe einer ganzen Stadt gegen den Militärputsch und schloss sich einer Kolonne der anarchistischen Gewerkschaft CNT an. Das war im Juli 1936, als Barcelona innerhalb von drei Tagen eine andere Stadt wurde. Artur Goldstajn reiste neun Monate später als junger Kommunist nach Spanien, um sich einer internationalen Brigade anzuschließen.

Sie lernten sich im Barrio Chino kennen. In der Jugendstil-Bar »Marsella« gab es selbstgebrannten Absinth, der die Nachmittage in ein Blau und die Abende in ein Dunkelblau tauchte. Aber damals waren die beiden nicht wegen des Absinths dort. Sie suchten an diesem Abend vielmehr Schutz, weil beim Ausbruch der Maikämpfe vor allem nachts niemand wusste, wer da gerade auf wen schoss. Und wenn schon nicht auf den Barrikaden, so verliebten sie sich doch zwischen den Fronten.

In diesen Tagen erlosch die Liebe Artur Goldstajns zum Kommunismus, was einem damals nur in Barcelona passieren konnte, als im zur Neige gehenden kurzen Sommer der Anarchie tatsächlich so etwas wie Freiheit aufschien und niemanden, der sie erblickt hatte, je wieder los ließ. Sogar die Friseure hängten sich Deklarationen an die Wand, auf denen zu lesen war, dass auch sie keine Sklaven mehr seien. Das Deprimierende: Danach war nichts mehr. Nur noch Niedergang. Und diese fürchterliche Feststellung bewahrheitete sich auf fürchterliche Weise. Die beiden gerieten in die Fänge der stalinistischen Geheimpolizei GPU, wurden von Genossen befreit, über die Grenze geschleust, landeten im Internierungslager Gurs in Südfrankreich, flüchteten nach Marseille, bekamen keine Ausreise-Visa und gelangten schließlich zu Fuß und illegal in die Schweiz.

Lange Jahre befanden sie sich auf der Flucht, bis eine Laune der Geschichte sie nach Bozen verschlug.

Weil sie ein Buch über den Spanischen Bürgerkrieg verfasst hatten, in dem sie die Gründe darlegten, warum die Schlacht verloren ging, hatte ihr Wort in gewissen Kreisen Gewicht, denn schließlich waren sie dabei gewesen. Manchmal erhielten sie Einladungen, und sie ergriffen gern die Gelegenheit, auf Vortragsreise zu gehen, vor allem seit es in London, Berlin, Zürich und Amsterdam wieder unruhig zuging, Häuser besetzt, Barrikaden errichtet und Polizeiautos angezündet wurden. Artur Goldstajn gab sich der charmanten Vorstellung hin, die Saat des Anarchismus, die sie ihr Leben lang gesät hatten, gehe jetzt endlich auf.

Nicht weit entfernt von der Bar »Tossoni« in einer schmalen Gasse in einem alten Haus befand sich im 1. Stock die Wohnung der Goldstajns. Sie betraten einen langen Flur, an beiden Seiten Regale mit Büchern. In der Bibliothek, in dem ein Tisch, Stühle und Sessel standen, türmten sich überall kleine Bücherstapel, die einzustürzen drohten. Nur in der Küche gab es nicht ganz so viele Bücher. Sid war beeindruckt. Ihre Gastgeber wollten es offenbar genau wissen.

»Haben Sie die alle gelesen?«, fragte Sid.

»Klar«, sagte Artur Goldstajn belustigt. »Warum sollten die sonst hier rumstehen?«

»Nein«, sagte Clara Goldstajn, »hätten wir das alles gelesen, wären wir jetzt doppelt oder dreimal so alt wie wir sowieso schon sind.«

Abends bei Schweinelende und Gemüse erzählte Nancy

eine lange Version ihrer Lebensgeschichte. Immer wieder hörte man ein Lachen aus dem geöffneten Fenster im 1. Stock hinausschwappen, und dem Obdachlosen, der an der gegenüberliegenden Hauswand lehnte, kam es so vor, als würde es auf dem Straßenpflaster noch ein wenig brodeln wie Wassertropfen auf einer Herdplatte, bevor sie verdunsten. Auch Sid hörte ein leises Brodeln und Zischen.

Artur Goldstajn nutzte jede kleine Pause, um umständlich eine Anekdote zu erzählen, bei der oft nicht herauszufinden war, worauf sie sich bezog. Bevor er zur nächsten kam, fiel ihm Clara ins Wort und versuchte, von Sid etwas in Erfahrung zu bringen, aber sein Beitrag war sehr karg. Er sagte so etwas wie: »Naja, mein Vater war ja Boxer. Da hatte ich nicht viel zu lachen.« Nach drei Gläser schweren Rotweins verdrückten sich seine Hemmungen wie Diebe in der Nacht, und wenn er damals nicht viel zu lachen hatte, dann schien es so, als würde er jetzt alles nachholen.

Spät nachts, im Gästebett auf einer Couch nahm Sid von einem Stapel ein Buch in die Hand, schlug es auf und begann zu lesen.

»Die Arglosigkeit unserer Gesichter hat mich verblüfft. Wir flößten Vertrauen ein. Und wir hatten keinerlei Verdienst darum, außer jenem, das die Jugend für sehr kurze Zeit allen Menschen gewährt, etwas wie ein vages Versprechen, das niemals gehalten wird.«

War es wirklich so? Die Zeilen begannen vor seinen Augen zu verschwimmen.

Für Clara Goldstajn waren die beiden Ausreißer mal etwas anderes als Bücher. Oder mit den alten Genossen zu diskutieren. Sie kannte alle ihre Erzählungen. Sie kannte den Stoff, aus dem das Epos des Spanischen Bürgerkriegs geschmiedet war. Sie kannte die Gefechte der alten Männer, die ihrem Traum nachhingen, die glaubten, die große Chance verpasst zu haben, wo sie doch so nahe dran gewesen waren. Die seither vergangene Zeit hatte sie melancholisch gemacht, aber auch gelassen, und dennoch konnten sie nicht aufhören, sich ihre Zeit in Erinnerung zu rufen, weil die Gegenwart keine Versprechungen mehr machte, jedenfalls keine, die sie interessiert hätten. Dieser Blick auf die Vergangenheit ermüdete Clara. Endlich konnte sie jemandem auf ganz praktische Weise hilfreich zur Seite stehen, statt sich mit etwas auseinanderzusetzen, das unwiderbringlich vorbei war und das sich nicht mehr ändern ließ.

Sie zeigte Nancy ihren Kleiderschrank, aber außer einem Pelzmantel, der einige abgeschabte Stellen aufwies, kam nichts in Frage. Nancy legte den Pelz um und begutachtete sich skeptisch im Spiegel.

»Hast du einen Bären erlegt?«, fragte Sid, als er sie damit sah.

»Das ist kein Bär. Das ist Bisamratte«, sagte Clara Goldstajn.

»Ratte?«, fragte Nancy.

»Die Bisamratte ist keine Ratte. Sie ist eine Wühlmaus. Sie wird extra für solche Pelze gezüchtet«, sagte Clara Goldstajn.

Wühlmaus! Als ob das besser wäre, dachte Nancy. Sie fand, dass sie darin aussah wie eine verarmte, politisch verfolgte Gräfin, die nach Sibirien verschickt worden war und schon seit fünf Jahren in dem Bisamrattenmantel herumlaufen musste. Und zwar Tag und Nacht. Aber hier war nicht Sibirien, hier herrschte Hochsommer.

Bei ihren Streifzügen durch die Stadt, die sie noch am gleichen Tag unternahmen, verschwand Nancy immer wieder in Kosmetik- oder Kleiderläden und kam nach kurzer Zeit enttäuscht wieder heraus. Dennoch verließ sie das Geschäft nie ohne eine Kleinigkeit. Einen Lippenstift, eine Bluse, Make-up, Nagellack, Nagellackentferner, Wimperntusche, Eau de Cologne.

Für Sid grenzte die große Eleganz und Beiläufigkeit, mit der Nancy die Dinge verschwinden ließ, fast an Zauberei. Er hatte nie das Gefühl, es könnte etwas schief gehen. Beschwingt und leicht liefen sie über das Pflaster. Das Lachen war zurückgekehrt. Es klang befreit und erleichtert und klar wie nach einem Gewitter, das die drückende Schwüle vertrieben hatte. Manchmal flüsterten sie sich etwas ins Ohr. Es war für sie wie der Neubeginn nach einem Erdbeben, bei dem alles eingestürzt war.

Wieder öffneten sie sich dem anderen so wie nach der Verfolgungsjagd auf der Autobahn, nachdem sie ihre erste gemeinsame illegale Handlung begangen hatten. In der Bar »Tossoni« saßen sie nebeneinander und tuschelten.

»Wieso bist du eigentlich ausgerissen?«, fragte Sid. Er hatte sie das schon lange fragen wollen.

»Mein Papa wollte mir einen schwerfälligen Brabanter andrehen. Dabei hatte ich mir zu meinem 16. Geburtstag Abashiri gewünscht. Ein reinrassiges Rennpferd, das abgegangen ist wie eine Rakete.«

»Das ist alles?«, fragte Sid ungläubig.

»Reicht das etwa nicht?« Kichernd wiederholte sie, was sie ihrem Vater an den Kopf geworfen hatte:

»Was ist das denn? Eine lahmarschige Kuh mit angeklebter Mähne? Diesem Scheißgaul sieht man doch gleich an, dass er nie was anderes gemacht hat, als einen verrosteten Scheißpflug hinter sich her zu ziehen und krumme und beschissene Erdfurchen zu hinterlassen. Wie soll ich denn auf dem reiten ohne einzuschlafen? Dieses blöde Tier bringt bestimmt nichts aus der Ruhe. Nicht mal eine Granate. Nicht mal, wenn sie direkt neben ihm explodiert. Wahrscheinlich ist es sowieso taub. Ins Maul brauche ich dem erst gar nicht zu gucken. Zahnlos. Garantiert. Und ein räudiges, braunes Fell. Braun! Ich hasse Braun.«

Diese spontane Tirade hatte einen kleinen Familienskandal ausgelöst, auch wenn in der Familie niemand überrascht war. Nancy wurde manchmal ausfallend und ordinär. Zwar hatte die Familie seit der Diagnose des Hausarztes endlich eine medizinische Erklärung für Nancys hemmungsloses Fluchen, wenn sie sich ärgerte, aber langsam begann sich Auguste von Westphalen zu fragen, wann dieses Tourette-Syndrom endlich wegginge, das sich laut Hausarzt verwachsen würde.

Bei Lenny, ihrem jüngsten Bruder, stieg sie sehr im Ansehen. Bei ihm hörte es sich wie »Zu Bett«-Syndrom an, von dem allerdings auch noch nie jemand gehört hatte, weshalb das eine so gut war wie das andere.

Dieses Syndrom war zwar schlimm, aber nicht so schlimm wie die Kleptomanie, unter der Nancy ebenfalls litt. Auch wenn sich Kleptomanie besser anhörte als Diebstahl, versetzte sie die Familie immer wieder in höchste Verlegenheit und Aufregung. »Eine Zwangshandlung zur Befriedigung unterdrückter Wünsche«, lautete die Diagnose des Hausanalytikers Doktor Tenhagen, nachdem sie in einem Kaufhaus bei der Mitnahme eines wertlosen Löwenkopfrings erwischt worden war und eine Untersuchung ihres Zimmers und besonders ihres Kleiderschranks ergeben hatte, dass viele Kleidungs- und Schmuckstücke eine zweifelhafte Herkunft aufwiesen, beziehungsweise eben eine eindeutige Herkunft, nur war diese eben nicht legal.

Unterdrückte Wünsche? Viktor von Westphalen hatte den Kopf geschüttelt.

Nach der spontanen Brandrede seiner Tochter schmunzelte Viktor von Westphalen. Aber nur innerlich. Es bereitete ihm ein gewisses Vergnügen, sie auf diese Weise rohrspatzen zu sehen. Das zeugte für ihn von Durchsetzungsvermögen, zu dem er Nancy erzogen hatte, mehr als die sechs Söhne, die seiner Meinung nach allesamt Versager waren. Nancy erfüllte alle Erwartungen. Sie sehnte sich nach der väterlichen Anerkennung, nach seiner Zuwendung, und je weniger sie davon bekam, desto mehr strengte sie sich an.

Viktor von Westphalen sah sich gezwungen, ein Exempel zu statuieren. Er war nicht glücklich darüber, aber es waren noch andere Leute anwesend. Nicht nur Familie. Auch Personal. Es ging um seine Autorität. Er verbannte Nancy in ihr Zimmer, das sie für die nächsten zwei Tage nicht verlassen durfte. Das Geburtstagsfest war vorbei, ehe es begonnen hatte. Die Geburtstagstorte wanderte zum Leidwesen der sechs Brüder unangetastet in den Kühlschrank, der von der Küchenchefin Molly, so genannt wegen ihrer molligen Figur, aber auch wegen James Joyce, bewacht wurde.

In ihrem Zimmer legte sich Nancys Erregung noch lange nicht. Es brodelte in ihr und ihre Nasenspitze wurde weiß. Eine anatomische Besonderheit, die in der Familie lag.

Harry und Benny zogen sie auf und machten sich über ihren Anfall lustig. Durch die geschlossene Tür hindurch äfften sie sie nach und kreischten hysterisch im Chor: »Was ist das denn? Eine lahmarschige Kuh mit angeklebter Mähne?«

»Nehmt ihr doch den Ackergaul. Da passt ihr zu sechst drauf und keiner von euch Trotteln muss Angst haben, abgeworfen zu werden«, giftete Nancy durch die geschlossene Tür.

Nancy hatte sich Abashiri, einen reinrassigen schwarzen Hengst aus Marokko, auf obsessive Weise gewünscht. Dass sie ihn nicht bekam, hielt sie für reine

Schikane. Auch eine Verschwörung schloss sie nicht aus. Abashiri war ihnen angeboten worden, und sie hatte sofort »Ja« gesagt. Viktor von Westphalen meinte jedoch, Abashiri sei zu nervös und wild. Das sei ihm zu riskant, schließlich trage er eine »gewisse Verantwortung« für seine Tochter. Für Nancy hörte sich das an, als würde ihr Vater in einem Aufsichtsrat sitzen und schaumsprechen. Abashiri habe vor nicht allzu langer Zeit den alten Katzur vom Mühlenhof abgeworfen, der seitdem im Rollstuhl sitze, meinte ihr Vater.

Mein Gott, dachte Nancy, was hatte der alte Katzur auch auf so einem Klassepferd zu suchen? Musste sie jetzt dafür büßen, dass irgendein »bescheuerter Greis« nicht unterscheiden konnte zwischen einem Warmblüter und einem Kaltblüter, der mit seinem »klobigen Quadratschädel« völlig abgestumpft vor sich hintrottet?

Sid kicherte. Für ihn hörte sich das alles an wie Nachrichten aus einer anderen Welt.

Ein gutes Reitpferd, fuhr Nancy fort, würde nicht einfach stillhalten, bis so ein »Bauerntrottel« es sich auf ihm bequem gemacht hatte. Ein Reitpferd war zum Reiten da und nicht dazu, um auf den Reiter aufzupassen. Mit Abashiri ließ sich so albernes Zeug wie Dressurreiten eben nicht machen. Na gut, mit dem Ackergaul auch nicht. Dressurreiten! Wie pervers. Liselott Linsenhoff. Josef Neckermann. Ein Grund, nein, zwei Gründe, um zur RAF zu gehen. Erst vor wenigen Tagen war in der Tagesschau über die Verhaftung von fünf RAF-Frauen in Paris berichtet worden.

»Zur RAF?«, hatte Harry gesagt. »Du hast doch gar nichts Passendes zum Anziehen, um in den Untergrund zu gehen.«

»Als ob du wüsstest, was man da trägt.«

Natürlich wusste sie, was sie zu dieser Gelegenheit anziehen würde. Sie dachte an ihren zweireihigen dunkelblauen langen Mantel im Military Look mit goldenen

Knöpfen, den sie in einem noblen Londoner Herrengeschäft in der Savile Row hatte mitgehen lassen. Eine Meisterleistung in der Kunst des Diebstahls, die sie sich immer wieder mal in Erinnerung rief, wenn sie deprimiert war. Außerdem gab es noch ihre dunkelgrüne, taillierte Armyjacke mit Schulterklappen.

»Die Armyjacke? Auf die du mit Filzer groß RAF gemalt hast? Astreine Idee.« Harry hatte hämisch gelacht. Die Brüder stimmten in sein Lachen ein, auch wenn nicht jeder wusste, warum.

Nancy hatte darauf verzichtet, Harry zu antworten, dafür setzte ein innerer Monolog ein, der sich nicht abstellen ließ und wie ein Wasserhahn rauschte und den sie für Sid noch einmal aufdrehte: »Der Blödmann hatte zwar recht, aber na und? Manchmal ist das Naheliegende die beste Tarnung, aber das wird Harry, der Trottel, nie begreifen. Schließlich kommt es auch im Untergrund darauf an, gut auszusehen. Aber davon hatte die RAF keine Ahnung. Außer vielleicht Baader. Der sah mit seiner Sonnenbrille richtig cool aus. Wie Kleinstadtspießer sind die Raffis in den letzten C&A-Klamotten herumgelaufen. Nicht mal am Tag ihrer Festnahme hatten sie was Besonderes an. Dabei haben die das groß im Fernsehen gezeigt.«

»Mann, die durften doch nicht auffallen«, sagte Sid.

»Ja, aber wofür mache ich denn eine Revolution? Um nicht aufzufallen? Ohne mich.«

Nancy redete und redete. Nur hin und wieder gelang es Sid, eine Bemerkung einzustreuen. Dabei ließen sie sich durch Bozen treiben. Aber sie durchquerten nicht einfach ziellos die Stadt und »organisierten« kleine Dinge, sondern Nancy schien etwas zu suchen. Das bemerkte Sid jedoch erst, als sie vom Bahnhof aus immer wieder die Via Laurino entlang gingen, in der sich ein großes Hotel befand mit einem imposanten Eingangsportal. Ein Diener in Uniform verbeugte sich vor den Gästen.

»Gefällt mir«, sagte sie. »Hier sollten wir absteigen.«

»Ich dachte, wir fahren zu deiner Tante«, sagte Sid.

»Tante? Was für eine Tante?«

»Na diese Signora Prandelli oder wie die heißt«, sagte Sid.

»Ach die. Und wie kommen wir nach Rom? Ohne Auto und ohne Geld?«

»Wir können doch erst mal bei den Goldstajns bleiben«, sagte Sid.

Nancy sagte, dass sie unter all den Büchern Depressionen kriege.

»Findest du nicht, dass die ganze Bibliothek ein einziger Vorwurf ist, was man alles nicht gelesen hat?«, fragte Nancy.

Sid hatte das so noch nicht gesehen.

»Mich machen diese ganzen Bücher krank. Siehst du meine rot unterlaufenen Augen? Siehst du die kleinen Pickel auf meinen Handrücken? Siehst du das? Das ist eine Stauballergie«, sagte Nancy. Sid fand die Beweise wenig überzeugend, und wenn er ehrlich war, konnte er weder gerötete Augen noch Pickel auf ihrer Haut erkennen.

»Außerdem können wir den alten Leuten nicht einfach zur Last fallen und ihre Gastfreundschaft ausnutzen«, sagte Nancy.

Sid hätte schon gekonnt, wenn er ehrlich war.

»Das wär ganz schön schäbig, oder?«, sagte Nancy.

»Ich glaube, das würde denen nichts ausmachen. Die mögen uns und die sind total anders. Nicht so wie meine Eltern. Ich finde es klasse, dass sie so viele Bücher haben. Ich weiß jetzt ganz viel über den Spanischen Bürgerkrieg. Und vorher wusste ich nicht einmal, dass es den überhaupt gegeben hat.«

»Findest du?«, fragte Nancy zerstreut, denn sie hatte

etwas im Schaufenster eines Ladens gesehen. Und dann sagte sie: »Bin gleich wieder da.«

Sid spürte ein leichtes Unbehagen, das in ihm zu nagen begann.

Als Nancy aus der Boutique wieder herauskam, sagte sie: »Wie ich das sehe, leben die Goldstajns in einem Raumschiff, ganz weit draußen in der Galaxis, wo sie die Verbindung zum Mutterschiff verloren haben. Sie suchen in ihren Büchern nach dem entscheidenden Hinweis, aber sie finden nichts, wie sich der Kontakt zur Realität wieder herstellen lässt, weil es die Realität, wie sie sie kennen, nämlich nicht mehr gibt. Sie funken S.O.S. auf der Suche nach intelligentem Leben, aber es gibt keins. Außer uns. Aber wir sind aus einer anderen Welt, die sie nicht verstehen.«

»Na und?«, sagte Sid, »ich verstehe die Welt auch nicht immer. Die Marmelade zum Frühstück jedenfalls ist große Klasse.«

»Marmelade?« Nancy war verwirrt. »Marmelade ... Tzzz. Überleg doch mal. Du wärst dann Anarchist und würdest in schlabbrigen und zu weiten Cordhosen rumlaufen und dicke Wollwesten mit Elchmuster oder was weiß ich tragen. Und wir hätten uns nie getroffen. Und selbst wenn wir uns getroffen hätten, hätte ich nie angehalten, weil ich nämlich niemanden in schlabbrigen Cordhosen und dicker Wollweste mit Elchmuster mitgenommen hätte.«

»Only anarchists are pretty«, sagte Sid.

»Quatsch«, sagte Nancy. »Bist du jetzt ein Punk oder irgend so ein gottverdammter Hippie?«

Sid wurde zum ersten Mal bewusst, dass es schwierig war, mit Nancy zu diskutieren, wenn man unterschiedlicher Meinung war. Natürlich war er kein Hippie. Im Augenblick sah er eher wie ein gottverdammter Yuppi aus, auch wenn sein Anzug nach der Kletterei nicht mehr sonderlich neu aussah.

»Und was macht eigentlich so einen Punk aus?«
»Insubordination?«, sagte Sid.
»Was?«, fragte Nancy.
»Tja«, sagte Sid.

»Nastassia von Rabenhorst«, ließ Nancy den Rezeptionisten des »Parkhotels Laurin« beiläufig wissen und lächelte ihn undurchdringlich an. Sie trug einen bis knapp zu den Knien reichenden engen Rock und ein dazu passendes weißes Sommerjackett, das einzige, das Nancy in Bozen finden konnte und bei dieser Hitze für einigermaßen repräsentabel hielt. »Wir hatten reservieren lassen«, fügte sie mit leicht theatralischer Stimme hinzu. »Können Sie bitte veranlassen, dass wir die nächsten zwei Stunden nicht gestört werden?«, während Sid überlegte, wer das sein könnte.

Nancy war durch und durch Aristokratie, unnahbar, eisig, distanziert. Sie trug das Aristokratische auf eine Weise zur Schau, die für niemanden auch nur den leisesten Zweifel an ihrer Herkunft aufkommen ließ. Ihr Auftreten duldete keinen Widerspruch. Nicht mal eine Frage.

Der Rezeptionist verbeugte sich und winkte einen Pagen, der sie zur Suite Nr. 9 führte, aufschloss und Sid den Schlüssel überreichte.

»Ich hoffe, Ihr Aufenthalt wird sich zu Ihrer vollen Zufriedenheit gestalten.«

Nancy entließ ihn mit einer herablassenden Geste und sagte in einem Ton, in dem sich die gottgegebene Hierarchie zwischen ihnen manifestierte: »Das hoffe ich auch.«

Sie war bester Laune. Durch dieses Auftreten erspare man sich lästiges Nachfragen und überhaupt halte man sich die Aufdringlichen vom Leib, dozierte sie vergnügt vor ihrem einzigen Zuhörer. Es ließen sich die Vorzüge dieser Welt genießen, ohne Hemmungen, ohne Vorbehalte und ohne schlechtes Gewissen. Jedenfalls so lange, wie ihr elegantes und souveränes Auftreten allen signalisiere, dass hier das große Geld unterwegs sei, fügte sie hinzu.

»Die Kunst besteht darin, so zu tun, als wäre man die Tochter eines Großindustriellen oder eines Mafia-Bosses, mit denen sich niemand anlegen will und denen man am besten keine Fragen stellt.«

Sie feilte daran, das alles mit ihrem Auftreten auszustrahlen. Jedem sollte klar sein, diese junge Frau besser nicht mit irgendetwas Profanem wie zum Beispiel der Rechnung zu behelligen, und jede Kommunikation auf ein »Selbstverständlich Madame« zu beschränken.

Sids Schutzengel lümmelte im Sessel und hörte sich Nancys Vortrag stirnrunzelnd an. Er konnte schon die hämischen Kommentare seiner Kollegen hören: »Hochmut kommt vor dem Fall.«

Als die zwei Koffer gebracht wurden, die Nancy von ihrem letzten Geld erstanden hatte, packte sie alte Wäsche, den braunen Bisamrattenpelz, Zeitschriften und Magazine aus, die ihnen die Goldstajns gegeben hatten und den Koffern Gewicht verliehen und stopfte das Zeug in den Schrank. Schließlich griff Nancy zum Telefon und bestellte eine Flasche Champagner.

7

Auf dem Weg über die mit geräuschschluckenden Teppichen ausgelegten Flure in den Speiseraum hatte Sid das Gefühl, knöcheltief zu versinken. Er fühlte sich verloren in dieser gedämpften Atmosphäre gehobener Bürgerlichkeit, als er den großen Saal betrat. Durch riesige Bogenfenster, die von angedeuteten Säulen mit Stuckverzierungen gerahmt wurden, fiel Sonnenlicht herein und brachte an manchen Stellen das leise knarzende Parkett zum Glänzen und ließ es wie eine spiegelglatte Fläche aussehen. Sid war beeindruckt von den wuchtigen Kronleuchtern, die wie Springbrunnen aussahen mit feinziselierten komplizierten Ornamenten, und von den großen Topfpalmen.

Das Büffet war schon lange abgeräumt. Nancy bestellte für Sid zwei weichgekochte Eier, Marmelade und Weißbrot, für sich ein Omelett. Abwesend sah Sid Hotelgästen beim Essen zu, senkte hin und wieder den Blick, wenn er erwidert wurde, und sah wieder hin, verstohlen und ohne Grund, nur wegen eines unbestimmten, vagen Interesses, das ihm selbst nicht bewusst war. Er registrierte Bewegungen, Unterhaltungen, die er nicht verstand, Gesten, ein Augenzwinkern, ein Mundöffnen, um eine kleine

Kartoffel hineinzuschieben, das Malmen der Zähne. Unbewusst stellte er Charakterstudien an.

»Siehst du die beiden da hinten neben der Palme am Fenster?«, fragte Nancy.

»Was ist mit denen?«

»Nach was sehen die aus? Was meinst du?«

»Keine Ahnung.«

»Ist doch nicht schwer. Soll ich's dir sagen?«

»Mmh.«

»Der Mann ist Offizier. Oder General oder sowas. Also, jetzt natürlich nicht mehr. Der ist ja bestimmt hundert. Sein Vater war auch schon Offizier oder General. Das vererbt sich nämlich. Der Schwiegervater einer meiner Onkel war ein hohes Tier beim Militär und sein Vater auch, also nicht der von meinem Onkel natürlich, sondern der Vater des Schwiegervaters meines Onkels, und die drei Söhne des Schwiegervaters auch. Die liefen immer total steif herum. Ich weiß nicht, wozu das gut ist. Konnte mir auch niemand erklären. Muss ziemlich anstrengend sein. Und weißt du, warum?«

»Warum die so steif herumlaufen?«

»Nein, ich meine, warum die alle Offizier oder General sind?«

»Weiß nicht. Ich war noch nie General.«

»Das ist mir klar«, sagte Nancy.

»Wär auch gar nicht so mein Ding.«

»Du bist ja auch kein verarmter Adel. Denen bleibt nämlich gar nichts anderes übrig, als zum Militär zu gehen. Hat mir mein Papa erzählt. Also, der da drüben hat schon den Ersten Weltkrieg mitgemacht. Dann ist er verwundet worden und hat seitdem ein kaputtes Bein und zieht es etwas hinter sich her. Er hat es dann noch mit Dressurreiten probiert, aber wegen des kaputten Beins hat es nie für die Olympischen Spiele gereicht. Seine Frau hat übrigens ihr Leben mit dem Sticken von Deckchen zugebracht.«

»Woher weißt du das?«, fragte Sid.

»Ich kenn mich da aus.«

Sid schaute noch einmal hin. Die beiden sahen tatsächlich aus wie den zwanziger Jahren entsprungen. Jedenfalls wie Sid sich vorstellte, dass ein begütertes Ehepaar in den zwanziger Jahren ausgesehen hatte. Die Frau hatte eine Hochsteck-Frisur und einen hochgestellten Kragen, der die Falten am Hals verdeckte. Sonst waren viel Rüschen und Spitze zu sehen. Sie hatte einen schmalen, verbitterten Mund. Ihr Gesichtsausdruck: pikiert. Und sie saß sehr aufrecht am Tisch. Ihr Mann ebenfalls. Ihm fehlte nur das Monokel. Aber sonst? Schwer zu sagen. Für Sid hätte es auch ein Politiker sein können, weil der Mann ihn ein wenig an Adenauer erinnerte. Oder Anwalt. Oder Richter. Oder Bankier.

»Du bist dran«, sagte Nancy, und ihr Blick wanderte zwei Tische weiter.

Sid konzentrierte sich auf einen dicken Mann, der mit hochrotem Kopf und sichtlichem Appetit ein großes Stück Fleisch bearbeitete. Er hatte eine Serviette umgehängt und schwitzte. Auf seinem Kopf befanden sich nur seitlich noch ein paar Haare. Zwischen seinen dicken Finger verschwanden Gabel und Messer fast vollständig.

»Mondmann?«, fragte Sid.

»Nicht schlecht. Aber der Mondmann isst kein Fleisch, oder? Ich glaube eher, der Mann ist Fleischer. Und zwar einer, dem eine ganze Metzgerei-Kette gehört. Am Anfang seiner Metzgerkarriere erwürgte er die Schweine manchmal noch mit eigenen Händen. Er ist unglaublich brutal und quält seine Angestellten. Die müssen ihm beim Essen zugucken und selbst hungern. Er leidet an der Wahnvorstellung, jemand könnte was von seinem Fleisch klauen, weshalb seine Angestellten immer kontrolliert werden, ob sie sich die Taschen vollgestopft haben. In seinen Augen taugt ein Hotel nichts, wenn nicht riesige Mengen Fleisch auf den Teller kommen. Er tobt, poltert und brüllt, und damit schüchtert er alle ein, die ihm in die Quere kommen. Keine Frau hält es lange mit ihm aus. Er ist schon zum achten Mal verheiratet.«

»Zum achten Mal? Irre«, sagte Sid und sah den schwitzenden dicken Mann noch einmal an. Irgendwie tat Nancy ihm unrecht, fand er. Vielleicht hatte er einfach nur hohen Blutdruck. »Dass er seine Angestellten hungern lässt, glaub ich nicht.«

»Doch. Für ihn sind nur dicke Menschen vollwertige Menschen. Und damit er seine Angestellten verachten kann, müssen sie dürr sein. Und er muss sie verachten können, weil er sonst glaubt, kein richtiger Geschäftsmann zu sein.«

»Echt?«

Ein paar Tische weiter unter einer Palme ließ sich gerade ein Paar nieder und zog die Aufmerksamkeit Nancys auf sich. Der Mann war klein, trug eine Rolex und auffällige Ringe. Sid entdeckte an seinem rechten Mittelfinger einen großen Totenkopfring. Sein weißes Hemd war fast bis zum Bauchnabel offen und gewährte Einblick auf eine rasierte Brust. Die Sonnenbrille war blau getönt und die Haare im Rod-Stewart-Stil frisiert. Die weißen Lederschuhe liefen vorne spitz zu. Das Jackett glänzte silbern und hatte unterschiedlich breite Streifen, die ein wenig den Eindruck erweckten, als würden sie flirren wie bei einer Bildschirmstörung.

Die Frau, in deren Begleitung sich der Mann befand, war zweifellos eine Erscheinung in dem ehrwürdigen Speisesaal des Hotels. Ihre platinblonden, toupierten Haare reichten bis auf die Schultern, eine Frisur, wie sie von den Frauen aus dem »Denver-Clan« bevorzugt wurde. Ihre Lippen waren sehr rot und wulstig, die Wimpern lang und der Lidschatten nicht sehr dezent. Der Blickfang war ein teures Edelstein-Collier im Ausschnitt. Dass sie einen Kopf größer als der Mann war, verdankte sie zehn Zentimeter hohen Plateauschuhen. Sie trug schwarze Hot

Pants mit einem breiten weißen Gürtel und ein weißes Top mit V-Ausschnitt, unter dem sich sehr große Brüste wölbten, die zur schlanken Taille eher disharmonisch wirkten. Sie blickte gelangweilt.

»Was meinst du?«, fragte Sid, dem der Auftritt der beiden ebenso wenig entgangen war wie Nancy. Auch die übrigen Gäste im Speisesaal drehten sich nach den beiden um. Nur der Offizier und seine Gemahlin nicht.

»Schwer zu sagen«, sagte Nancy. »Auf jeden Fall Parvenüs.«

»Was?«

»Proleten, die plötzlich zu Geld gekommen sind und nicht wissen, wohin damit. Deshalb kaufen sie alles, was teuer und geschmacklos ist. Rolex, Gucci, so was eben.«

Sid kannte Rolex nicht. Hörte sich nach einer Mopedmarke an. Und einen Gucci kannte er auch nicht, aber er wollte seine Unwissenheit nicht schon wieder durch ein »Was?« unter Beweis stellen. Ihn irritierten die Brüste. Die gaben ihm viel größere Rätsel auf als Rolex und Gucci. Er hatte so etwas noch nie gesehen und deshalb wanderte sein Blick zwanghaft immer wieder auf diese Brüste. Er fühlte sich wie jemand vom Land, der zum ersten Mal einen »Neger« zu Gesicht bekam, wie die Schwarzen dort hießen und wie sie Willy Schlebrowski gerne nannte.

»Könnten im Lotto gewonnen haben«, sagte Nancy.

»Ich finde, die sehen eher nach Zuhälter aus«, sagte Sid, obwohl er noch nie einen gesehen hatte, aber er drückte damit aus, was die meisten im Speisesaal des »Parkhotels Laurin« dachten. Jedenfalls hätte das eine spontane Umfrage ergeben. In Robert Lembkes »Was bin ich?« hätten die beiden kein einziges Fünfmarkstück ins »Schweinderl« bekommen. Die Mittagsgäste schienen unangenehm berührt. An dem einen oder anderen Tisch, an dem es eher schweigsam zugegangen war, wurde es plötzlich sehr lebhaft.

»Nein, kein Zuhälter«, sagte Nancy bestimmt, obwohl auch sie noch nie einen in echt gesehen hatte. »So einer würde hier nicht absteigen, und ein Zuhälter würde auch keinen Anzug von France Andrevie tragen. Das passt eher zu Schauspieler oder Opernsänger oder Rockstar oder so was.«

Rolf Maletzke mochte es, wenn sich alle nach ihm und seiner Frau umdrehten. Er sonnte sich in der Aufmerksamkeit, die »diese reichen Arschgeigen« ihm zukommen ließen. Und deshalb sagte er zu seiner Frau: »Dieses Jegaffe jeht mir vielleicht uff die Ketten. Diese reichen Wichser sind ooch nicht besser als irngd een Waldschrat aus'm bayrischen Wald. Glotzen tun se alle wie'n Ochse uff der Weide.«

Diese beschwichtigte ihn: »Aber Schatzi, jetzt reg dich doch nicht uff. So sind se nu ma, die Leute. Sowat Jeiles wie uns hamse eben noch nicht jesehn, wa.«

Rolf und Carmen Maletzke kamen aus Berlin, wie unschwer zu erraten war, wenn man ihrem Gespräch lauschte. Rolf, der in den Kreisen, in denen er verkehrte, auch »Prinz« genannt wurde, war Zuhälter, und Carmen, auch »Tittenluder« genannt, seit sie sich ihre Brüste hatte vergrößern lassen, war Prostituierte. Bevor sie »Rolfi« geheiratet hatte. Danach nur noch gelegentlich und heimlich. Sie war dreißig Jahre jünger als ihr Mann. Einige aus dem Milieu, die nicht gut auf ihn zu sprechen waren, aber auch solche, die gern mal einen Witz auf seine Kosten machten, sagten, sie sei fünfzig Jahre jünger. Rolf Maletzke war 53 und kein gewöhnlicher Zuhälter, der in irgendwelchen üblen Bars herumhing, während ein paar Frauen auf der Straße für ihn anschaffen gingen, sondern er hatte einige Etablissements der gehobenen Kategorie in den Seitenstraßen des Kurfürstendamms. Und da gab es noch richtige Shows.

Rolf Maletzke war in der Nachkriegszeit eine Schwarzmarktgröße. Sein Vater war arbeitslos, dann bei der SA und meistens unterwegs. Er meldete sich freiwillig zum Militär und seitdem sah er ihn nur noch selten. Eines Tages hatte seine Mutter eine offizielle Mitteilung bekommen, dass ihr Mann Hans Maletzke in Stalingrad im heldenhaften Kampf ums Vaterland gefallen sei. Heil Hitler. Unleserliche Unterschrift. Erna Maletzke wusste gar nicht, dass das Vaterland auch in Stalingrad lag, aber sie hatte schon lange den Überblick verloren, was alles zum Vaterland gehörte und was schon wieder nicht mehr. Und die Trauer um den Mann, der sich sowieso schon seit einigen Jahren »überall in Europa herumtrieb«, wie Erna sagte, bloß nicht zu Hause, ihr also im täglichen Überleben keine Hilfe war, hielt sich in Grenzen.

Ausgerechnet im Kampf um den Endsieg feierte Erna Maletzke ihren größten Triumph. Sie organisierte für ihren Sohn ein ärztliches Attest. Es war ein Schatten auf seiner Lunge diagnostiziert worden, der ihn davor bewahrte, als Kanonenfutter vor den Toren Berlins zu enden. Rolf war froh, dass er nicht eingezogen wurde. Andererseits hätte er dann einmal Hitler getroffen, der dem Himmelfahrtskommando persönlich übers Haar strich, bevor es losgeschickt wurde, um mit Gewehren aus dem Ersten Weltkrieg »Josef Stalin« zu stoppen, die russische Antwort auf die deutschen »Tiger IV« Panzer. Jedenfalls hatte er das in der Wochenschau im Kino gesehen. Also nicht, wie das Kanonenfutter vor den Toren Berlins überrollt wurde, sondern wie Hitler mit zittriger Hand dem Kanonenfutter die Wangen tätschelte. Und darauf wäre er richtig stolz gewesen. Außerdem leuchtete ihm die Logik nicht ein, nach der man ihn aussortiert hatte. Gerade einer, der sowieso in absehbarer Zeit sterben würde, eignete sich doch wohl am besten als Kanonenfutter. Aber sehr viele Gedanken machte er sich darüber nicht.

Auf dem Berliner Schwarzmarkt gab es kein größeres

Geschäft, an dem er nicht in irgendeiner Form beteiligt war. Er kaufte und verkaufte alles. Sogar ein russischer Panzer war dabei. Und als der Käufer nicht zahlen wollte, jedenfalls nicht den Preis, den sich Rolf Maletzke vorstellte, rief er ein paar Jungs zusammen, die den Panzer innerhalb einer halben Stunde auseinander nahmen, einfach nur, um dem zahlungsunwilligen Käufer zu zeigen, dass er mit Rolf Maletzke nicht machen konnte, was er wollte. Auch einen amerikanischen Jeep hatte er mal verkauft. Sonst aber mehr Dinge für den täglichen Gebrauch wie Nylonstrümpfe, Medikamente, Fahrräder, Uhren, Armeestiefel und einmal sogar eine Schokoladentorte, die er von einem amerikanischen Offizier gegen eine Matratze eintauschte, um sie einem Nachtclub für GIs zu verscherbeln, der kurze Zeit später geschlossen wurde, weil die Sängerin etwas mit hochrangigen Nazis zu tun gehabt haben sollte. Rolf Maletzke handelte mit allem. Er konnte das aufgrund seiner guten Kontakte zu den Besatzungsmächten, und zwar zu allen vier Besatzungsmächten. Schon frühzeitig sattelte er von Zigaretten um auf Sex. Zigaretten lohnten sich bald nicht mehr, aber Sex war ein krisensicheres Geschäft.

Maletzke war der Erste, der seine Läden mit einer Discokugel ausstattete und die Suiten für die Freier individuell gestaltete. Teppiche mit Leopardenmuster, Gladiatoren mit knappem Lendenschurz in Gips, Gemälde mit üppigen Frauen, »Je t'aime« von Jane Birkin und Serge Gainsbourg vom Band in Endlosschleife und Sekt, auf dem Champagner stand und in dem die Frauen so lange rührten, bis er nicht mehr perlte. Das war nicht ganz billig. Für den Freier. Auch Leute mit Geld, die Teppiche mit Leopardenmuster für erotisch hielten, ließen sich davon beeindrucken. Rolf Maletzke beschäftigte Türsteher, nicht um die Leute in die Etablissements zu locken, sondern um sie einer Gesichtskontrolle zu unterziehen. Dann bröckelte das Wirtschaftswunder und die Männer stiegen wieder auf das kostengünstigere Rein und Raus des Straßenstrichs um.

Aber Rolf Maletzke hatte sein Geschäft nicht aufgebaut, um im Alter von Anfang fünfzig dem Zusammenbruch seines kleinen Imperiums tatenlos zuzusehen. Er ließ den Freiern Medikamente verabreichen, die sie nicht nur außer Gefecht setzten, sondern auch ihr Erinnerungsvermögen beeinträchtigten. Manchmal wurde auch mit Kokain nachgeholfen. Die neue Geldquelle sprudelte wie in alten Zeiten.

Dann kriegte er einen Tipp von einem Kumpel aus früheren Schwarzmarkttagen, der inzwischen bei der Kripo Berlin arbeitete und seine Bar gratis besuchen durfte. Das erwies sich als gute Investition, denn Rolf Maletzke erfuhr, dass Anzeige erstattet worden war und die Polizei Ermittlungen gegen ihn aufgenommen hatte. Es wurde ihm klar, dass die Geldquelle schnell wieder versiegt war. Sein Anwalt sagte, dass es vielleicht ganz gut wäre, wenn er sich in der nächsten Zeit ein bisschen rar machte, so lange, bis sich die Aufregung wieder gelegt hätte. Also setzte er sich in seinen Porsche und fuhr los nach Süden. Seine dreißig Jahre jüngere Frau nahm er auch mit. Und jetzt saß er in diesem Hotel und wusste nicht weiter.

»Arschgeigen«, brummte er und schnippelte an einer Pizza herum. »Allet Arschgeigen.«

Sid stand vor der Suite Nr. 11. Und zwar Schmiere. Dabei wusste er gar nicht, was er tun sollte, wenn jemand käme. »Achtung, da kommt jemand« rufen? Pfeifen? Dezent an die Tür klopfen? Einen epileptischen Anfall vortäuschen? Um Zeit zu gewinnen, damit Nancy sich im Kleiderschrank verstecken konnte? Oder unter dem Bett? Und dann? Warten, bis sie entdeckt werden würde? Und er? Wie sollte er jemandem plausibel machen, was er da eigentlich trieb? Er könnte sich den Schuh zubinden, der ihm ganz zufällig aufgegangen war. Bei diesem Gedanken kam er sich jedoch vor wie ein Idiot.

Als sie die Sache ausbaldowerten, kam ihnen alles sehr einfach vor und sie scherzten, um ihre Unsicherheit zu überspielen. Unwägbarkeiten kamen in ihren Überlegungen erst gar nicht vor. Nancy sagte, am besten wäre es, sich keine Gedanken zu machen, es werde sowieso gut gehen. Es klang alles leicht, fast so unbeschwert wie das Umherstreunen in der Stadt, aber nun musste Sid das drohende Verhängnis aufhalten, das ihm plötzlich wie eine Gewissheit erschien, und wusste nicht wie. Sid spürte wieder die Lähmung, die ihn befallen hatte, als er zu Hause auf dem Sofa saß und seine Fluchtgedanken Gestalt annahmen. Zweimal fummelte er an den Schnürsenkeln seiner Schuhe herum. Niemand fragte ihn, was er da treibe.

Dann öffnete sich die Tür. Nancys Kopf guckte hervor und flüsterte: »Luft rein?« Sie warf einen schnellen Blick nach links und einen nach rechts. Dann trat sie aus dem Zimmer und zog einen Koffer hinter sich her. Nur zehn Minuten später saßen sie in Maletzkes Porsche. Sie war froh, dass ihr Onkel Friedrich einen Porsche besaß und Nancy bereitwillig die technischen Raffinessen und Extras erklärt hatte. Sie drehte den Zündschlüssel herum. Der Porsche röhrte. Nancy erschrak.

Als Rolf und Carmen Maletzke von der Sauna in Suite Nr. 11 zurückkehrten, um sich auf dem Bett auszuruhen, war das Paar über das Chaos in ihrem Zimmer zunächst verwirrt, dann zunehmend fassungslos. Dass ausgerechnet ihm das passierte, empfand Rolf Maletzke absurd, als Hintertreppenwitz in der Geschichte der Bordellbesitzer. Er fing an zu toben und hörte erst wieder auf, als Nachbarn bei der Rezeption anriefen und ein Hoteldiener besorgt an die Tür klopfte.

Carmen hielt vorsichtig Abstand. Sie wusste, dass ihr Mann in seinem Jähzorn die Kontrolle über sich verlor. Sie hatte das blaue Auge nicht vergessen, als sie ihn bei einem ähnlichen Wutausbruch zu besänftigen versucht hatte und dabei in seine Reichweite geraten war.

Rolf Maletzke schien in sich zusammenzufallen, als ihm bewusst wurde, dass er sich kaum an die italienische Polizei wenden konnte. Er war nicht mal mehr in der Lage sich auszuweisen, denn sein Pass war weg. Der von Carmen auch, aber das interessierte ihn gerade nicht besonders. Die Polizei würde ihm höchstens raten, sich an die Deutsche Botschaft zu wenden.

Und dann waren da noch die dreißig Riesen in kleinen Scheinen, die sich nicht mehr an dem Platz befanden, wo er sie hingetan hatte, nämlich in einem Fach des Cambridge Sekretärs aus Walnussholz. Maletzke hatte sich völlig sicher gefühlt. Er musste einsehen, dass sein Glaube an die Ehrlichkeit derer, die er für die Stützen der Gesellschaft hielt, naiv war. Selbst wenn er nicht gerade mit Haftbefehl gesucht worden wäre, hätte die Verlustanzeige eines derart hohen Geldbetrags bei der Polizei Zweifel und Argwohn hervorgerufen. Schließlich stellte er fest, dass auch die Rolex weg war. Und der Nerz.

Dann befiel ihn ein Verdacht. Er suchte nach dem Autoschlüssel, der sich in der Jacketttasche seines silbrig glänzenden Bildschirmstörungsanzugs von Andrevie hätte befinden müssen. Aber da war er nicht mehr. Er schlüpfte in die Bildschirmstörungshose und rannte in Hausschuhen und mit dem weißen Frotteebademantel des Hotels hinaus und eilte zum Parkplatz, wo der Verdacht zur Gewissheit wurde.

Rolf Maletzke wankte angezählt wie ein Boxer, der sich nach einem K.o. wieder aufzurappeln versucht, in die Suite zurück. Er packte eine Flasche Jameson am Hals, goss ein Glas voll und stürzte den Whiskey hinunter. Dann griff er zum Telefon und ließ sich mit einer

Nummer in Berlin verbinden. Dort meldete sich bereits nach dem ersten Klingeln Ronny Reschke, seine rechte Hand.

Ronny Reschke saß in einer Einzimmerhinterhofwohnung mit Außenklo in Kreuzberg. Die sicherste Gegend in ganz Berlin, denn die Polizei hatte alle Hände voll mit den Hausbesetzern zu tun, einem ständigen Unruheherd, und keine Zeit, Jagd auf eine zwielichtige Gestalt wie Ronny Reschke zu machen.

Ronny stammte aus Gropiusstadt. Dort hatte er schon in früher Jugend gelernt, was für sein späteres Leben wichtig werden sollte. Mit diversen Schusswaffen unterschiedlichster Kaliber umzugehen, jemanden ohne Vorwarnung die Nase zu brechen, oder sie, wie in »Chinatown«, mit dem Messer aufzuschlitzen. Und er wusste auch, wie und mit welcher Wucht man jemanden am Kehlkopf treffen musste, damit dieser Jemand tot umfiel.

Rolf Maletzke hatte seine Begabungen entdeckt und ihn als Mädchen für alles angestellt. Ronny Reschke war seinem Chef sehr dankbar, dass er ihn von der schiefen Bahn geholt hatte, die für die meisten seiner ehemaligen Kumpel direkt nach Moabit in den Knast führte. Maletzke gab ihm Schutz und eine Aufgabe, die ihm gut gefiel, und für die er anständig bezahlt wurde. Vor allem aber gab Maletzke seinem Leben eine Struktur. Die Welt war einfach geworden. Sie teilte sich in die Freunde von Maletzke und in seine Feinde. Mehr musste er nicht wissen. Und mehr wollte er auch nicht wissen.

»Komm her. Jibt hier wat für dich zu erledijen«, sagte Rolf Maletzke.

In den nächsten Stunden überlegte er, wer ihn »wie eine Weihnachtsgans ausgenommen« hatte. Keiner seiner Feinde konnte wissen, dass er in Bozen war. Dass es sie dahin verschlagen würde, hatte er selbst noch nicht gewusst, als er losgefahren war. Irgendwie schien ihm das junge Pärchen suspekt. Es war nur ein vager Verdacht, aber zumindest überhaupt einer. Auf die Frage seiner Frau, wie er auf die Idee komme, sagte er: »Hab ich im Urin.« Außerdem kam ihm seine Nase zu Hilfe, die ihm sagte, wenn jemand »nicht ganz koscher« war. Genaugenommen war es jedoch das negative Ausschlussverfahren, das ihn darauf brachte. Es kam nämlich sonst niemand in Frage. Weder der hundertjährige Dressurreiter mit dem steifen Bein noch der übergewichtige Glatzkopf, der das Verdrücken von riesigen Portionen Fleisch für Savoir-vivre hielt, noch all die anderen, die wie Stützen der Gesellschaft aussahen.

»Guck sie dir doch an. Die würden sich doch alle bepissen vor Angst«, sagte er.

Dieses Mädchen aber »mit der Trantüte im Schlepptau tut immer so fürchterlich vornehm, passt aber irgendwie nicht hierher«, auch wenn Rolf Maletzke nicht zu sagen gewusst hätte, warum nicht.

Am folgenden Tag erfuhr Maletzke von einem Hotelangestellten, den er befragte, dass eine gewisse Nastassia von Rabenhorst und ihr Mann verschwunden seien, ohne die Hotelrechnung bezahlt zu haben. Im Kleiderschrank seien alte spanische Zeitschriften und ein brauner, abgeschabter Pelzmantel gefunden worden.

Rolf Maletzke rief seinen Anwalt in Berlin an. Ronny Reschke würde ihm hier nicht allzuviel nützen, solange er nicht wusste, wer in seine Suite eingebrochen war, und um das herauszufinden brauchte er die Hilfe eines Einheimischen. Sein Anwalt hatte gute Kontakte. Auch in Italien. Zehn Minuten später hatte Maletzke die Adresse eines Privatdetektivs in Bozen. Vermutlich des einzigen, den es dort überhaupt gab. Aber er war nicht in der Stimmung, das nachzuprüfen.

Gian Carlo Manzoni hatte ihn bereits erwartet. Es war ihm gesagt worden, dass Maletzke ein wichtiger Mann sei und bei Erfolg eine nicht unerhebliche Bonuszahlung in Aussicht stünde. Manzoni sprach Deutsch, war nicht sehr groß und hatte einen leichten Hang zum Übergewicht. Viele hielten ihn für gemütlich und unterschätzten seine Beweglichkeit. Er hatte dichtes schwarzes Haar, sorgfältig gestutzte Koteletten und einen dezenten Schnurrbart. Seine Sekretärin, die gleichzeitig seine Geliebte war, öffnete die Tür und Gian Carlo Manzoni wuchtete seinen Körper aus dem Bürostuhl, um Rolf Maletzke zu begrüßen.

Manzoni bot ihm einen Stuhl an und ließ ihn erzählen, in der Hoffnung auf Informationen, mit denen er etwas anfangen konnte. Präzise Angaben lieferte Maletzke jedoch nur hinsichtlich des schwarzen Porsches. PS, Hubraum, Spitzengeschwindigkeit, Baujahr, Innenausstattung und Sonderanfertigungen. Als Manzoni ihn fragte, wie das Pärchen aussah, versuchte Maletzke es möglichst präzise zu beschreiben.

»Sie heeßt Nastassia von Rabenhorst. Ob das allerdings ihr richtijer Name ist, bezweifle ick. Eher nicht, wa. Wäre nicht so jünstig, wenn man Hoteljäste ausraubt und seinen richtijen Namen hinterlässt. Sie tut immer fürchterlich vornehm, wa. Macht een auf adlig. Naja, jetzt hat se ja mal ‘n Nerz, mit dem se anjeben kann. Aber det mit dem Porsche hätt’se sich nicht erlauben dürfen.«

»Ich meinte eigentlich, wie sie aussieht? Gesicht, Haarfarbe, Größe«, fragte Gian Carlo Manzoni, der sich Notizen zu machen versuchte.

»Jung. Verdammt jung. Aber flott. Keene achtzehn«, sagte Rolf Maletzke.

Gian Carlo Manzoni seufzte. Mit dieser Beschreibung würde er sie bestimmt finden.

8

Als das Schild »Milano« vorbeihuschte, stand für Nancy das nächste Ziel ihrer Reise fest. Nancy war schon mal in Mailand gewesen. Mit drei oder vier Jahren. Davon war ihr ein riesiger Kristalllüster im Hotel in Erinnerung geblieben. Aber das war nicht alles, was Nancy mit Mailand verband. Mailand war für Nancy auch ein livrierter Hoteldiener mit Mütze, der sie sehr beeindruckt hatte, weil er sich tief zu ihr hinabgebeugt und ihr heimlich Süßigkeiten zugesteckt hatte. Und die Tauben, denen sie auf einem großen Platz vor dem Dom nachjagen durfte. Mailand klang gut und mit den anderen Städten, die auf dem Autobahnschild standen, verband sie nichts.

»Milano«, jubilierte sie. »Wir fahren nach Milano.«

»Milano?« Sid sagte Milano nichts.

»Das ist italienisch und heißt Mailand«, sagte Nancy.

»Ich dachte, wir fahren nach Rom«, sagte Sid.

»Würde ich ja gern, aber ich habe gar keine Tante in Rom. Und wenn ich da eine hätte, könnten wir nicht hinfahren, weil alle meine Tanten sofort meinen Vater anrufen würden«, sagte Nancy.

»Und was machen wir dann in Milano?«, fragte Sid.

»Was man eben so macht in einer Großstadt. Untertauchen vielleicht? Rod Stewart könnte möglicherweise nicht sehr gut auf uns zu sprechen sein. Und die Polizei mag sowas auch nicht. Hab ich jedenfalls mal gehört. In Mailand sind wir wie die Nadel im Heuhaufen. Da findet uns garantiert niemand. Oder willst du woanders hin?«

»Woanders hin?« War er vielleicht schon mal in Italien gewesen? Eben. Wie sollte er da wissen, wo sie hingehen konnten? Italien war seiner Erinnerung nach nie in Erdkunde vorgekommen. Es sei denn, er hatte da gerade geschwänzt. Oder geträumt. Aber es ging bei seinem Lehrer Schnöff sowieso nur darum, irgendwelche Flüsse, Berge und Täler auswendig aufsagen zu können. Bei dem war Erdkunde wie Stadt-Land-Fluss. Jedenfalls war das so, als sie Deutschland durchnahmen. Sechs Berge im Fichtelgebirge. Zu was immer das gut sein sollte. Höchstens, wenn man im Fichtelgebirge auf einem der Berge war, dann konnte man sagen, hab ich's doch gewusst, Ochsenkopf, kenn ich, hatten wir schon beim Schnöff. Aber Sid dachte nicht im Traum daran, jemals ins Fichtelgebirge zu fahren.

Wahrscheinlich war es das gleiche Muster, als sie Italien durchnahmen. Sechs Städte in Oberitalien. Und wenn dann jemand Milano oder Bolzano hingeschrieben hätte, hätte Schnöff das mit Rotstift angestrichen. Nicht mal, wenn er aufgepasst hätte, hätte ihm der Unterricht vom Schnöff was genutzt.

Sid hatte keine Vorstellung von Italien, außer dass es im Sommer heiß war und es Strände gab. Und wenn man zu Beginn der Ferien dorthin fuhr, dann steckte man so lange im Stau, bis das Fernsehen darüber berichtete. Und Willy Schlebrowski sagte dann: »Guck dir das an! Mann, sind die bescheuert.« Er hasste Leute, die es sich leisten konnten zu verreisen. Die einzige konkrete Verbindung zu Italien hieß für Sid San Remo und war eine Eisdiele in seiner Heimatstadt.

»Weißt du was, Sid? Wir schauen uns Mailand an und

wenn es uns gefällt, bleiben wir, wenn nicht, hauen wir wieder ab. Guter Plan?«

»Yoo«, sagte Sid.

»Jetzt zähl mal die Kohle. Muss doch ein richtiger Batzen sein, oder?«

Sid war immer noch angespannt, obwohl das »Parkhotel Laurin« schon eine Stunde hinter ihnen lag und obwohl er als Schmieresteher, der nicht weiß, wie man Schmiere steht, nur eine Nebenrolle gespielt hatte. Seine Beteiligung bestand lediglich darin, sich auf seinen Schutzengel zu verlassen. Was hätte er auch tun sollen? Hätte er Maletzke vors Schienbein treten sollen, wäre der vorzeitig aus der Sauna zurückgekommen? Und dann? Oder hätte er ihm und seiner Frau spontan einen Vortrag über den Spanischen Bürgerkrieg halten sollen? Während sich die großen Brüste der Frau unheimlich unter dem weißen Frotteebademantel gewölbt hätten?

Sid hatte mit Leuten wie Rod Stewart, egal ob sie nun Zuhälter oder Parvenüs oder Schauspieler oder Rockstars waren, noch nie zu tun gehabt und keine Vorstellung, wie man sich ihnen gegenüber verhielt. Er hing in seinem früheren Leben gerne mit ein paar Freunden ab und kiffte. Wenn einer was hatte. Wie zum Beispiel Max. Der war zwei Jahre älter und schon nach Afghanistan getrampt. Das war irre weit weg und ein bisschen irre war Max auch. Dort hatte er sich ein Pfund Schwarzen Afghanen gekauft, es zur Wurst geformt vorne in die Hose gesteckt, und war wieder zurückgetrampt. Tausendmal musste er erzählen, wie alle Grenzer ihn durchgewunken hatten, weil sie dachten, er hätte eine Erektion, und weil sich niemand an einem »perversen Bastard« die Hände schmutzig machen wollte.

Der schwarze Afghane war rein und schwarz und klebrig und wirkte sich verheerend aus. Er verlangsamte die Zeit, hielt sie manchmal sogar an. Und wenn jemand »In a Gadda Da Vida« auflegte, tauchte Sid tief in eine Sphäre ein, in der er mit der pompösen Musik verschmolz. Er konnte sich dann von außen betrachten, wie er da saß mit schweren Gliedern und schweren Gedanken, die ihm sehr bedeutsam und philosophisch erschienen, bevor sie sich wieder verflüchtigten. Und zwar rückstandslos, wie er anschließend bedauernd feststellen musste.

Seine Gedanken schweiften ziellos umher, wie wenn sie jemand kräftig durcheinandergeschüttelt hätte. Das hier aber war anders. Nach diesem Diebstahl gab es kein Zurück mehr. Alles vorher, das waren Kleinigkeiten. Die nicht bezahlte Tankfüllung auf der Autobahnraststätte: Benzindiebstahl. Der Klamottenklau im Oberpollinger: Kaufhausdiebstahl. Eine unbezahlte Übernachtung im Hotel »Vier Jahreszeiten«: Die würde Papa zahlen. Nicht seiner natürlich, aber Papa von Westphalen. Und einmal im Kofferraum über die Grenze: Wie immer dieses Vergehen hieß, wahrscheinlich Grenzverletzung, so schlimm konnte es nicht sein. Dies jedoch war keine kleine Verfehlung, das war ein Diebstahl, den sogar das organisierte Verbrechen nicht verschmäht hätte.

»Hallo Sid! Alles okay? Wieviel ist es denn? Das muss doch ein Sechser im Lotto sein«, drängelte Nancy.

Sid zählte.

»30.000«, sagte er.

So viel Geld hatte er noch nie in der Hand gehabt, nicht mal gesehen, nicht mal von weitem.

»Whow«, sagte er elektrisiert, gleichzeitig war ihm anzumerken, wie mulmig ihm wurde bei dem Gedanken, dass bei dieser Menge Geld die Polizei etwas intensivere Untersuchungen anstellen würde als bei einem im Halteverbot parkenden Auto.

»Mein Gott, Sid«, sagte Nancy, die ihm ansah, dass ihm unwohl war, »jetzt mach dir nicht ins Hemd. Das haben wir doch schon vorher gewusst, oder? Außerdem: Nach wem fahnden die wohl? Nach Nastassia von Rabenhorst. Nach der können sie lange fahnden. Bis die rausfinden, dass die seit fünf Jahren tot ist, haben wir die 30.000 schon verjubelt.«

»Die ist tot?«, fragte Sid.

»War irgend so eine Großtante von mir«, sagte Nancy.

»Wieviel Tanten hast du denn?«, fragte Sid.

»Dreizehn. Aber wenn ich die toten Tanten dazuzähle, sind es noch mehr. Jedenfalls führt die Spur von Nastassia von Rabenhorst zu einem Grabstein auf dem Land, aber nicht zu uns. Keine Panik. Ist doch alles gut gegangen.«

»Ich weiß«, sagte Sid, der auf keinen Fall zugeben wollte, dass er sich ins Hemd machte. Ihm schien es, als ob Nancy der Blick für die Dimensionen abhanden gekommen sei. Er hatte zwar keine Ahnung von Autos, aber die musste man auch nicht haben, um zu wissen, dass der schwarze Porsche nicht irgendein Auto war. In den Fertigbaugaragen der Siedlung aus den sechziger Jahren, in der die Schlebrowskis wohnten, hatte er jedenfalls noch keinen gesehen. Und man musste auch keine Ahnung von Pelzmänteln haben, um zu wissen, dass so ein Nerz nicht gerade von Frauen wie seiner Mutter getragen wurde. Sid machte der Diebstahl eines Porsches und eines Nerz mehr zu schaffen, als wenn es sich nur um einen Ford Escort und einen Parka gehandelt hätte.

Und die 30.000 Mark? Auch nicht gerade ein Betrag, bei dem der Besitzer sich kurz am Kinn kratzt und sich wieder seinen laufenden Geschäften zuwendet. Rod Stewart würde rotieren.

»Du musst einfach daran denken, dass wir noch nicht volljährig sind«, sagte Nancy, die seine Gedanken lesen konnte. »Die können uns gar nichts.« Sie machte eine kleine Pause und fügte hinzu: »Und deshalb ist es doch egal, ob wir nur ein bisschen klauen oder ganz viel. Denk an Artur Goldstajn: Hier geht's um die ›Expropriation der Expropriateure‹ oder wie das heißt. Hat der nun recht oder nicht?«

Sid sagte nichts.

»Wär es dir lieber gewesen, wenn Rod Stewart sein Geld und den Nerz von seiner Schrappnelda nicht einfach so hätte rumliegen lassen?«

»Schrappnelda?«

»Hat meine Mutter immer zu Frauen gesagt, die ein bisschen plemplem waren.«

»Aha.«

Für ihn bestand schon ein Unterschied, ob man die Kronjuwelen der englischen Königin klaut oder einen Kugelschreiber aus dem Hotel mitgehen lässt.

»Und wenn wir schon erwischt werden, dann muss es sich wenigstens gelohnt haben«, sagte Nancy. »Wär ja doof, wenn sie uns in irgendeiner Absteige erwischen. Stell dir das mal vor! Wie peinlich wäre das denn! Dann lieber in einem richtigen Hotel, einem mit Kronleuchter und großen Spiegeln an der Wand und mit livrierten Dienern, die einem die Tür aufhalten und einen im Aufzug nach oben begleiten, oder?«

Sid hätte wegen eines Kronleuchters oder eines livrierten Dieners nie das Risiko auf sich genommen, erwischt zu werden. Aber mit Nancy nahm er die Anspannung auf sich. Dennoch spürte er jedes Mal eine extreme Nervosität in sich aufsteigen, wenn er einem Hotelbediensteten über den Weg lief. Das machte ihn sogar so nervös, dass er dagegen eine Nacht im Auto oder auf einer Parkbank angenehm und ruhig gefunden hätte. Aber das sagte er nicht.

Sid fragte sich, was eigentlich mit ihm los war. War sein Leitspruch nicht »I'll never get out of this world alive«? Warum dann diese Ängstlichkeit? Er hasste sich dafür. Willy Schlebrowski hatte sie ihm eingeprügelt. Und dafür hasste er ihn nochmal richtig und ausgiebig. Aber auch wieder nicht so lange, wie er es zweifellos verdiente. Jetzt war Nancy da. Er dachte nur noch selten an Willy Schlebrowski.

»Alles okay?«, fragte Nancy.

Sid grinste schief. Er sagte: »Yoo! Scheiß drauf.« Dann sah er Nancy an und strahlte. »Never mind the bollocks.«

»Schon besser«, sagte Nancy. »Und? Was machen wir mit dem Geld?«

»Verpulvern?«

»Ja schon, aber wofür?«

»Weiß nicht. Für alles?«, sagte Sid.

»Gibt es denn nichts, was du schon immer haben wolltest?«

Sid überlegte. Dann sagte er: »Ich will wieder eine Lederjacke.«

»Das müsste drin sein. Und sonst?«

»So eine, wie Sid sie hatte.«

»Was hatte der denn für eine?«

»So eine wie die, die jetzt im ›Vier Jahreszeiten‹ liegt.«

»Aha.«

»Und dann will ich noch ein paar Platten«, sagte Sid.

»Aber du hast doch gar keinen Schallplattenspieler«, gab Nancy zu bedenken.

»Und einen Schallplattenspieler«, sagte Sid.

Nancy lachte.

»So kriegen wir die 30.000 aber nicht unter die Leute«, sagte sie.

Es war jedoch nicht so, dass sie sich deshalb Sorgen machte.

Für Gian Carlo Manzoni war es nicht schwer herauszufinden, welcher Branche sein Klient angehörte und weshalb er gesucht wurde. In »Aus aller Welt« hatte der Fall Maletzke und sein plötzliches Verschwinden für Schlagzeilen gesorgt. Bei der Zeitungslektüre stieß er noch auf eine weitere launige kleine Meldung:

Junges Gaunerpärchen auf und davon. Im Nobelhotel Vier Jahreszeiten, Treffpunkt der Münchner Schickeria, machte sich ein junges Pärchen aus dem Staub, ohne zu bezahlen. Nachdem ein Angestellter des Hotels Verdacht geschöpft hatte, brachen die beiden Hals über Kopf auf und hinterließen zwei Koffer mit gestohlener Ware. Die junge, sehr elegant gekleidete Frau ist im Hotel Vier Jahreszeiten keine Unbekannte. Nancy von W. hat schon häufiger dort logiert, wie von einem Hotelbediensteten zu erfahren war. Dass sie jetzt mit ihrem Freund, über dessen Identität keine Erkenntnisse vorliegen, die Flucht ergriffen hat, legt die Vermutung nahe, dass die Eltern die Verbindung der noch nicht Volljährigen mit dem jungen Mann nicht duldeten.

Sah ganz so aus, als ob es dieses »Gaunerpärchen« nach Bozen verschlagen hatte. Jedenfalls war es unwahrscheinlich, dass gleich mehrere minderjährige »Gaunerpärchen« Luxushotels heimsuchten, dachte Gian Carlo Manzoni. Nur dass sich die junge Frau im »Laurin« als Nastassia von Rabenhorst vorgestellt hatte, verunsicherte ihn etwas. Aber wahrscheinlich hatte Rolf Maletzke recht und Nastassia von Rabenhorst war gar nicht der richtige Name der jungen Frau. Was er der Zeitungsnotiz außerdem entnahm, war, dass die beiden Amateure waren. Das machte die Sache nicht leichter, denn das hieß, dass sie der Polizei eher früher als später in die Hände fallen würden. Gian Carlo Manzoni hatte nicht viel Zeit.

Er beauftragte seine Mitarbeiterin, eine Liste von Fünfsternehotels im Umkreis von 200 Kilometern zusammenzustellen. Über diesen »beschissenen Job«, den er gern selbst machen könne, beschwerte sich seine Freundin. Er konnte sie nur mit einer Einladung in ein exquisites Restaurant dazu überreden. Die Spesen würde er Maletzke auf die Rechnung setzen.

Die nächsten Tage verbrachte er am Telefon und belästigte die Rezeptionisten mit einer rührseligen Geschichte von zwei Teenagern aus vornehmen Hause, die ausgerissen seien und nun von ihren besorgten Eltern gesucht würden. Die Eltern wären sehr dankbar, wenn man sie über ihn, Gian Carlo Manzoni, diskret verständigte. Aufsehen wolle man vermeiden. Man könne im Erfolgsfall mit einer großzügigen finanziellen Zuwendung rechnen. Sehr wahrscheinlich seien die beiden mit einem schwarzen Porsche mit dem deutschen Kennzeichen B-RM 2000 unterwegs, und die Frau, die vermutlich unter dem Namen Nastassia von Rabenhorst reise, trage eventuell einen Nerz. Die Hoffnung, ins Schwarze zu treffen, war nicht sehr groß, aber immerhin war es ein Plan, den er präsentieren konnte.

Auch in Deutschland waren inzwischen die Ermittlungen aufgenommen worden. Und zwar von Viktor von Westphalen.

Als das Verschwinden Nancys bemerkt wurde und das Schlossfaktotum Marek den Verlust des Citroëns meldete, sah Viktor von Westphalen große Unannehmlichkeiten auf sich zukommen. Er rief die Familie zusammen und verhörte seine Söhne.

»Ich glaube, sie wollte zur RAF gehen«, sagte Harry.

»Quatsch«, sagte Benny, »wollte sie gar nicht. Sie wollte nicht so rumlaufen wie die RAF.«

»Welcher ist denn die RAF?«, wollte Lenny, der kleinste der Brüder, wissen.

»*Wer* heißt das«, verbesserte Auguste von Westphalen.

»Was?«, fragte Lenny.

»Es heißt: *Wer* verbirgt sich hinter der RAF«, präzisierte sie.

»Doch nicht hinter der RAF«, sagte Lenny.

»Jetzt halt mal die Klappe«, schaltete sich Hardy ein und rief ein Stirnrunzeln bei Auguste von Westphalen hervor. »Mir hat sie gesagt, dass sie schon was Passendes zum Anziehen hätte für die RAF.«

»Klar, sie hatte doch immer was Passendes. Das weiß doch jeder«, sagte Davey.

Nancy und die RAF? Viktor von Westphalen schien das hochgradig absurd. Immerhin stellte sich heraus, dass niemand einen pickligen Jüngling kannte, mit dem Nancy losgezogen sein könnte, der Alptraum Viktor von Westphalens. Jedenfalls hatte keiner der Brüder so einen in ihrer Nähe gesehen.

»Natürlich gab es welche in ihrer Nähe«, widersprach Harry. »Also nicht so total nah, aber schon ziemlich nah.«

»Wie nah meinst du denn?«, fragte Davey. »So nah?« Dabei formte er den Mund zu einem Kuss.

»So nah doch nicht! ›Zunge finde ich eklig‹. Hat sie das immer gesagt oder nicht?«, sagte Hardy.

»Zunge?« Lenny streckte seine Zunge heraus und verdrehte die Augen nach unten, um herauszubekommen, was an der eklig sein sollte.

Viktor von Westphalen gab auf. Immerhin erfuhr er, dass sie auf einen Chauffeur nicht angewiesen war, denn angeblich konnte sie Auto fahren. Das hatte sie hinter dem Schloss auf den Waldwegen geübt. Er war nicht erfreut. Warum hatte ihn Marek nicht informiert?

Marek verfiel ins Polnische. Und außerdem stotterte er. Wie immer, wenn ihm die Sache unangenehm war, und hätte Viktor von Westphalen gestottertes Polnisch verstanden, hätte er gehört, dass Marek sein »dziewczynka«, sein »kleines Mäuschen«, niemals verraten würde, schließlich hatte sie ihn gebeten, den Mund zu halten, sonst würde sie seinen »polnischen Dickschädel mit einem großen Stück Holz aus den Westphälischen Wäldern bearbeiten«.

Viktor von Westphalen schluckte. Ihm fiel ein, dass Nancy immer mal wieder gefragt hatte, was dieses oder jenes Verkehrsschild bedeutete, um schließlich zu dem Schluss zu kommen, dass diese Schilder alle »völliger Schwachsinn« seien.

Sollte er die Polizei verständigen? Oder noch abwarten? Vielleicht machte sie auch nur eine kleine Spritztour und kehrte wieder nach Hause zurück. Dagegen sprachen allerdings die Koffer und die geplünderte Haushaltskasse seiner Frau.

Viktor von Westphalen rief die weit verzweigte Familie an, aber niemand wusste etwas über Nancys Verbleib, nur seine unverheiratet gebliebene Schwester Marie Luise meinte, er solle mal im Hotel »Vier Jahreszeiten« in München anrufen. Dort habe es ihr immer gut gefallen, und außerdem kenne man doch ihre Vorliebe für Nobelhotels.

Also hatte er angerufen und sie verscheucht. Auf dem Weg nach München dachte Viktor von Westphalen immer wieder, wie dürftig es war, was bei der Erziehung in einem teuren englischen Internat herausgekommen war, in das er sie nach ihrem Ausflug nach Madrid gesteckt hatte.

Im Hotel »Vier Jahreszeiten« wurde ihm ein Paket übergeben, das von einer Boutique für Nancy abgegeben worden war mit einer beigefügten Rechnung. Der praktische Nutzen der Dinge, die er auspackte, erschien ihm höchst zweifelhaft. Er trug alles zur Boutique zurück und entschuldigte sich für den Aufwand, den seine Tochter den Verkäuferinnen verursacht hatte.

Schließlich wollte das Hotel wissen, was es mit der abgetragenen Lederjacke mit Nieten tun solle. Viktor von Westphalen nahm sie, knüllte sie in einem plötzlichen Wutanfall zusammen und stopfte sie in einen Papierkorb.

Kurze Zeit später rief seine Frau im Hotel an. Die Polizei hatte sich bei ihr gemeldet und wollte wissen, was der auf Viktor von Westphalen zugelassene schwarze Citroën auf einer österreichischen Raststätte zu suchen hatte und ob ihr ein gewisser Michelangelo Bellini bekannt sei, der sich im Besitz der Autoschlüssel des Wagens befunden habe. Als er das hörte, war Viktor von Westphalen sehr froh, dass er nicht noch eine zweite Tochter hatte.

»Wenn der hier wieder auftaucht, dann ... dann ...«, sagte Willy Schlebrowski. Es fiel ihm gerade keine angemessene Strafe ein, aber es hörte sich nach Jüngstem Gericht an, zumindest aber nach zwölf Runden im Ring.

Als Sid sich nach zwei Tagen nicht gemeldet hatte, entschloss sich das Ehepaar Schlebrowski, eine Vermisstenanzeige bei der Polizei aufzugeben. Der Beamte nahm den Fall auf und legte die Akte in die Ablage. Was sollte er sonst tun? Anhaltspunkte, wo sich der Sohn aufhalten könnte, gab es keine. »Michael Schlebrowski« war eine Routineangelegenheit, ein Fall mehr auf der Vermisstenliste der Polizei, die in den letzten Jahren immer länger wurde, seit die Jugendlichen lieber in Berlin Häuser besetzten als in der Provinz zur Schule zu gehen.

9

Der schleppende Rhythmus von »Guns of Brixton« und die desillusionierte, eintönige Stimme von Paul Simonon ließen Sids Körper vibrieren. Bewegungslos sah er auf die Bühne, als wollte er alles, was da passierte, aufsaugen und sich für immer einprägen. Ihm fiel auf, wie Paul Simonon in ihre Richtung sah. Zunächst glaubte er, sie würden einfach nur in seinem Blickfeld stehen. Aber dann kam er immer wieder zum Bühnenrand vor, und es sah so aus, als würde er vor Nancy auf die Knie gehen. Vor der Bühne, auf der die Clash spielten, hüpften und stampften auch andere Punks herum. Aber irgendetwas, das er sich später nicht erklären konnte, machte Sid sicher, dass diese in ihre Richtung zelebrierte Show Nancy galt. Als würde Simonon geheime Botschaften verschikken. Er sah zu Nancy, um herauszufinden, ob ihr das merkwürdige Verhalten Paul Simonons ebenfalls aufgefallen war, aber sie sprang nur ausgelassen hin und her und rempelte dabei andere an.

Nancy verausgabte sich, sie japste nach Luft, sie schwitzte und sie fühlte sich unbezwinglich und unwiderstehlich. Unter den vielen minderjährigen Mädchen, die ihre Köpfe wild hin und her warfen, fiel sie besonders auf. Mit einem silbrig glänzenden, eng anliegenden Kleid, schwarzen Strümpfen, schwarz-weißen Cowboystiefeln und einem schwarzen Nadelstreifenjackett. Eine schmale rote Krawatte hüpfte auf und ab. Sie hatte das auf dem Plakat der Band gesehen, die im Fifties-Style abgebildet waren, mit Anzügen, Stiefeln und Haartollen.

Kurz nach ihrer Ankunft in Mailand und den ersten Streifzügen durch die Stadt auf der Suche nach einer Lederjacke und einem Laden mit Punk-Platten hatte Sid dieses Plakat entdeckt, auf dem die Clash angekündigt waren. Allerdings in Bologna.

»Bologna? Ist, glaube ich, nicht sehr weit weg«, sagte Nancy.

Er sagte, die Clash seien »total klasse« und sie in Bologna zu sehen wäre »ein echter Hammer«.

Sid hatte während einer viertägigen Klassenfahrt nach London eine Nummer des *New Musical Express* gefunden, in dem ein langer Artikel über die Clash stand, den er zu Hause Wort für Wort mit Hilfe eines englischen Wörterbuchs übersetzte. Häufig kam nichts Vernünftiges heraus. Manchmal aber schon. Die Clash waren, wie er herausgefunden hatte, nicht wie die meisten Rockstars »gottverdammte Schweine«, sondern ganz weit entfernt von dieser »stinkenden Norm« und ganz nah bei ihren Fans. Da stand allerdings auch, dass sie »unsexistisch« seien, dachte Sid später spöttisch.

»Wer weiß, ob es die Clash noch lange gibt. Die Sex Pistols haben sich vor ein paar Jahren direkt nach ihrer Amerika-Tournee aufgelöst. Die gab es nur zwei Jahre«, sagte Sid. »Manche würden sich den rechten Arm abhakken, um sie noch einmal zu sehen.«

»Du auch?«, fragte Nancy.

»Höchstens, wenn Sid wieder dabei wäre«, sagte Sid. Sicher ist sicher.

»Und bei den Clash?«, fragte Nancy.

»Nur, wenn du nicht mitkommst«, sagte Sid in der Hoffnung, dass Nancy es nicht darauf ankommen lassen würde.

Im Plattenladen hatte Sid die Ramones-Platte entdeckt, auf der die Jungs lässig und mit dunklen Sonnenbrillen an einer Wand lehnen. Mit Lederjacken im klassischen Motorradstil mit Reißverschlüssen und hohem Kragen.

»Die will ich haben«, sagte Sid.

»Kein Problem«, sagte Nancy.

Am Ausgang standen zwei Roadies und winkten sie zu sich. Sie baten sie, backstage zu kommen, »because Paul would like to see you«. Und als die beiden ihr den Weg wiesen, wandte sie sich zu Sid um und sagte: »Komm.« Und zu den Roadies: »Mein Freund kommt auch mit.«

»No problem«, sagten die Roadies.

Sid empfand es als zweifelhafte Ehre, »kein Problem« zu sein. Aber das war ihm egal. Er kam sich einen Moment lang sehr bedeutend vor.

Paul Simonon begrüßte Nancy und Sid, als sie in das Zelt kamen, das überfüllt war von der mitgereisten Entourage. Viele junge Punks, die abhingen und redeten und lachten. Manche gähnten oder alberten herum. Simonon besorgte den beiden ein Bier und fragte, wie ihnen das Konzert gefallen habe.

»Great«, sagte Nancy.

»And where do you come from?«

»From Germany«, sagte Nancy.

»Fuck, from Germany«. Paul Simonon lachte. Er war der Bassist der Band, wie Sid Nancy erklärt hatte. Mit seinen strubbeligen, sorgsam unregelmäßig geschnittenen Haaren sah er ein wenig wie Richard Hell aus, ein anderer Punkheld, den Sid bewunderte. Ein Blick, bei dem nicht auszuschließen war, dass er aus Übermut seinen

Bass auf dem Boden zerschmettert würde, wie er es schon mal gemacht hatte. Der Typ auf dem »London Calling«-Plattencover war er.

Nancy scherzte mit Simonon, während Sid daneben stand und nur die Hälfte verstand.

»And this is my boyfriend Sid«, sagte sie und für kurze Zeit fokussierte sich die Aufmerksamkeit der Umstehenden auf ihn.

»Hey Sid! Fuck, long time no see«, sagte Simonon, »you're back on earth again? Looking fucking great for coming from a fucking graveyard, you fucking bastard. Guess, you had a good time in hell?«

Die Leute um sie herum lachten. Sid grinste. Es war ein schiefes Grinsen.

Sid verstand nicht alles, was Simonon sagte, aber er verstand »fucking bastard«. Er grinste unsicher. Da ihm nichts Originelles einfiel und er das, selbst wenn es ihm eingefallen wäre, nur unbeholfen in Englisch hätte ausdrücken können, fiel die Erwartung, die auf ihn gerichtet war, in sich zusammen wie ein Soufflé. Die Umstehenden wandten sich wieder Nancy und Paul zu.

Sid kam sich klein und schäbig vor gegenüber Paul Simonon. Bestimmt führte er ein aufregendes Leben und war ein großartiger Typ. Wahrscheinlich auch noch intelligent, schlagfertig und charmant, dachte Sid. Ein richtiger Kotzbrocken, ein Großmaul. Selbstzweifel überfielen Sid wie eine ganze Horde Indianer, die ihn verschnürte und über die Prärie hinter sich herschleifte.

Als er sicher war, dass niemand mehr von ihm Notiz nahm, ihm niemand mehr eine Frage stellen würde, stand Sid unsicher auf und ging unbemerkt nach draußen.

Sid ließ sich treiben, beschäftigt mit seinen Gedanken, bis er zur Piazza Minghetti kam. Er bog links in die Via Castiglione ein und kam zum Palazzo della Mercanzia, wo er überlegte, in welche Richtung er weitergehen sollte. Aber nichts sprach dafür, einen bestimmten Weg zu nehmen. Weiter ins Ghetto Ebraico, lief er ziellos durch die dunklen Arkaden der Via Zamboni und kam in ein dunkles menschenleeres Viertel. Manche Gassen waren verlassen wie vor einem Bombenangriff. Nur Schatten huschten lautlos vorüber. Neben einer Ruine in der Via dell'Inferno leuchtete in einer geschwungenen Neonschrift in Rot »Caffè della gioventù perduta«. Sie wirkte auf Sid merkwürdig anziehend, wie etwas, das in der Zukunft lag, und gleichzeitig wie eine zurückliegende Begebenheit, an die er sich nicht erinnerte, aber ihn betraf. Er sah durch das Fenster der Bar, in der an einem Tisch eine Gruppe Punks gestikulierte, trank und laut durcheinanderredete. Vielleicht waren sie ebenfalls auf dem Konzert gewesen. Sid betrat die Bar und versuchte, unbemerkt zum Tresen zu gelangen. Es kam ihm so vor, als ob der bunte Haufen wilder Gestalten mehr trank und lachte, als seine Lehrer je Lügen über ihn verbreitet hatten. Und das waren nicht wenige.

Ein unrasierter Mann mit Hut, runder Brille und einem leichten Fischgräten-Jackett stand ebenfalls am Tresen, nur etwa zwei Meter von Sid entfernt. Der Mann wandte dem lärmenden Haufen den Rücken zu und beachtete sie nicht. Er schien etwas in ein Heft zu schreiben. Sid warf einen Blick darauf und sah, dass es sich um Linien handelte, die sich wild kreuzten und deren Sinn sich ihm nicht entschlüsselte.

Er versuchte, die Aufmerksamkeit des Barmanns auf sich zu lenken. Als er sie hatte, sagte er »Whiskey«. Der unrasierte Barmann, der einen Zigarettenstummel zwischen den Lippen hin und her rollte wie in einem amerikanischen Western, zeigte mit einer nachlässigen Handbewegung auf ein Schild, das zwischen einigen Gläsern in einem Regal hinter ihm stand.

Sid las: »Credit is like sex. Some have it, some do not.«

Sid sah den Barmann an. Und?, stand in seinem Gesicht geschrieben. Der Barmann zog entschuldigend die Schultern in die Höhe und Sid glaubte, ein leichtes Grinsen in seinem verwitterten Gesicht erkennen zu können.

»Geben Sie ihm einen, Giovanni«, sagte der Mann im Fischgräten-Jackett.

Der Barmann nickte etwas enttäuscht und holte eine Flasche hinter sich aus dem oberen Regal.

»Besser Sie geben ihm einen Doppelten«, sagte der Mann. »Vom Jameson.«

Sid nickte dankbar. Dieser Mann besaß offenbar geheimnisvolle Fähigkeiten. Sid leerte den Jameson zügig und schüttelte sich. Hitze kroch wie ein Buschfeuer nach oben, bevor es in sich zusammenfiel und eine angenehme Wärme in seinem Körper glühte, die ihn träge machte. Er sah sich um.

An einem Tisch abseits von den Trinkern saß ein junger Mann und schlief. Sein Kopf lag auf seinen Armen wie auf einem Kissen. Daneben befand sich ein Hut, in dem ein paar Münzen lagen, und ein Zettel, auf den ein paar Worte gekritzelt waren, die Sid zu entziffern suchte.

»Der Junge will nicht geweckt werden, aber er bittet um Geld, damit er in einem Hotelzimmer Liebe machen kann«, sagte der Mann am Tresen, ohne aufzusehen.

Sid sah überrascht zu seinem Gegenüber. Woher wusste der Mann, dass er die Schrift angestarrt hatte? Warum redete er ihn auf deutsch an? Sah man ihm den »tedesco« so deutlich an?

Ein hagerer, verwegen aussehender Typ in einem schlecht sitzenden Anzug aus der Altkleidersammlung löste sich aus der Gruppe am hinteren Tisch und ging zum Tresen, um etwas zu bestellen. Er hatte eine Mullbinde auf seinem rechten Ohr, die provisorisch mit Heftpflaster befestigt war.

»Er hat einer Frau ein Kind gemacht und sie dann verlassen. Sie hat ihm daraufhin ein Stück vom Ohr abgebissen«, sagte der Mann im Fischgräten-Jackett. »Die Eltern wollen ihn jetzt ins Gefängnis bringen, weil ihre Tochter noch minderjährig ist.«

Während er das sagte, zeichnete er immer noch geheimnisvolle Linien in das Heft.

»Und der da heißt Jean-Michel. Er kann eine Flasche Rum austrinken und dann zum Generalstreik aufrufen«, sagte der Mann.

Sid sah niemanden.

»Sie müssen genau hinsehen«, sagte der Mann.

Sid sah sich um. Da war keiner.

»Geben Sie ihm noch einen, Giovanni«, sagte der Mann und seufzte.

Sid stürzte auch das zweite Glas hinunter. Der Whiskey brannte auf dem Weg in den Magen und strahlte wie ein Heizkörper. Jetzt sah er ihn. Jedenfalls dachte er, dass das Jean-Michel sein musste, den der Mann im Fischgräten-Jackett erwähnt hatte. Er hatte kurze, braune Locken, stand breitbeinig da, die Hände in den Hosentaschen, eine dunkle, grobe Jacke und eine zu große Hose. Auf dem linken Hosenbein war mit einem Stift etwas gekritzelt, Buchstaben, die keinen Sinn ergaben. Ein breites Grinsen entblößte seine Zähne. Der Blick war herausfordernd. Jean-Michel war wie eine Provokation, die darauf aus war, heute noch einen harmlosen Passanten zu belästigen und die Nacht in einer Arrestzelle zu verbringen.

Sid wusste nicht, worauf das ganze hinauslief. Er wandte sich wieder dem Mann im Fischgräten-Jackett zu, weil er nicht derjenige sein wollte, der Ärger mit Jean-Michel bekam.

»Was machen Sie da? Womit beschäftigen Sie sich?«, fragte Sid.

»Mit der Verdinglichung«, sagte der Mann.

»Verdinglichung? Ist das nicht etwas Kompliziertes? Was mit dicken Büchern und vielen Papieren auf einem großen Tisch?«

»Nein«, sagte der Mann im Fischgräten-Jackett, »ich gehe spazieren. Hauptsächlich gehe ich spazieren. Das sollten Sie auch tun.«

»Ja, vielleicht«, entgegnete Sid, der nicht wusste, was er mit diesem Ratschlag anfangen sollte. An einer Fortsetzung des Gesprächs schien der Mann nicht interessiert zu sein.

Sid wandte sich seinem wie durch Zauberhand neugefüllten Glas zu. Er mochte keinen Whiskey. Auch keinen Jameson. Aber darum ging es ihm nicht. Er wollte die Welt nicht länger nüchtern ertragen, er wollte nicht, dass ihn seine Gefühle noch mehr verwirrten. Aber auch der Jameson verhinderte nicht, dass Bilder und Gedanken wie aufgescheuchte Gespenster durch seinen Kopf huschten. Der Whiskey saß schwer in seinen Gliedern und Sid hatte das Gefühl, sich nie wieder der Anstrengung unterziehen zu müssen, sich zu bewegen. Der Mann im Fischgräten-Jackett und der runden Brille wurde immer undeutlicher. Er schien ihm noch etwas zu sagen, aber Sid verstand ihn nicht. Er fühlte sich wie in Watte verpackt und die Stimme war gedämpft und kam von weit her.

Als die Gruppe sich auflöste und im Nichts jenseits der Tür verschwand, wo nur die Leuchtreklame einen schwachen Schimmer auf sie warf und ihr Lachen aufrührerisch durch die leeren Gassen hallte, wollte auch Sid gehen. Er versuchte, den Barmann auf sich aufmerksam zu machen, aber er brachte nichts heraus, außer etwas, das sich wie »pfrimmpf« anhörte. Da der Barmann ein perfektes »Zahlen bitte!« so wenig verstanden hätte wie das aus Sids Mund herauspurzelnde »pfrimmpf« spielte es keine Rolle.

Der Mann im Fischgräten-Jackett war verschwunden. Vielleicht hatte Sid aber auch bloß nicht bemerkt, dass er gegangen war. Oder sich aufgelöst hatte.

Sid holte, nicht ohne Anstrengung, einen Lira-Schein hervor und legte ihn auf den Tresen. Der Barmann schüttelte traurig den Kopf. Sid holte einen weiteren Schein hervor und kippte schließlich vom Hocker. Was danach passierte, daran konnte er sich später nicht mehr erinnern. Er befand sich plötzlich draußen unter verwitterten Arkaden. Das Café schien sich in Luft aufgelöst zu haben, als ob es nie existiert hätte. Der Asphalt reflektierte nicht mehr das schwache Flackern der Leuchtschrift.

Sid dachte daran, sich auf eine Parkbank zu legen. Aber hier gab es keine. Dann überflutete ihn eine Welle von Selbstmitleid und spülte ihn weiter. Er wollte mit Nancy reden. Große Worte und Gesten wurden angeschwemmt, aber kaum hatte sich Sid ihnen genähert, waren sie vom Meer seiner Verzweiflung wieder verschluckt worden. Sein Kopf rauschte wie ein voll aufgedrehter Wasserhahn. Der Whiskey nahm ihn in den Schwitzkasten und ließ ihn nicht mehr los. Die Dinge um ihn herum wurden schwammig, gerieten ins Schlingern. Sid hielt sich an einem Rohr fest und kotzte kleine Bröckchen einer halb verdauten Pizza. Dann torkelte er die Via dell'Inferno weiter, bis er an einer Wand langsam in sich zusammensackte.

Sids Schutzengel ließ ihn behutsam zu Boden gleiten, damit er sich nicht verletzte. Sid würde sich schnell wieder erholen. Der Schutzengel grinste und führte ein paar Punks, die ebenfalls auf dem Konzert gewesen waren, auf ihrem Nachhauseweg an Sid vorbei und gab ihnen zu verstehen, sich um ihn zu kümmern.

Die Punks erschienen Sid dunkel und vage. Fast bedrohlich. Sie kamen ihm wie Indianer auf dem Kriegspfad vor, die ihn in ihr Lager schleppten. Sie legten ihn auf einer Matratze ab und stellten einen Eimer daneben. Sid musste immer wieder würgen, aber in seinem Magen war nichts mehr. Irgendwann rutschte Sid in eine Black Box, in der alle Erinnerung gelöscht war.

Am nächsten Morgen wusste Sid nicht, in welcher

Wohnung er war. In der Küche traf er ein Mädchen mit einem Maus-Gesicht und punkig gestyltem, schwarzem Kurzhaarschnitt. Das Styling konnte allerdings auch von einem Kissen herrühren. Für solche Nuancen hatte Sid keinen Blick. Auch nüchtern hätte er vermutlich den Unterschied nicht erkannt. Das Mädchen war kaum älter als er und sagte »Hi«. Sonst sagte sie nichts. Sid sagte ebenfalls nichts, denn er konnte kein Italienisch. Außerdem ging es ihm schlecht. Die beiden saßen sich stumm gegenüber. Dann sagte das Mädchen doch noch was. »Caffè?« Und Sid erwiderte »Grazie«, weil das Danke hieß und außerdem die einzige italienische Vokabel war, die er konnte. Außer si und no.

Sid trank die bittere Pfütze aus der kleinen Tasse und fragte »Hotel Majestic già Baglioni?« Das Mädchen sah ihn ratlos an. Sid schrieb es auf. Das Mädchen sagte »Ah, Hotel ›Majestic già Baglioni‹!« Das wiederum verstand Sid nicht. Die Maus sah ihn nochmal an, mit großen Augen, denn ihr war nicht klar, was der nach Erbrochenem riechende Junge in diesem Hotel wollte. Aber klären ließ sich diese Frage nicht. Und da sie auch nicht in der Wohnung wohnte, in deren Küche sie sich gerade gegenübersaßen, beschloss sie, Sid zum »Majestic già Baglioni« zu führen, weil das Hotel auf dem Weg zur Wohnung ihrer Eltern lag.

Paul Simonon war in einer üblen Gegend Brixtons aufgewachsen. Ein Paradies, denn für ihn und seine Freunde waren die Abbruchhäuser und Brachen wie ein riesiger Abenteuerspielplatz, wie eine gigantische Kulisse eines Westerns, in der nicht mit Platzpatronen geschossen wurde und Blut noch echtes Blut war. Simonon dachte daran, wie er die Wohnung eines Toten durchsucht hatte, der nach einer Messerstecherei zwischen West-Indern von einem Rettungswagen abgeholt worden war. Wie er die ausgetretenen und knarrenden Treppen des alten viktorianischen Hauses nach oben schlich und durch die offene Tür ging. Wie ihm die Blutlache auf dem Boden Angst machte. Wie er scharf gebügelte Anzüge in Violett und Orange an einem Nagel an der Wand hängen sah und ein anderer in grellem Rot am Fensterkreuz sich leicht im Windzug beulte. Wie er zum Beweis, dass er die Mutprobe bestanden hatte, zwei herumliegende Münzen einsteckte und davonrannte. Und wie ihn draußen auf der Straße der bewundernde Blick eines Mädchens traf, das Bescheid wusste. Er sonnte sich in dem Blick, der auf ihm ruhte, und er tat so, als wäre er es gewesen, der den West-Inder erstochen hatte. Dabei war er erst sieben.

Paul Simonon wusste nicht, warum er an diese Geschichte und an das Mädchen dachte, das er nie wieder gesehen hatte, weil sie mit ihren Eltern kurze Zeit später weggezogen war. Sie war viel zu jung gewesen, um ihn an Nancy zu erinnern. Und doch schien sie es zu tun. Auch vor Nancy wollte Simonon sich beweisen. Er wollte wie damals spüren, wie die anerkennenden Blicke auf seiner Haut brannten, während das Mädchen gedankenverloren an einem Eis leckte. Er wusste nicht, warum er sich ausgerechnet bei Nancy danach sehnte, denn Mädchen, die ihn anhimmelten, gab es viele.

Er erzählte Nancy von seinem alten Leben in Brixton, das er mit zehn Jahren verlassen musste, weil seine Mutter mit seinem Stiefvater nach Siena zog, wo er seine erste Pizza aß und sein erstes Glas Rotwein trank. Und jetzt war er wieder in Italien, und vielleicht weckte das seine Erinnerungen an eine Zeit, in der er nicht zur Schule ging, sondern mit seinem Bruder den rissigen, vertrockneten Boden des Ödlands erkundete, wie Katzen auf der Suche nach Beute.

Lange saßen sie allein – die anderen hatten sich abgewandt – und Paul hörte nicht auf zu reden, als wollte er sein ganzes Leben in wenigen Stunden ausbreiten, als gäbe es kein Später mehr, als wäre bald alles vorüber. Paul hatte Speed genommen. Irgendwann nahm ihn Bernie Rhodes, der Manager der Band, zur Seite und fragte ihn, ob er etwas von dem Mädchen wolle, denn er würde sich mit einer Minderjährigen jede Menge Ärger einhandeln. Nicht nur juristisch, wenn es völlig aus dem Ruder lief, sondern weil diese Minderjährigen emotional so extremistisch waren und man nie wusste, ob sie gerade im siebten Himmel schwebten oder sich gleich die Pulsadern aufschnitten.

Simonon machte sich über Bernie Rhodes lustig und am nächsten Tag klaute er ihm im Flugzeug die Schuhe, so dass er auf Strümpfen zur Pressekonferenz gehen musste.

Nancy war kein Groupie, das dem Ruhm der Gruppe verfallen war, und vielleicht war es das, was Simonon an ihr faszinierte. Vielleicht war es auch die Tatsache, dass sie aus einer Welt kam, in der niemand eine Vorstellung hatte, was Punk war, einer fremden, magisch verschrobenen und zugleich komischen Welt der Etikette. Sie hatte ihm erzählt, dass sie früher mit ihren Eltern in der Oper gewesen sei, in »Carmen«, und dass sie nie auf die Idee gekommen wäre, auf ein Konzert der Clash zu gehen, wenn sie nicht dazu überredet worden wäre. Beim Durchblättern einer Musikzeitschrift habe sie Fotos von den Clash gesehen. Nancy wollte wissen, wo Paul Simonon die eng geschnittenen Hosen mit den seitlichen Reißverschlüssen her hatte. Simonon nannte ihr einen Laden in London, den sie sich ausführlich beschreiben ließ.

Nancy wandte sich zu Sid, um ihm zu sagen, dass sie unbedingt den Laden aufsuchen müssten, wenn sie nach London gingen, aber Sid war verschwunden. Sie umarmte Paul, verabredete sich mit ihm in London und verließ das Zelt. Draußen ging sie ein Stück die Via dell'Indipendenza entlang zum in der Nähe gelegenen Hotel, lief die umliegenden Straßen ab, die Via Manzoni, die Via Parigi, die Via Calcavinazzi und die Via Ugo Basi, die sie wieder zur Piazza del Nettuno führte. Aber sie begegnete nur flüchtigen Schatten, die sich in den Lichtkegeln der Autos aufzulösen schienen, eine leere Bar, in der der Kellner die Abdrücke der Gläser auf dem Tresen wegwischte, einem Mann in Fischgräten-Jackett und runder Brille, der durch die Straßen schlenderte, als würde er wie Nancy auf der Suche nach etwas sein.

Die ganze Nacht rätselte Nancy, was Sid dazu getrieben haben könnte, einfach abzuhauen, und ihre Gedanken verfingen sich wie in einem dichten Gestrüpp und wurden zerrissen wie das Kleid eines Mädchens, das zwischen wild wuchernden Dornen nach ihrer Puppe sucht.

Am nächsten Morgen um 10:30 Uhr verließ Nancy von Westphalen das Hotel, um das Café aufzusuchen, in dem sie vor dem Konzert zusammen mit Sid gewesen war, in der Hoffnung, ihn dort anzutreffen.

Während Nancy drei Tassen Espresso trank und Zigaretten kettenrauchte, verfluchte sie Sid, und wenn Sid da gewesen wäre und sie hätte hören können, dann hätte er vermutlich in ihre rote Kelly Bag gepasst, so zusammengefaltet wie er dann gewesen wäre.

Nancy ging zurück ins Hotel, packte und beglich die Rechnung. Sie wollte keine zweite Nacht in Bologna verbringen, und außerdem wollte sie Sid zeigen, dass eine Nancy von Westphalen auf niemanden wartete. Sie verließ pünktlich um 13 Uhr das Hotel. Auf der Via dell' Indipendenza, die zum Bahnhof führte, überfielen sie erste Zweifel.

Um 13:10 Uhr betrat Sid das »Majestic già Baglioni«. Der Mann an der Rezeption lächelte freundlich und ließ sich trotz des strengen Geruchs, den Sid verströmte, und obwohl Sid für ihn in ästhetischer Hinsicht eine Zumutung war, nichts anmerken. »Eine Nachricht für Sie«, sagte er und überreichte Sid lächelnd einen Brief. »Ihre Frau ist bereits abgereist.« Sid war die Förmlichkeit fremd und er glaubte, die Ablehnung zu spüren, die in ihr lag, aber dass der Rezeptionist Nancy als seine Frau bezeichnete, schmeichelte ihm und ließ ihn einen Moment hoffen, alles wäre gut. Er öffnete den Umschlag und entfaltete das Briefpapier mit dem geprägten Hotelwappen.

Auf dem Blatt stand in Großbuchstaben: »BIN ZURÜCK NACH MAILAND, DU VOLLTROTTEL.«

10

Sid überlegte. Was bedeutete dieses »Volltrottel«? Natürlich wusste er, was ein Volltrottel war. Aber konnte es nicht sein, dass in Verbindung mit »Bin zurück nach Mailand« der »Volltrottel« nicht ganz so schlimm gemeint war, wie er sich anhörte, wenn man ihn gegen den Kopf geworfen bekam? Nicht, dass Sid davon überzeugt war, aber das war ein Strohhalm, denn Nancy hätte auch gar keinen Zettel für ihn hinterlassen müssen. Das wäre eindeutig gewesen. Das hätte dann geheißen: »Zieh Leine, ich bin jedenfalls weg.« Auch hätte sie einen Zettel schreiben können, auf dem genau das stand: »Zieh Leine.« Aber das »Bin zurück nach Mailand« enthielt den Hinweis auf ihren Aufenthaltsort, und das wiederum hieß, sie wollte, dass er nachkäme. Und was noch wichtiger war: Es enthielt einen Hinweis darauf, dass sie nicht mit Simonon weitergezogen war. Es sei denn, und dieser Gedanke kehrte hartnäckig immer wieder zurück und wirkte sich verheerend auf seinen überreizten Magen aus, Paul Simonon war mit Nancy nach Mailand gefahren. So unwahrscheinlich das war, Sid musste sich immer wieder alle Argumente ins Gedächtnis rufen, die diese Möglichkeit in einem absurden Licht erscheinen ließen.

Diese Gedanken zermürbten ihn auf dem Weg zum Bahnhof. Er suchte mit seinem Kater ein leeres Zugabteil und starrte hinaus auf die Po-Ebene. Sie erschien ihm so verwüstet, hässlich und desolat wie sein eigener Zustand.

Im Hotel »Vecchia Milano« in der Via Borromei, einer traurigen Gegend im historischen Zentrum südlich des Parco Sempione, saß Nancy im Schneidersitz auf dem Bett und rauchte. Eine nach der anderen.

Sie musste grinsen, als sie daran dachte, wie Sid mit dem Plattenspieler und den Platten ins Hotel kam und vergessen hatte, den dazugehörigen Verstärker zu kaufen, weshalb er noch einmal losziehen musste. Und dann noch ein weiteres Mal, um sich Boxen zu besorgen. Sie liebte die slapstickhafte Komik Sids, der so vollkommen aus der Zeit gefallen war, wenn er sich am Kopf kratzte und alltägliche Dinge, die es zu tun gab, begrübelte, als handle es sich um eine Entscheidung, bei der es um Leben oder Tod ging.

Nancy kaute an den Nägeln. Ihre anfängliche Wut glimmte nur noch schwach. Zwischen ihr und Sid war etwas, von dem sie sich nicht mit einem Augenaufschlag und ein bisschen schnippisch verabschieden konnte, wie sie das bisher immer getan hatte. Ihre Liebschaften hatten nie länger als ein paar Tage gedauert. Manchmal sogar nur ein paar Stunden. Und manchmal war sie sich nicht einmal sicher, ob es eine Liebschaft war, auch wenn sie es behauptete, um ein bisschen anzugeben. Mit Sid war sie dagegen schon zwei Wochen zusammen, also eine Ewigkeit. Und sie hatte nicht das Gefühl, dass diese Ewigkeit jemals enden könnte. Jedenfalls nicht heute. Und auch nicht morgen.

Sie dachte an die Zeit vor vier Jahren, als sie nach Madrid getrampt war. Hardy war zwar ihr Bruder und außerdem ja erst drei, aber ohne ihn wäre ihr die ganze

Reise sinnlos erschienen. Hardy forderte sie und gab ihr Bestätigung. Und jetzt war es Sid, der ihre Fähigkeiten zum Glühen brachte, sie glänzen ließ in ihrer Rolle als snobistische Aristokratin und exzentrische Mademoiselle. Mit Sid konnte sie sich auf den Straßen wie eine Entdeckungsreisende bewegen, wie Laub umherwirbeln, in das der Wind gefahren war. Sid verlieh ihr Elan und Energie. Sie raste durch das Leben, das ihr wolkenlos klar und schön erschien, selbst wenn es regnete. Sid brachte sie mit seiner Schussligkeit und Arglosigkeit zum Lachen, zerstreute ihre Ängste, die auftauchten, wenn sie allein war. In ihrem Gedächtnis erschien wieder kurz das Bild, wie sie einen Moment über einem schwarzen Abgrund hing, nur gehalten von Sids Hand.

Schließlich hielt sie es nicht länger aus und beschloss, nach Bologna zurückzufahren. Sie riss die Tür auf, stürmte wie ein Stier hinaus, der blind und entschlossen auf seinen Gegner losgeht, und stieß mit jemandem zusammen, der auf alles gefasst war, nur nicht darauf, von Nancy umgerannt zu werden. Sie lagen ineinander verknäult auf dem Boden und versuchten, sich zu entwirren.

Nancy entfuhr ein »Vollidiot«. Als sie Sid erkannte, fing sie an zu lachen. Und das Lachen wurde immer größer und ansteckender, und auch Sid, der mit aufgerissenen Augen das Rätsel einfangen wollte, das unvorhersehbar wie ein Schmetterling umherflatterte, fing an zu lachen. Es gab kein Halten mehr, bis sie nach Luft japsten. Sie stolperten ins Zimmer, aufs Bett, hielten sich die Bäuche, wanden und drehten sich wie Fische, fielen auf den Boden und machten so lange Lärm, bis der Zimmernachbar an die Wand pochte.

Weder Sid noch Nancy wollten über den Vorfall reden. Sid spürte, er würde einen Raum in Nancys Universum betreten, zu dem niemand Zutritt hatte. Sid wäre lieber eine Runde lang mit seinem Vater im Ring gestanden als zuzugeben, wie sehr ihn die Vorstellung zermürbt hatte, Nancy und Simonon ... Immer noch stockte ihm der Atem, wenn er daran dachte, wofür er keine Worte fand. Und Nancy hätte lieber eine Woche lang zu Hause auf Knien das Schloss geputzt und wäre dem Spott ihrer Brüder ausgesetzt gewesen, als Sid zu gestehen, wie viel ihr sein Verschwinden ausgemacht hatte.

»Ich hab die ganze Nacht gekotzt«, sagte Sid.

»Hast du das häufiger?«, fragte Nancy.

»Kommt schon mal vor«, gab Sid sich abgebrüht. Aber das war er nicht. Genaugenommen war ihm das noch nie passiert, aber er wollte nicht zugeben, dass er auch auf diesem Gebiet ein Anfänger war.

Er legte »London Calling« auf den Plattenteller, und zwar »Lost In The Supermarket«, weil es einen Song mit dem Titel »Lost In Bologna« leider nicht gab.

Niemand störte ihre Kreise. Sie lebten in den Tag hinein und ließen sich durch die Stadt treiben. Undeutlich erinnerte sich Sid an den Mann im Fischgräten-Jackett, der ihm geraten hatte, spazieren zu gehen. Sie erkundeten Lombardy und Chinatown, als sie das Gefühl hatten, die Innenstadt würde ihnen keine Geheimnisse mehr preisgeben, liefen durch Simonetta und Ghisolfa, weil der Zufall sie dorthin verschlagen hatte und weil ihnen die Namen der Viertel gefielen.

Sie fuhren mit Bussen und Straßenbahnen durch die Stadt und stiegen nach einer vorher ausgeknobelten Anzahl von Haltestationen aus. Sie streunten durch gepflasterte Einbahnstraßen, hässliche Wohnquartiere, auf Plätzen mit ein paar Bäumen und etwas Gras und über protzigen Boulevards und unterhielten sich darüber, wie die Umgebung, die Häuser, die Architektur, die Geschäfte, das Leben auf den Straßen auf sie wirkten, ob sie das alles deprimierend fanden oder spannend oder öde oder erhebend oder möglicherweise sogar gefährlich. Häufig waren sie erstaunt über die Leere und die Traurigkeit, die die Kulisse in ihnen zurückließ. Sie tauchten in die Psyche der Stadt ein, ohne einen Gedanken an die Vergangenheit zu verschwenden, die sie hinter sich gelassen hatten. Das ziellose Umherschweifen war ihr Spiel.

Sid war als urbaner Forschungsreisender allerdings keine gute Testperson, um den Einfluss der Umgebung auf seine Stimmung herauszufinden, denn ob die Viertel nun geheimnisvoll oder pragmatisch waren, neu oder herunterkommen, wimmelnd vor Leuten oder leer, still oder lärmend, es hing von Nancy ab, wie es ihm ging. Mit ihr lief er überall gerne herum, und wenn er seinen Arm auf ihre Schulter legte, verloren selbst die verlassendsten Gegenden und die eintönigste Tankstellenlandschaft ihre Traurigkeit.

Häufig gingen sie schon tagsüber in ein kleines Kino, das sie auf ihren Streifzügen entdeckt hatten, um der Hitze zu entfliehen, die sich langsam in der Stadt festsetzte und den Einwohnern zu schffen machte. Sie verlangsamte das Leben bis es sich anhörte wie eine Platte, die sich nur noch halb so schnell drehte. Nie schafften sie es, sich dem Lebensrhythmus der Italiener anzupassen. Sie standen erst mittags zur größten Hitze auf, wenn die Einheimischen Siesta hielten. Sie verbrachten die Zeit der größten Hitze in einem Caffé, in dem sie die einzigen Gäste waren, bevor sie sich hinauswagten und die Schatten suchten. Sie liefen immer die Via Gian Battista Vico, an der langen Mauer des Carcere di San Vittore entlang, wo sich auf der anderen Straßenseite Flachbauten mit verriegelten Einfahrtstoren befanden, die sich nie öffneten und irgendetwas Illegales zu verbergen schienen. Später konnte Sid sich nicht mehr erinnern, warum sie auf dem Weg zum Kino immer an der Gefängnismauer entlangliefen, als wäre es eine Zwangshandlung. Und warum über die Piazza Gaetano Filangieri? Gab es einen Grund?

Von dort gingen sie weiter in das Viertel mit den engen Straßen, wo sich das »Gloria« mit einer lateinisch geschwungenen blauen Leuchtreklame befand. Die Filmplakate und einige Standfotos hingen hinter einem Schaufenster und man musste einen langen Flur entlanggehen, um zur Kasse zu gelangen, in der immer die gleiche dicke Frau saß und in einer Illustrierten blätterte. Sie sahen sich manchmal italienische Filme an, die sie nicht verstanden. Danach gingen sie in ein Café und jeder erzählte dem anderen seine Version der Handlung. Dabei waren sie häufig gezwungen, gewagte Theorien aufzustellen, um die Filmsequenzen mit einer schlüssigen Handlung in Zusammenhang zu bringen. Meistens aber gingen sie in Hollywood-Filme, die im Original mit Untertiteln liefen. Im Kino war es nicht ganz so warm, und wenn sie ganz hinten nebeneinander in den Sesseln saßen, rutschte Sid ein wenig nach unten, um seinen Kopf an Nancys Schulter legen zu können.

Sid war »Farewell my Lovely« im Gedächtnis geblieben. Sie sahen den Film bestimmt zwanzig Mal. Sid liebte die Geschichte des Riesen Moose Malloy, der nach Jahren im Knast seine verschwundene Geliebte suchte, und am Ende konnte er Dialoge und ganze Passagen der Stimme aus dem Off auswendig und es gelang ihm sogar, den müden, desillusionierten Ton von Robert Mitchum zu treffen, als er endlich die »Drachenlady« findet, in die das Riesenbaby Malloy so unsterblich verliebt ist: »Moose hätte ihr nie etwas antun können. Es machte ihm nichts aus, dass sie ihm sieben Jahre nicht geschrieben hatte. Es machte ihm nichts aus, dass sie ihn wegen der Belohnung bei der Polizei verraten hatte. Dieser große Lulatsch liebte sie. Und wenn er noch leben würde, hätte es ihm nichts ausgemacht, dass sie ihm drei Kugeln in den Bauch gejagt hatte.«

Wenn sie später ermattet von der Hitze und dem Herumlaufen, auf dem Bett im Hotel lagen und die Schatten der Nacht über die geöffnete Balkontür ins Zimmer krochen und sie in einen schwerelosen Zustand versetzten, in dem sie reglos verharrten, weil sie ihn nie wieder verlassen wollten, während sie schon die Hitze des nächsten Tages fürchteten, dann sprachen sie manchmal die Dialoge nach, berauschten sich an Sätzen und Szenen, die in einer Zeit spielten, die 42 Jahre zurücklag. Die Hitze verlangsamte ihre Bewegungen und dehnte die dahingleitenden Augenblicke.

Sie fühlten sich wie Zeitreisende. Eine Straßenlaterne tauchte das Zimmer ins Zwielicht und warf einen hellen schmalen Streifen mit einem seltsamen Muster auf ihre trägen Körper. Das Knattern eines Rollers, das Heulen einer sich entfernenden Sirene, das hysterische Kreischen einer Frau, Stimmengewirr von Menschen, die unter ihrer Balkontür vorbei liefen, gedämpfte Musik, von der Sid nicht wusste, woher sie kam, ein helles Lachen, das hinter den Mauern versickerte, all das schwappte träge ins Zimmer und verlor sich. Sid liebte das. Es war für ihn wie ein Theater, wie ein Stück ohne Handlung, nur mit einer Kulisse aus Geräuschen.

Die Hitze wurde unerträglich. Mailand war verlassen, sie glich einer Geisterstadt, ausgetrocknet und von der Sonne gequält. In der Nacht ihrer überstürzten Abreise drang kein erfrischender Wind ins Zimmer, obwohl die Flügeltüren zum französischen Balkon offen standen. Die Abkühlung, die alle ersehnten, kam nicht. Sid konnte nicht schlafen, schob das Bettlaken ans Fußende und setzte sich im Bett auf. Nancy schlief und der schmale durch die Balkontüre schimmernde Lichtstreifen legte sich auf ihre Schulter und ihren Rücken. Sid ließ seinen Blick auf ihr ruhen. Die Trägheit, die ihn befiel, und ihre Schönheit erschienen ihm in diesem Moment als das reine, vollkommene Glück.

Leise stand er auf, um Nancy nicht zu wecken, öffnete die Zimmertür und ging barfuß den Flur entlang, der nur schwach beleuchtet war, zur Treppe nach unten. An der Rezeption stand trotz der ungewöhnlichen Zeit noch der Hotelier und blätterte in einem Ordner. Er hielt inne und bedeutete Sid freundlich zu ihm zu kommen. Sid konnte das nicht ignorieren, ohne merkwürdig zu erscheinen, ohne Verdacht zu erregen. Sid hatte nur eine leichte Sommerhose und ein weißes Hemd an.

Der Hotelier wedelte mit der Hand unter dem Kinn, um die Hitze zu beklagen, die jedem zusetzte. Sid sagte, dass er eine Schachtel Zigaretten holen wolle. Der Hotelier zeigte auf den Automaten. Dabei sagte er etwas, und Sid vermutete so etwas wie, Mammamia, die Hitze bringt mich um. Der Mann versuchte sich in einem Mischmasch aus Italienisch und Englisch verständlich zu machen. Passport, scusa, tomorrow, policia waren die Worte, die Sid verstand und ihn alarmierten. Der Hotelier zog dabei die Schultern hoch, hob bedauernd die Arme und zeigte die offenen Handflächen. Er wechselte ins Italienische und im Schwall seiner Worte und seiner Gesten glaubte Sid zu verstehen, dass ihm die Unannehmlichkeit leid täte, aber domani-tomorrow, da kämen, wenn er richtig verstand, irgendwelche Funktionäre und würden das Melderegister controllare. Dabei zeigte er Sid eine abgewetzte Kladde, in der die Namen der Gäste verzeichnet waren. Er entschuldigte sich immer wieder mit hochgezogenen Schultern, breitete die Arme aus und fing an zu lamentieren. Als Sid schließlich nickte und »si« sagte, beruhigte sich der Mann und wünschte »buona notte«, falls das überhaupt ginge bei dieser schrecklichen Hitze.

Noch in der gleichen Nacht fuhren sie los. Bis nach Triest, das ihnen entfernt genug schien. Nach durchfahrener Nacht gingen sie übermüdet zum Kai und sahen den

Schiffen hinterher. Das »Caffè degli Specchi« wurde ihnen zur Gewohnheit, weil Nancy die verschrobenen alten Damen mit ihren breitkrempigen und schwungvollen Sommerhüten und mit ihren kleinen nervösen Hündchen so liebte, die auf dem Platz unter der Markise ihren Kaffee zu sich nahmen und grazil die Beine übereinanderschlugen. Sie verloren sich im Labyrinth von Venedig, wo sie herausfinden wollten, ob man sich auch absichtlich verirren konnte, oder ob sie wieder zum Café »Florian« zurückfinden würden, wo Nancy immer Tramezzini bestellte und sich an der Decke eine längst vergangene Welt spiegelte. Sie durchstreiften Padua und Verona, um schließlich auf Umwegen nach Turin zu gelangen, wo die Arbeiter in den Bars Spottlieder über Agnelli sangen und der einzige Dissenz unter ihnen Juve oder Il Toro hieß. Sie stellten fest, dass sie fünf Jahre zu spät waren, um die Sacra Sindone zu sehen, die nur alle 25 Jahre gezeigt wird, aber sie nahmen es gelassen und liefen das Schachbrettmuster der Stadt ab oder versuchten, nie die Arkaden zu verlassen.

Sid liebte diese Existenz als Herumtreiber, wie sein Vater das genannt hätte. Er entdeckte in einem Secondhandladen einen Nadelstreifenanzug mit doppelreihigem, auf Taille geschnittenem Jackett im Zwanziger-Jahre-Stil, den er mit einem weißen Hemd trug, dessen Kragen er hochstellte, während er die Manschetten um die Ärmel des Anzugs schlug. Er hatte das bei Topper gesehen und sah darin ein bisschen aus wie Belmondo oder Alain Delon als Pariser Gangster, nur jünger und gewagter.

»Und besser«, sagte Nancy.

Passte auch gut zum Clash-Song »Bankrobber«, wie Sid fand. Simonon hatte Nancy zum Abschied das Lied auf Kassette geschenkt. Das hörte er sich jetzt immer auf einem Walkman an, den er in einem Kaufhaus entdeckt hatte. Jetzt konnte er sogar unterwegs »London Calling« und »The Clash« und »Never Mind The Bollocks« hören.

Nancy verstand nicht, warum Sid immer die gleiche Musik hörte und in den Hotelzimmern immer die gleichen drei Platten auf dem Plattenspieler legte, aber wahrscheinlich war es einfach eine dieser Verschrobenheiten, die sie an Sid so mochte.

Als die ersten Blätter von den Bäumen fielen, kehrten sie nach Mailand zurück. In der Via Borgonuovo hatte Nancy mit ihrem untrüglichen Gespür für Außergewöhnliches einen Laden entdeckt, in dem es ein neues Modelabel mit dem Namen Armani gab, das sie noch nicht kannte und deshalb gründlich untersuchte.

»Siehst du, wie mich die blöde Gans ständig anglotzt?«, fragte Nancy.

Sid nahm die Kopfhörer ab und sagte: »Was?«

»Die blöde Gans. Siehst du die?«

Sid sah eine Frau mit Farrah-Fawcett-Haarwellen, aber sonst fiel ihm nicht viel an ihr auf.

»Wetten, dass die mich beobachtet?«

»Soll sie doch«, sagte Sid.

»Ich mag das aber nicht«, sagte Nancy. »Außerdem will ich das T-Shirt hier. Und ich habe nicht vor, es zu bezahlen.«

Sid dachte, dass er sich das hätte denken können, und sagte: »Dann lass den Lappen doch einfach liegen.«

Nancy sah ihn entgeistert an und er spürte, dass er die falsche Antwort gegeben hatte.

Nancys Nasenspitze wurde weiß und Sid wurde klar, dass er sie von ihrem Vorhaben nicht abbringen würde. Lange schlich sie um das weiße T-Shirt herum. Sid bemerkte sein plötzliches Verschwinden nicht und deshalb wurden auch seine Fluchtreflexe nicht aktiviert, als Farrah Fawcett auf sie zukam. Nancys Puls hingegen beschleunigte. Der Ausgang wurde gerade von zwei Männern blockiert. Vielleicht unterhielten sich auch einfach zwei Italiener und taten das, was italienische Männer am besten können: im Weg stehen.

»Excuse me«, sagte die Frau, und nachdem sich Nancy abwandte, fügte sie schnell hinzu. »Please wait. One moment. Please.«

Sie sagte das fast flehentlich und so gar nicht im Befehlston, wie man das bei einem Dieb tut. Nancy drehte sich um und sah sie misstrauisch an. Sie war bereit, mit der Kelly Bag zuzuschlagen.

»Ich würde Sie gerne fotografieren.« Und als sie das fragend-zweifelnde Gesicht Nancys sah, stellte sie sich vor.

Farrah Fawcett arbeitete für die *Vogue*. Sie hieß auch nicht Farrah Fawcett, sondern Barbara Vukovic und war eine in Deutschland aufgewachsene Jugoslawin. Wie ihr Vorbild, die amerikanische Fotografin Lee Miller, war sie früher selbst Model gewesen. Später wechselte sie die Seiten und stand nun hinter der Kamera. Ihr waren die beiden jungen und gut aussehenden Deutschen im Laden sofort aufgefallen. Sie war fasziniert von der Schlaksigkeit des Jungen in seinem antiquierten Nadelstreifenanzug und noch mehr von dem selbst- und stilbewussten Mädchen, das sich mit einer Sicherheit durch die Welt bewegte, die sie noch nie bei einer so jungen Frau gesehen hatte. Frauen in ihrem Alter standen sich meist selbst im Weg. Aber dieses Mädchen, davon war Barbara Vukovic überzeugt, hatte eine Ausstrahlung, die man nicht auf dem Laufsteg erlernte, und ein Selbstbewusstsein, das einem in die Wiege gelegt worden war oder eben nicht.

»*Vogue?*«, fragte Nancy so verblüfft, wie das sonst nur Sid tat.

»Ja, *Vogue* ist ein Modemagazin. Nein, es ist *das* Modemagazin«, sagte Barbara Vukovic.

»Ich weiß«, sagte Nancy hastig.

»Modefotos? Mit uns? Niemals. Diesen Scheiß mach ich nicht mit«, mischte sich Sid ein. »Ich mach mich doch nicht zum Affen für die Modeindustrie.«

Sid war ein wenig in kämpferischer Laune.

Einen Tag später stand er mit Sonnenbrille und Hut und einer Zigarette im Mundwinkel an eine Säule gelehnt, während Nancy ihren linken Arm auf seine rechte Schulter legte. Mit der rechten Hand stützte sie sich in der Hüfte ab, das eine Bein durchgedrückt, das andere leicht nach vorn gestellt. Sid war lässig, weil er sich erst gar nicht die Mühe gab, wie ein Model aufzutreten. Wohl fühlte er sich dabei nicht. Barbara Vukovic versuchte in einer vierstündigen Fotosession etwas von der Bonnie & Clyde-Ästhetik einzufangen, die die beiden, wie sie fand, ausstrahlten. Sie hielt die Fotos in Sepia und als sie fertig war, fühlte sie sich merkwürdig glücklich und erschöpft, wie sie es sonst nie war. Sie entschloss sich, mit der Modefotografie aufzuhören und Fotos zu machen, die die Leute wirklich interessierten. Sie wollte in ihrem Leben noch ein Foto zustande bringen, das Geschichte machte. Ein ikonografisches Foto, wie das mit dem russischen Soldaten, der auf dem Reichstag die rote Fahne hisste, Capas fallenden Milizionär im spanischen Bürgerkrieg. Oder die Küssenden von Paris. Vielleicht waren die Fotos mit den beiden ja ein Anfang.

Nancy hatte nie daran gedacht zu modeln. Jetzt bot sich ihr unerwartet die Gelegenheit. Sie nahm sie sofort wahr. Am besten gefiel ihr ein hochgeschlossenes schwarzweiß quergestreiftes Kostüm von Giorgio Armani. Außerdem trug sie Thierry Mugler, Claude Montana und Jean-Charles de Castelbajac.

Nancy sagte, sie könnten auf das Geld nicht so einfach verzichten, denn so langsam gehe es ihnen aus.

Sid sah sie an. Er wusste, dass er gegen das Wetterleuchten in Nancys Augen nichts ausrichten konnte.

»Aber nur unter einer Bedingung«, sagte Sid.

»Und die wäre?«, fragte Nancy.

»Nur mit Sonnenbrille.«

»Damit dich niemand erkennt?«

»Damit ich mich selbst nicht wiedererkenne.«

Zum ersten Mal wehte ein kühler Wind durch die Arkaden auf dem Mailänder Domplatz, als Nancy Sid in einem Café mitteilte, dass das Geld zur Neige gehe. Das Honorar für das Fotoshooting wäre auch schon fast aufgebraucht. Er hatte sich nie Gedanken gemacht, was sein würde, wenn es so weit wäre.

»Und jetzt?«, fragte er.

»Lass uns hier verschwinden«, sagte Nancy.

»Und wohin?«

»Wohin würdest du am liebsten gehen? Was ist dein Traumort?«, fragte Nancy.

»London Calling«, sagte Sid, denn London war die einzige europäische Großstadt, in der er schon mal gewesen war, wenn auch unter der Aufsicht von Herrn Kramer, der große Angst hatte, ein Schüler könnte ihm abhanden kommen, weshalb er wie ein Erdmännchen Wache hielt, damit sich niemand aus der Klasse zu weit von der Truppe weg bewegte. Da hielt sich der Spaß und das Abenteuer in Grenzen, aber dennoch glaubte Sid zu spüren, dass London das Epizentrum der Welt war, die ihn interessierte, und er kam sich vor wie ein Verdurstender in der Wüste, der mit ansehen muss, wie der letzte Schluck Wasser in den Sand geschüttet wird, weil er der Wiege der Punks und der Sex Pistols so nahe war und kurz vor dem Ziel zurückgehalten wurde.

»Genau«, sagte Nancy. »London ist unsere Stadt. Hier waren wir schon viel zu lange.« Nancy erzählte, wie sie während ihrer Internatszeit einmal die Gelegenheit hatte, durch London zu streifen, und wie sie in der Carnaby-Street ihr ganzes Geld ausgegeben hatte. Sid hingegen dachte daran, wie er in der King's Road in Chelsea heiligen Boden betreten würde.

»Und wie sollen wir da hinkommen?«, sagte Sid.

»Einen Rod Stewart findest du überall«, sagte Nancy. »Wir müssen dahin, wo sich die Rod Stewarts dieser Welt herumtreiben.«

»Und wo ist das?«

»Alpen«, sagte sie.

»Alpen?«

»Ski fahren.«

»Ski?«

»Die Wintersportsaison hat angefangen. Und wenn der erste Schnee gefallen ist, geht Rod Stewart Ski fahren.«

»Damit kommen wir aber nicht über die Grenzen«, sagte Sid.

»Mit Ski fahren nicht, aber mit Geld kommt man überall hin«, sagte Nancy.

Sie verabschiedeten sich von den alten Leuten, die das alte Hotel in der alten Straße betrieben und Zutrauen zu ihnen gefasst hatten. Sie wurden umarmt, geküsst und geherzt und mit einer Menge guter Wünsche für die Zukunft, für die Kinder und die Enkelkinder entlassen. Sid stellte seinen Plattenspieler, den Verstärker und die Boxen in den Kofferraum des Porsches und Nancy ihre Koffer, voll mit wertvollen Kleidern, die einen großen Teil des erbeuteten Geldes verschlungen hatten. Das Ehepaar winkte ihnen hinterher. Mann und Frau hielten Händchen und hegten wieder Gefühle füreinander, die lange verschüttet schienen. Am gleichen Abend beschlossen sie, eine Reise nach Rom zu unternehmen, wo sie sich kennengelernt hatten.

Nancy und Sid fuhren stadtauswärts, gerieten zufällig auf die Autobahn Richtung Norden, verließen diese kurz vor der Schweizer Grenze, irrten durch Como, gerieten auf die 583 und blieben in Bellagio hängen, wo Nancy das »Hotel Britannia« entdeckte, vor dem sich die Seepromenade erstreckte.

Es war ein Gebäude aus der Belle Époque. Davor standen Palmen und einige Blaufichten und Oleanderbüsche. Den Eingang zierten fünf ionische Säulen, die ein schmales Vordach stützten. Die Gäste hatten etwas Altmodisches, ihre Kleidung etwas leicht Verwelktes an sich. In der großbürgerlichen Atmosphäre hörte man leise Geld knistern. Nancy stellte sich wieder als Nastassia von Rabenhorst vor, im Nerz von Carmen Maletzke. Neben ihr ein junger Mann mit Sonnenbrille in einem cremefarbenen Anzug von Armani, mit Lederhandschuhen von Roeckl und einem schwarzen, leicht taillierten Wollmantel aus Kaschmir.

Guiseppe Borelio konnte einfach nicht abschalten. Immer wieder ertappte er sich dabei, wie die ständigen Demonstrationen, Vollversammlungen und Streiks, die die ganze Stadt erschütterten, ihn beschäftigten, ja ihm körperlich zusetzten. Vor allem dieses nie endende Geschrei, das wie eine schwere Wolke über allem hing, diese erregten, aufgebrachten Stimmen, die nicht aufhörten, durcheinander zu zetern. »Armleuchter« hatten sie geschrien, und »Arbeiterverräter«. Dabei hatte er sich nur um den Verkauf gekümmert, um den Absatz, also genau genommen darum, dass die Arbeiter Arbeit hatten. Immer wieder dachte er an den Trupp von vielleicht zehn Arbeitern, die ihn in seinem Büro festgesetzt hatten. Erst am nächsten Tag wurde er befreit, nachdem ein paar Kollegen aus der Unternehmensleitung von Fiat die Tür aufbrachen. Und dann dieser Gestank, und wie ihm das peinlich war. Und dann die Morde und Anschläge der Roten Brigaden. Erst vor zehn Tagen war wieder ein Richter im Kugelhagel zusammengebrochen. Er fühlte sich ausgebrannt. Nein, er musste sich erstmal etwas erholen. In der Statistik für Krankschreibungen, die bei über 20 Prozent lag, würde sein Fernbleiben kaum ins Gewicht fallen.

Offiziell befand sich Guiseppe Borelio auf Geschäftsreise. Vor allem gegenüber seiner Familie. Im »Hotel Britannia« war er zusammen mit seiner Geliebten abgestiegen, mit der er ein Abkommen getroffen hatte. Er würde nichts über seine Arbeit erzählen und seinen Ehering abstreifen, dafür würde sie ihn nicht ständig mit der Frage nerven, wann er gedenke, sich scheiden zu lassen. Dieses Abkommen wurde immer wieder von beiden Seiten verletzt, womit sich Guiseppe Borelio arrangiert hätte, wenn er nach zwei Wochen nicht ein dickes Bündel Lira und seinen dicken goldenen Ehering vermisst hätte, und seine Geliebte ein Collier, das er ihr geschenkt hatte, und einen Pelz.

Limone sul Garda war in den Augen von Nancy ausgesprochen pittoresk. Ein kleines Fischerdorf, eingeklemmt zwischen Fels und See. Das Hotel war alles andere als mondän. Aber nachdem sie den ganzen Tag herumgefahren waren, hatten sie keine Lust mehr, noch länger zu suchen. Nicht mal ein Tag war vergangen und Nancy begann sich zu langweilen. Sie spazierten einmal die Kaianlage entlang, starrten die kleinen Boote an und schlenderten durch die Gassen. Danach hatte sie alles gesehen, und die Aussicht, das alles jeden Tag wieder zu sehen, deprimierte Nancy.

Als die beiden verschwanden, fehlten dem deutschen Ehepaar Grete und Max Lechner aus München, die Tageswanderungen unternahmen, weil sie die Aussicht von den Felsen »einzigartig« fanden, Barschecks im Wert von 1500 Mark. Den Fotoapparat hatten sie auf ihrer Wanderung dabei, sonst wäre der auch weg gewesen, wie Grete Lechner nicht müde wurde zu erwähnen, während Max Lechner darauf mit der Präzision eines Uhrwerks sagte: »Nicht auszudenken.«

11

»Mein Gott! Die haben für dieses Zimmer ja einen ganzen Scheißwald verarbeitet. Alles aus Holz, sogar die Tapeten. Und dann auch noch Fichte.«

Sid sagte nichts. Er setzte seine Kopfhörer auf.

Abends im Speisesaal sah Nancy in die Gesichter an den Tischen um sie herum, aber niemand inspirierte sie zu dem Berufe-Ratespiel. Niemand weckte ihr Interesse, zu niemandem fiel ihr etwas ein, das sie Sid hätte mitteilen wollen. Sie fühlte sich von Mittelmaß umzingelt, eingehüllt in eine Atmosphäre, die ihre Phantasie und ihre Lust am Fabulieren erstickte. Lustlos stocherte sie in ihrem Essen herum. Es war ein verlorener Abend.

Am nächsten Morgen sah Nancy aus dem Fenster und entdeckte ein paar Pferde auf der von einem zarten Schneeflaum bedeckten Wiese. Sie dachte an Abashiri, den Grund für den Streit mit ihrem Vater, und beobachtete die friedlich vor sich hin trabenden Tiere mit einer gewissen Melancholie. Sie bekam Lust auszureiten.

Sid wälzte sich auf die andere Seite und zog die Decke über die Schulter. Nancy ging ins Bad, verbrachte die nächste Stunde damit, Make-up aufzulegen, die Haare zu föhnen, die Fingernägel zu lackieren und sich mit der

Frage zu beschäftigen, was sie anziehen würde. Sie entschied sich für eine kurze blaue Jacke von Claude Montana mit Puffärmeln, hohem Kragen und Gürtel. Nancy hatte sie auf der Titelseite der Modezeitschrift *Donna* gesehen und Mailand so lange danach abgesucht, bis sie sie gefunden hatte. Dazu trug sie den dazugehörenden Rock, Strümpfe und Stilettos. Sie wollte anders sein als alles, was sich in diesem Hotel bewegte. Und das gelang ihr auch, als sie mit ihrer Kelly Bag in den Frühstücksraum stöckelte. Sid kam eine halbe Stunde später nach. Er fühlte, dass sie nicht gut gelaunt war. Am liebsten hätte er die Kopfhörer seines Walkman aufgesetzt.

Nancy starrte aus dem Fenster hinaus auf die Wiese. Aus den Nüstern der Pferde dampfte es. Ein weißer Hengst holte sich von einem mit Heu beladenen Anhänger Büschel und malmte darauf herum.

»Sind das nicht wunderbare Geschöpfe?«, fragte Nancy leicht entrückt.

»Wer?«

»Na, die Pferde da draußen«, sagte Nancy.

»Was ist mit denen?«, fragte Sid.

»Magst du keine Pferde?«, fragte Nancy.

»Weiß nicht. Ich hatte noch nie was mit einem Pferd«, sagte Sid und fand sich sehr diplomatisch. Zufrieden schaufelte er sich ein großes Stück Rührei in den Mund.

»Bist du noch nie geritten?«, fragte Nancy.

»Ich? Warum soll ich denn auf einem Pferd reiten?«

Sid verstand nicht, warum Nancy immer wieder auf diese Pferde zurückkam. Wenn er es sich recht überlegte, er mochte keine Pferde. Für Western-Filme waren sie vielleicht ganz nützlich. Als Cowboy musste man sich nun mal irgendwie fortbewegen. Die konnten schließlich nicht zu Fuß durch die Prärie laufen. Aber sonst? Sid fand, es gab auf der Welt wichtigere Dinge als Pferde.

»Vielleicht, weil es großartige Tiere sind, die intelligenter sind als das meiste, was hier auf zwei Beinen unterwegs ist? Aber ich hab es ganz vergessen«, sagte Nancy, »Punks mögen ja nur Ratten.«

»Und Hunde«, sagte Sid.

»Und Hunde. Richtig. Pferde sind ja auch zu unhandlich. Fressen nicht mal aus der Dose. Ich schätze mal, bei euch gibt es Pferd höchstens gebraten auf dem Teller. Oder gibt es das Kotelett direkt auf die Hand?«

Sid sah Nancy irritiert an. Er suchte nach einer Antwort. Schließlich sagte er betont langsam: »Mein Alter hat während des Kriegs welche gegessen. Süß wie ein Zuckerwürfel und zäh wie ein Lederstiefel, hat er gesagt. Er behauptete, er würde schmecken, wie oft ein Pferd geritten worden sei, aber nur, wenn es noch blutig war. Hast du mal Pferdefleisch gegessen?«

Er bestrich eine Scheibe Weißbrot mit Marmelade.

Nancy starrte ihn angewidert an.

»Bestimmt nicht. Das ist doch total krank. Mir wird ganz schlecht, wenn ich nur dran denke.«

»Echt?«, sagte Sid.

Erst jetzt bemerkte er, dass Nancy nichts aß und nur an einem Orangensaft nippte. Er fragte sie, ob er ihr etwas von dem Büfett holen solle, aber Nancy meinte, sie würde nichts runterkriegen. Eine Zigarette würde sie jedoch gerne rauchen. Also ging Sid ins Zimmer und holte Nancys Zigarettenschachtel.

Als er wieder nach unten ging, hörte er jemanden schreien. »Nimm deine verdammten Griffel von mir, du widerliches Stinktier.«

Sid war dieser Jemand sehr vertraut. Er eilte ein paar Stufen hinab, bis er von der in die Eingangshalle führenden Freitreppe einen breitschultrigen Mann im dunklen Anzug sah, der Nancy nach draußen führte, beziehungsweise trug. Sid kannte ihn nicht, dafür aber die Gestalt neben ihm. Rod Stewart.

Sid eilte die Treppe wieder nach oben ins Zimmer und spähte aus dem Fenster. Er sah, wie Ronny Reschke die strampelnde Nancy unter den Arm geklemmt hatte. Ein Mann mit geschulterten Ski kam hinzu und schien etwas zu sagen. So wie es aussah, stellte Ronny Reschke Nancy ab und wandte sich dem Mann zu. Der massige Körper Reschkes verdeckte die Sicht auf Nancy, aber auf einmal brüllte er ein Brüllen, von dem jeder glaubte, ein Wapiti oder etwas noch Größeres befände sich im Todeskampf. Es drang unheimlich durch das geschlossene Fenster zu Sid. Ronny Reschke fasste sich an den Kopf und sank auf die Knie, als wollte er Gottes Segen erflehen. Sid sah, wie Nancy mit einem Gegenstand auf ihn einschlug und dann barfuß über den Platz zur Weide lief, über den Zaun kletterte, auf eins der Pferde einredete, aufsaß und in tadelloser Haltung den Hang hinunter ritt. Ohne Sattel.

Scheiße, dachte Sid, reiten müsste man können.

Kurze Zeit später hatten die Wälder Nancy verschluckt. Wieder wurde Sid von der Lähmung erfasst, die ihn immer packte, wenn er sich in einer ausweglosen Situation sah. Und diese Lähmung begann sich auszubreiten wie das Gift einer Schlange. Er schüttelte sich, schlüpfte in seine Lederjacke, stopfte sich das Bündel Lira-Scheine, das auf dem Tisch lag, in die Hosentasche, nahm die Schecks und das Buch von Artur Goldstajn über den Spanischen Bürgerkrieg an sich, das neben dem Bett lag.

Er hatte es zwar schon gelesen, aber gerade weil er es gelesen hatte, war es ihm so wichtig, denn darin standen Dinge, von denen er vorher noch nie gehört hatte. Das ging ihm bei den meisten anderen Dingen zwar auch so, aber er fand, dass er zum Experten geworden war. Und Experte war er jetzt noch auf nicht vielen Gebieten. Auf keinem genaugenommen. So ein Buch konnte er nicht einfach in einem Hotelzimmer zurücklassen. Er würde das Buch für weitere Studien über den Einfluss des Spanischen Bürgerkriegs auf den Punk brauchen.

Das alles ging Sid nicht als epischer Gedanke durch den Kopf, nicht so wie einem Mann, der sich vor dem

Kamin in einem Ohrensessel eine Pfeife anzündet. Der Griff zum Buch erfolgte instinktiv. Das passierte ihm bei dem Clash-Song »Bankrobber« nicht, obwohl er die Clash liebte, aber nicht die Umstände, durch die die Kassette in den Besitz Nancys gelangt war.

Er sah sich hastig um. Sein Blick fiel auf den Nerzmantel, der über einem Stuhl lag. Er nahm Kassette und Mantel an sich und trat auf den Flur, wo er die Stimme Rolf Maletzkes hörte, der laut über den Rezeptionisten fluchte, der erst nach einer handfesten Drohung die Zimmernummer von Sid und Nancy herausgegeben hatte.

Maletzke kam mit jeder Treppenstufe näher. Sids Schutzengel stellte Rolf Maletzke ein Bein und gewann auf diese Weise genau die Sekunden, die Sid brauchte, um seine Hand auszustrecken und die Türklinke zum Nachbarzimmer zu drücken. Sid huschte hinein, machte die Tür hinter sich zu und hielt den Atem an.

Sally Schurmann ölte gerade ihren muskulösen Körper ein, als die Tür zu ihrem Zimmer aufging. Sie sah einen blassen und schmächtigen Jungen in Lederjacke, der ein Fell zusammengeknüllt hatte und es vor sich her trug. Sie konnte sich nicht erinnern, jemals gegen ein solches Handtuch angetreten zu sein. Na schön, dachte sie, jeder wie er will. Sie war es gewohnt, es zu nehmen, wie es kam. Immer noch besser als ein Fettsack, der sich einfach auf sie draufsetzte.

»Hallo«, begrüßte Sally Schurmann den an der Tür stehenden Sid, der verschreckt aussah. »Anklopfen wär nicht schlecht. Nächstes Mal, ja? Umziehen kannste dich im Bad.«

Erst jetzt sah sie Sid genauer an. Er zitterte und seine Augen irrlichterten durch den Raum wie auf der Suche nach einem Loch, das groß genug wäre, um darin zu verschwinden. Sally glaubte an einen Streich. Wahrscheinlich hatten seine Kumpel zusammengelegt, um ihm zu seinem 18. Geburtstag ein unvergessliches Erlebnis zu bescheren.

Ihr tat der verstörte Junge leid. Sie würde vorsichtig mit ihm umgehen. Sie hoffte nur, dass er wenigstens wusste, wie man fiel, wenn sie den Spaltgriff anwendete.

Sally Schurmann war Ringerin. Eine nicht sehr verbreitete Sportart bei Frauen. Wenn man das war, hatte man nicht allzuviel Konkurrenz. Eigentlich gar keine. Es war schwer zu sagen, wie es dazu gekommen war, denn Sallys Eltern waren zwar Schwergewichte, aber sportlich konnte man sie nicht nennen. Es sei denn, man bezeichnet einmal am Tag zur Trinkerkneipe »Sorgenpause« oder zum nächsten Spätkauf um die Ecke zu gehen bereits als Sport.

Die Eltern waren ganz normale Unterschicht aus Berlin Kreuzberg. Arbeitslos. Aber die Familie konnte dank ihres Kinderreichtums, fünf Jungs und drei Mädchen, ganz gut vom Kindergeld leben. Für die Kinder reichte es zum Essen und für den Vater blieb immer noch genug übrig, damit das Bier nicht ausging.

Die Schurmann-Kinder waren im Viertel gefürchtet, und Sally ging keiner Rauferei aus dem Weg. Als Jugendliche begeisterte sie sich für verschiedene Kampfsportarten wie Karate und Boxen. Da es Ringen als offizielle Wettkampfsportart bei Frauen nicht gab, kämpfte sie in ihrem Verein »Little Tigers« eben mit den Jungs. Anfänglich war das kein Problem, aber in den Zeiten der Pubertät wurde es immer schwieriger, einen Jungen zu finden, der sich auf eine Runde einließ, denn viele empfanden es als eine Zumutung, mit einer »Tussi« in den Ring zu steigen oder auf die Matte zu gehen. Wenn man gegen die verlor, hatte man ein echtes Problem.

Irgendwann konnte der Trainer die sexuellen Anzüglichkeiten seiner testosterongesteuerten Jungs gegenüber Sally nicht mehr ignorieren. Er bot Sally Privatunterricht an, bei dem es dann allerdings zu weit mehr als nur sexuellen Anzüglichkeiten kam. Zunächst auf der Matte und dann noch einmal unter der Dusche. Sie wurde schwanger und bekam mit 16 ihr erstes Kind.

Ihre Mutter besuchte sie nach der Geburt im Krankenhaus und fragte: »Und? Weeßte schon, wer der Vatter ist? Isses der Ralle?«

»Ne, der Ralle war's gloob ick nicht.« Mit Ralle war sie mal kurz zusammen, aber Ralle war ihr zu unsportlich und hing nur rum. Das kannte sie schon von ihren Eltern.

»Na, ejal, Hauptsache der Wurm ist da, wa?«, sagte ihre Mutter, die auch nicht immer genau gewusst hatte, von wem ihre Kinder waren.

Damit war die Vaterschaftsfrage erledigt. Der Trainer stritt alles ab, und wenn Sally etwas hasste, dann waren es »Waschlappen, die den Schwanz einzogen«, wenn es schwierig wurde, und sich um die Verantwortung drückten. Irgendwann war er auf einmal verschwunden. Sie suchte nicht nach ihm.

Sally war zäh. Sie machte die Schule fertig, trainierte und nahm alle möglichen Jobs an. Das Kind stellte sie bei ihrer Mutter ab, die selbst kurz vorher noch ein Kind bekommen hatte. Das neunte. Oder sie parkte das Kind bei ihrer Oma.

Mit dreißig hatte Sally dann eine Geschäftsidee. Sie inserierte in einer Fachzeitschrift für Boxen und anverwandte Sportarten und bot an, mit Männern zu ringen. Sie formulierte die Anzeige seriös, um im vornherein deutlich zu machen, dass es nicht um Sex ging. Die Männer konnten über ein Postfach Kontakt mit ihr aufnehmen, und Sally wählte aus, wobei sie nicht sehr wählerisch war. Sie ließ sich ein Hotelzimmer anmieten und machte sich dann mit ihrem VW-Bus und der Matte auf den Weg. Manchmal auch ins angrenzende Ausland. Sie war schon in Amsterdam, in Zürich, Wien und Salzburg gewesen.

Sid starrte die fast nackte, am ganzen Körper glänzende und an den Oberarmen mit komplizierten Ornamenten tätowierte Frau an. Sie hatte ihr braunes Haar hochgesteckt, engsitzende, weiße Sport-Shorts und einen weißen Sport-BH an.

Wo bin ich hier?, fragte er sich. Und dann sprach sie ihn auch noch an, als hätte sie ihn erwartet. Und als er nicht reagierte, sprach sie wie mit einem begriffsstutzigen Kind: »Umziehen … hier … im Bad«, und zeigte dabei auf eine Tür.

»Umziehen?«, fragte Sid.

»Ja wat denn? Willste etwa mit die Klamotten auf die Matte?«

Erst jetzt fiel ihm auf, dass mitten im Zimmer eine Sportmatte lag. Ihm fiel zu der Frage nichts Intelligentes ein.

»Auf die Matte?«

Langsam begriff Sally Schurmann, dass der schmächtige Junge nicht der Kunde war, den sie erwartete.

»Und wat suchste in meinem Zimmer?«

»Da ist jemand hinter mir her«, flüsterte Sid. Durch die Tür war das Toben Rolf Maletzkes zu hören. Sid wusste nicht, wie er der glänzenden Frau die Situation erklären sollte.

»Wer? Wat is los?«, fragte Sally Schurmann misstrauisch.

Sid sah ein, dass er mit diesem spärlichen Hinweis auf Dauer keinen Erfolg haben würde. Er suchte nach Worten, die sein Eindringen in das Zimmer erklären würden.

»Nen feinen Pelzmantel haste da«, sagte Sally. »Ick schätze mal, die sind hinter dir her, weil du den jeklaut hast. Oder ziehste den selber an?«

»Nein nein. Der gehört meiner Freundin«, sagte Sid. »Ehrlich!«

Sally guckte skeptisch. Aber dann erhielt Sid Beistand von Rolf Maletzke. Der riss die Tür auf und schrie: »Wo ist die kleene Ratte?«

Sid stand eingeklemmt hinter der Tür. Bewegungslos. Sally Schurmann wusste sofort, mit welcher Sorte Mensch sie es zu tun hatte. Das war die Sorte Mensch, mit der sie sich schon häufig geprügelt hatte. Sie mochte es nicht, angeherrscht zu werden. Sie fühlte, wie ihr Körper Spannung aufbaute und wie sie in den Kampfmodus schaltete, bevor sie mit leicht vorgebeugtem Körper und Händen in den Hüften auf Rolf Maletzke zuging und sagte: »Ick seh hier nur eene Ratte, und wenn die nicht auf der Stelle die Fliege macht, polier ick ihr so die Fresse, dasse danach ihr Essen lutschen kann, Kumpel.«

Rolf Maletzke war nicht nur vom harten Gegenwind überrascht, sondern auch, dass dieser Gegenwind ihn auf Spätkauf-Berlinerisch anwehte. Noch mehr aber war er von der Erscheinung Sally Schurmanns überrascht, die ihm wie eine gut geölte Kampfmaschine vorkam. Wie eine Amazone, die ernst machte und der man besser aus dem Weg ging.

Früher hätte Rolf Maletzke den Fehdehandschuh aufgehoben, aber erstens befand er sich mit Mitte fünfzig in einem Alter, in dem das Leben langsam die Tür hinter sich zuzog, und zudem war er nicht mehr in Form. Und zweitens war er nicht in Berlin. Und drittens hatte er keine Zeit.

»Ne Ballinerin!«, rief er in der Hoffnung, zwei Berliner im Ausland müssten zusammenhalten. »Wo kommst du denn her?«

»Das geht dir ‘n Scheißdreck an«, sagte Sally Schurmann mit drohendem Unterton in der Stimme.

»Jetzt mal langsam mit die jungen Pferde«, sagte Maletzke, aber da hatte sie schon die Tür zugeknallt.

»Mannmannmann, heute glaubt wohl jeder, hier rein- und rausspazieren zu dürfen, wie es ihm passt«, murmelte Sally Schurmann.

Sid kam wieder zum Vorschein. Er rutschte langsam mit dem Rücken an der Wand entlang und hinterließ auf der Tapete schwarze Streifen.

»Wow«, sagte er, »war das abgefahren!«

Sally spürte die Bewunderung, die in den Worten lag, und war nicht unempfänglich dafür.

»Du hast vielleicht Nerven, dich mit dem anzulegen«, sagte sie. »Biste lebensmüde oder wat?«

Sid atmete tief durch und sah konsterniert zuerst sie an und dann auf den Boden.

»Na, jetzt ma bloß keen Trübsal blasen. Is ja nochma jutjejangen, wa?«

Sally Schurmann fing an, sich für Sid zu interessieren. Und Sid erzählte. Von Anfang an. Nach kurzer Zeit klopfte es an der Tür. Sid ging nach einem Wink ins Nebenzimmer. Den Nerz nahm er mit.

Es war aber nicht Rolf Maletzke, sondern der Kunde, auf den Sally bereits gewartet und der sich wegen des Trubels im Hotel verspätet hatte.

Sid sah vom Fenster aus, wie sich der Kleiderschrank auf Rolf Maletzke stützte und schmerzgekrümmt zu einem roten Fiat wankte, der gleich darauf losfuhr. Ihm entgegen kamen zwei Streifenwagen. Erregte Gäste und Hotelangestellte fielen über die Beamten her. Sid konnte von seinem Beobachtungsposten nichts hören. Jedenfalls nichts von dem, was da unten gesprochen wurde. Er hörte nur das Keuchen, Stöhnen, Klatschen und Ächzen aus dem Zimmer nebenan, wo Sally Schurmann sich gerade im Clinch mit ihrem Kunden befand.

12

»So, jetzt erzähl mal, was hier eigentlich jespielt wird?«, sagte Sally, nachdem sie ihren Gegner weggeschickt und geduscht hatte. Sie steckte sich eine Zigarette an und legte die Beine hoch.

Sid erzählte. Er bemühte sich, Rolf Maletzke als Unsympathen zu beschreiben, um sich und Nancy in besserem Licht dastehen zu lassen. Das war aber gar nicht nötig, denn Sally Schurmann hatte »solche Typen jefressen. Ick kenn die. Janz übles Jesocks.«

Das sah Sid genauso.

»Ick gloob, mir bleibt wohl nix anderes übrig, als dir mal ein bissken unter die Arme zu greifen«, sagte Sally. »Wirste wahrscheinlich nicht abjeneigt sein, wenn ick det mache. Seh ick doch richtig, oda? Ick bring dir erstmal hier raus und dann sehn wa weiter. Wat meenste, Kleener?«

Sie packte ihren Koffer und rollte Sid in die Matratze. Er kam sich vor wie eine Wurst im Teigmantel. Sally trug ihn zu ihrem VW-Bus. Ein Hotelangestellter half ihr. Sid wurde abgeworfen, und für einen kurzen Moment blieb ihm die Luft weg. Im Bus rollte sie Sid wieder heraus und fuhr los.

»Und? Weeßte schon, was de jetzt machen willst?«, fragte Sally. »Also ick fahr Richtung Deutschland. Hab in Innsbruck und München noch zu tun. Schätze, da willste nicht unbedingt mitkommn, wa?«

Nein, zurück nach Deutschland wollte er nicht. Aber was sollte er stattdessen tun? Seit Nancy in die Schnalstaler Wälder geritten war, waren vielleicht drei Stunden vergangen. Er fragte sich, wie weit man eigentlich mit einem Pferd kam? Ziemlich weit wahrscheinlich, wenn man den Western Glauben schenken durfte.

Sid hielt in den Dörfern, durch die sie fuhren, nach Nancy Ausschau. Und nach einem weißen Pferd. Aber es war nirgends ein weißes Pferd zu sehen. Es gab überhaupt kein Pferd. Sally fuhr kreuz und quer durch noch mehr Ansiedlungen und Kleinstädte. Vergeblich.

»Tja, mein Kleener. Sieht so aus, als ob deene Liebste abjetaucht ist. Da könn wa wahrscheinlich noch lange suchen. Ick gloob, det hat keen Zweck. Ick muss so langsam mal wieder Richtung Heimat«, sagte Sally.

Sie fuhren auf der 38 Richtung Meran. Als Sid ein Schild nach Bolzano sah, wusste er, was er machen würde. Er bat Sally, ihn an der Ausfahrt »Bolzano Centro« rauszulassen. Und das tat sie dann auch.

»Danke für alles«, sagte Sid und reichte ihr die Hand.

»Na, jetzt werd ma nicht überschwänglich«, sagte sie. »War mir een jroßes Vagnügen, wa. Ick helfe jerne, wenn ick kann. Einfach Sally fragen. Immer zur Stelle, wa. Schade, dass ick deine Süße nicht kennenlernen konnte. Viel Glück.« Sally hielt inne. Dann fügte sie hinzu: »Willste nicht lieber vielleicht doch mit mir kommn?«

»Nein danke«, sagte Sid und stieg aus. Er stellte den Kragen seiner Lederjacke hoch und machte sich mit dem Nerz in einer Plastiktüte auf den langen Weg in die Innenstadt von Bozen.

Sid drückte den Klingelknopf. Niemand öffnete. Beim zweiten Mal drückte er länger. Nichts. Auch das dritte und vierte Klingeln war vergeblich. Das war in Sids Plan nicht vorgesehen. Und einen anderen hatte er nicht. Er stand unschlüssig vor der Tür und sah nach oben. Vielleicht waren die Goldstajns in ihrer Bar. Er ging um die Ecke zu »Tossoni«, wo er mit Nancy viele Nachmittage verbracht hatte und wo sie ihr Leben voreinander ausgebreitet hatten. Der Kellner, Massimo Toretti, hatte damals beim Anblick des Jungen geseufzt, weil ihm anzusehen war, wie er sich nach dem Mädchen verzehrte. Toretti erinnerte sich an das Glück und die Liebe, die in seinem Leben so unstet waren und die ihm durch die Finger rieselten. Aber seither bedrückte es ihn nicht mehr, dass er verlassen worden war. Er glaubte wieder an das Glück, und dass es zum ihm zurückkehren würde. Beschwingt hatte er seine Arbeit angetreten, mit den Frauen geflirtet und mit den Männern die Politik kommentiert oder andere unwichtige oder auch wichtige Dinge wie Fußball oder die Milchzähne der Kinder.

»Wo ist schöne Freundin?«, fragte Massimo Toretti, der sich freute, als er Sid wiedersah.

»Ich weiß es nicht«, sagte Sid.

»Hat sie verlassen dich?«

»Nein nein«, sagte Sid eilig und dachte, Mann, diese Italiener sind vielleicht neugierig.

»Mach dir keine Sorgen. Kommt wieder. Kommen alle wieder.«

Das war einfach nur so dahin gesagt, weil Massimo Toretti den Jungen, der unglücklich aussah, etwas aufmuntern wollte. Sids Lächeln verrutschte, als er den Kellner anblickte.

Sid warf einen Blick auf die Tüte, aus der der Pelz hervorlugte. Nicht viel, was von Nancy geblieben war. Vielleicht würde er den Nerz behalten. Als Erinnerung. Auf der anderen Seite, wer weiß, wie lange er von dem

Geld leben konnte, das zusammengerollt in seiner Hosentasche steckte.

Ein kleiner untersetzter, drahtiger Mann mit schwarzen Haaren kam in Begleitung einer noch kleineren und noch untersetzteren Frau herein und bestellte am Tresen zwei Bier. Sid wären die beiden nicht aufgefallen, aber der Mann schien keinen Wert darauf zu legen, unauffällig zu erscheinen. Es war kaum möglich, ihrem Gespräch nicht zu folgen.

»Ich verstehe das nicht«, sagte er. »Erst gebe ich dem Strizzi den Tip und dann seh ich seinen Schlitten da vorne. Wieso meldet sich der nicht?«

»Bist du sicher, dass das sein Auto ist«, fragte die noch kleinere und untersetztere Frau.

»Wie wahrscheinlich ist es wohl, dass es in Bozen noch einen schwarzen Porsche mit dem deutschen Kennzeichen B-RM 2000 gibt? RM wie Rolf Maletzke«, sagte der Mann. Er drückte seine Zigarette aus und lachte in sich hinein. »Irre. Der Typ ist irre.«

Bei »schwarzer Porsche« merkte Sid auf. Bei »Rolf Maletzke« war er elektrisiert. Vorsichtig stellte er die Tüte mit dem Nerz auf dem Boden und schob sie mit den Füßen unauffällig unter die Sitzbank. Sid hatte den kleinen Mann noch nie gesehen, aber offenbar kannte der Maletzke, und das genügte, um wieder die Lähmung zu verspüren. Er fühlte sich ausgeliefert.

»Was für ein Arsch. Ich sitze den ganzen Tag im Büro und warte auf einen Anruf. Hatten wir so abgemacht. Und was ist? Ruft mich stattdessen mein alter Schulfreund vom Gerstgras-Hotel an und fragt, ob ich sie noch alle hätte, ihm solche Irren auf den Hals zu hetzen. Als ich ihn frage, was denn los ist, sagt er nur, ich soll ihn nie wieder anrufen und knallt den Hörer auf die Gabel. Und ich hänge hier in der Luft und habe keinen Schimmer, was los ist. Offenbar haben diese Zuhälter das Hotel auf den Kopf gestellt. Wahrscheinlich sind sie da einmarschiert wie die Deutschen in Polen. Würde mich nicht wundern, wenn sie eine Pumpgun dabei hatten. Du hättest mal Maletzkes ›Troubleshooter‹ sehen sollen. Ein Schrank, der in keinen VW-Käfer passt. Höchstens umgekehrt. Und immer eine Beule im Jackett. Solche Leute sind das«, sagte der kleine Mann, der Gian Carlo Manzoni hieß, von dessen Existenz Sid bis zu diesem Augenblick nichts gewusst hatte.

»Du hättest dich nicht auf diese Leute einlassen sollen. ›Gian Carlo‹, hab ich immer gesagt, ›lass die Finger davon. Das sind üble Leute.‹ Hab ich das gesagt oder hab ich das nicht gesagt?«, fragte die Frau.

»Mein Gott, ja. Aber habe ich jetzt eine Detektei oder einen Kosmetiksalon? Ich kann mir meine Klienten nun mal nicht danach aussuchen, ob mir ihre Nasenspitze gefällt oder nicht«, sagte Manzoni, der ein bisschen solidarische Empörung erwartet hatte und nicht Rechthaberei. »Ich hoffe nur, dass er mich nicht übers Ohr hauen will. Zuzutrauen wäre es ihm. Dumm allerdings auch. Dann würde er in Deutschland und in Italien gesucht werden. Aber weiß der Henker, was sich in einem solch kranken Hirn abspielt. Und warum steht der Porsche hier? Irgendwo muss dieser Maletzke doch stecken. Naja, vielleicht ruft er morgen an. Ich würde es ihm jedenfalls dringend raten«, sagte er und streckte dabei unwillkürlich seinen Körper.

Die Frau sah in einen kleinen Spiegel und zog ihren Lippenstift nach.

Sid sammelte nervös die kleinen Quittungen ein, rechnete zusammen, holte ein paar Münzen und Scheine hervor und zählte die Summe ab. Seine Hände zitterten. Ein paar Geldstücke fielen zu Boden, aber Sid hatte nicht vor, unter den Tisch zu kriechen.

»Dir ist da was runtergefallen«, sagte Gian Carlo Manzoni.

»Hab's gemerkt«, murmelte Sid und steckte seinen

Kopf unter den Tisch, ohne wirklich nach den Münzen zu suchen.

Als Manzoni sich wieder dem vor ihm stehenden Bier zuwandte, holte Sid die Plastiktüte unter der Bank hervor, achtete darauf, dass der Nerz nicht herausguckte, ging zum Tresen, legte eilig das Geld hin, sagte verhuscht »Stimmt so«, drehte sich zur Tür und ging.

»Grüß mir schöne Freundin«, rief ihm Massimo Toretti hinterher. Sid zuckte zusammen.

»Was war das denn für ein Vogel?«, fragte Manzoni den Kellner. Es interessierte ihn aber nicht wirklich.

Sid bewegte sich vorsichtig wie ein Mann mit dunklen Plänen durch die Nacht und sah sich auf dem kurzen Weg zu den Goldstajns immer wieder um. Aber niemand lauerte ihm auf. Auch nicht Rolf Maletzke. Nur eine alleinstehende Frau hinter dem Vorhang eines Fensters im ersten Stock eines Neubaus beobachtete ihn, wie sie alles beobachtete, was sich vor ihr auf der Gasse abspielte, nachts, bevor sie zu Bett ging, weil sie das Gefühl hatte, ihr würde etwas entgehen, von dem sie nicht hätte sagen können, was es war. Sie betrachtete gedankenverloren den jungen Mann und die Schatten auf dem Pflaster, die er warf und die sie ein wenig an den »Dritten Mann« erinnerten, den sie vor ein paar Tagen im Fernsehen gesehen hatte. Sie blickte Sid hinterher, bis er an der nächsten Hausecke von der Nacht verschluckt wurde. Einen kurzen Moment hatte sie gehofft, dass sich vor ihren Augen ein Drama abspielen würde, aber bereits nach fünf Minuten hätte sie nicht mehr sagen können, ob es den jungen Mann überhaupt gegeben hatte.

»Nein«, rief Nancy. »Verdammte Scheiße! Ist das nicht Sid? Und ich dachte schon, diese verfickten Arschgeigen hätten dich in die Mangel genommen. Heilige Maria, ich dachte tatsächlich, du liegst mit zwei gebrochenen Armen, aufgeschlitzt und mit einem Scheiß-Loch im Kopf auf irgendeiner beschissenen Müllhalde. Wie hast du das bloß geschafft, denen durch die Lappen zu gehen?«

Sie umarmte Sid überschwänglich und sang »Hey hey Mr. Postman« wie ein überraschend hereinbrechendes Gewitter, laut und ungestüm. Warum ihr dieser Song plötzlich in den Sinn gekommen war, wusste sie nicht.

Sid zog sie beiseite. Hastig und stolpernd erzählte er ihr von dem Gespräch, das er mitgehört hatte.

»Scheiße«, sagte Nancy. »Das ist natürlich was anderes. Sieht so aus, als müssten wir die Biege machen.«

Das war aus »Die grüne Wolke«, eins von Nancys Lieblingsbüchern, das sie vor drei Jahren mindestens dreimal gelesen hatte. Damals im Internat war dieses Buch eines der wenigen Dinge, die ihr Spaß machten. Und gern verfiel sie immer wieder mal dem Rotwelsch. Vor allem, um ihre Verwandtschaft zu schockieren. »Nancy, kannst du bitte aufhören, diese unanständigen Ausdrücke zu verwenden? Dieses Verbrecher-Vokabular ist einfach abscheulich«, sagte Tante Sophia immer. Und Nancy freute sich.

Artur und Clara Goldstajn wuschelten Sid übers Haar wie einem kleinen Kind und fragten ihn aus. Sid grinste verlegen. Er kannte das nicht. Das Ehepaar war etwas beunruhigt nach allem, was ihnen Nancy von Maletzke erzählt hatte und der nun immer näher zu rücken schien, wie eine unsichtbare Bedrohung, wie die GPU, die unsichtbar die Wohnung umkreiste, bevor sie zuschlug. Und jetzt dieser Komplize Maletzkes, der nun schon die Bar aufsuchte, in der sie regelmäßig ihren Espresso zu sich nahmen. Den sie womöglich sogar vom Sehen kannten.

Artur und Clara Goldstajn hatten sich entschlossen, wieder nach Barcelona zu ziehen, in die Stadt ihrer Träume, wo es nach dem Tod Francos vor fünf Jahren immer noch gärte. Sie wollten sich ihre schönen Erinnerungen an ihre Jugend wieder holen. Sie würden wieder in die Bar »Marsella« gehen. Jetzt war ein weiterer dringlicher Grund hinzugekommen, den Umzug nicht weiter hinauszuzögern. Sie hatten Kontakt mit alten Genossen aufgenommen, die ebenfalls nach Barcelona zurückgezogen waren und die ihnen helfen würden, eine Wohnung zu finden. Artur Goldstajn holte seine alte Beretta unter der Matratze hervor und streichelte sie.

»Hoffentlich funktioniert die noch«, sagte er.

»Die hat doch damals schon nicht richtig funktioniert«, sagte Clara.

»Okay, lass uns verduften«, sagte Nancy, umarmte die Goldstajns, versprach, sich wieder zu melden, und stiefelte die Treppen hinab, denn sie trug Stiefel, die ihr Clara gegeben hatte, bequeme Stiefel, in denen sich Nancy wie eine ukrainische Bäuerin vorkam.

Sid sah sich vorsichtig um. Dann schlüpfte er auf die Gasse und wandte sich nach rechts.

»Hey, der Porsche steht auf der anderen Seite«, flüsterte Nancy.

»Du willst jetzt echt zum Porsche? Da ist dieser Typ und vielleicht sogar der Maletzke«, sagte Sid.

»Lass uns doch erstmal gucken«, sagte Nancy und ignorierte den Einwand Sids, der sich anhörte wie »Selbstmord«. Sie lief um die Ecke und warf einen Blick auf die Bar.

»Komm«, sagte Nancy und ging an dem Schaufenster der Bar vorbei Richtung Porsche. Sid schlich als Nachhut mit einer Tüte voller Nerz hinterher.

Sid war schon an der Bar vorbei, als Gian Carlo Manzoni mit seiner Geliebten auf die Straße trat und ebenfalls den Weg zum Porsche einschlug. Sid glaubte zu hören wie Manzoni sagte:

»RM wie Rolf Maletzke. Glaubst du mir nicht? Komm, ich zeig's dir.«

Sid beschleunigte seine Schritte. Als er um die Ecke war und außer Sichtweite, rannte er.

»Schnell, der Typ aus der Bar«, flüsterte Sid.

Nancy saß bereits im Porsche. Sie ließ ihn aufheulen. Für die Frau am Fenster, die Sid beobachtet hatte, hörte sich das Geräusch an wie ein Raubtier, das gerade dabei war, seinen Hunger nach Antilopenfleisch zu stillen und lästige Mitesser zu vertreiben. Jedenfalls hoffte sie, dass es das wäre. War ja sonst nichts los.

Gian Carlo Manzoni hörte das gleiche Röhren. Er hielt es nicht für ein Raubtier. Er beschleunigte seine Schritte und wäre fast in den Porsche gerannt, als er um die Straßenecke bog.

Er starrte hinterher und sah, wie ein Arm aus dem Beifahrerfenster herausragte mit einer Faust, deren Mittelfinger nach oben zeigte.

13

Sids Schutzengel war nicht erfreut. Die anderen Schutzengel redeten bereits über ihn und meinten, er würde es mit seiner Protektion übertreiben, schließlich seien die beiden Betrüger und Diebe. Das wurde nicht gerne gesehen. Er wusste, es würde schwer werden, noch ein vernünftiges Argument für sie vorzubringen, und das würde von ihm verlangt werden, denn jeder musste hier Rechenschaft ablegen. Niemand wusste, wann das sein würde. Das war ein wenig wie unter Stalin. Niemand konnte sich sicher fühlen und niemand wusste, wann er zum Rapport erscheinen musste und wann man gezwungen wurde, alles zu gestehen.

Mit Sid aber verband ihn irgendetwas Besonderes, das er nicht genau zu benennen wusste. Er war ihm ans Herz gewachsen. Jemand musste ihm helfen auf seiner Flucht, auf seiner Reise durch eine neue Welt, von der alle Menschen träumten, die aber nur wenige wagten. Bei Sid fiel dem Schutzengel immer »In girum imus nocte et consumimur igni« ein, ein lateinisches Palindrom, wie er seinen Kollegen erklären musste. Ein weiterer Grund, warum Sids Schutzengel nicht besonders beliebt war. Sid irrte nachts im Kreis umher und wurde vom Feuer verzehrt, und deshalb musste sein Schutzengel ein Auge auf ihn werfen. Es gefiel ihm, Sid ein wenig die Welt zu öffnen, die ihm bisher verschlossen geblieben war, ihn in Abenteuer, Gefahren, Unwägbarkeiten und Überraschungen zu stürzen, jedenfalls so lange er seine Hand schützend über ihn halten konnte. Und es gefiel ihm, Sid Dinge zu zeigen, von denen er vorher noch gar nicht gewusst hatte, dass es sie gab. Wozu war ein Schutzengel eigentlich sonst da, fragte er sich.

Sids Schutzengel seufzte. Manche seiner älteren Kollegen, die alles schon einmal gesehen hatten, das meiste sogar zweimal, hielten ihn für einen Romantiker, und er hätte das auch gar nicht abgestritten. Immerhin war Sid fast ein wenig sein Geschöpf, denn ohne ihn wäre Sid gar nicht auf die Idee gekommen, von zu Hause abzuhauen, und zudem wäre er schon längst aufgegriffen worden. Es gefiel ihm, die Geschichte hier und da ein wenig zu manipulieren und Sid ein bisschen herumzuschubsen.

Zufrieden sah er zu, wie die beiden zur Autostrada fuhren. Er lenkte sie ein Stück Richtung Österreich und dann auf eine kleine Straße nach Kastelruth, wo Nancy vor einem Hotel hielt, von dem sie glaubte, es sei das richtige für eine junge Frau aus einem alten Adelsgeschlecht. Aber Sids Schutzengel hatte auch noch einen anderen Grund, ihre Wege dorthin zu lenken.

Sid lag auf dem Rücken und starrte in die klare, eisige Nacht hinaus. Ein schwaches Dämmern drang in das Zimmer und er hörte die ersten Geräusche der Frühaufsteher. Sid wusste nicht, wie sie hierher gekommen waren. Nancy war wie ferngesteuert gefahren. Als ob sie nie etwas anderes gemacht hätte. Ihren Nerz überwerfend, dem nichts davon anzumerken war, dass er einen Tag lang in einer Plastiktüte zubringen musste, spielte sie an der Rezeption die erschöpfte und von einer Autopanne in

Mitleidenschaft gezogene Comtesse Rosalia von Droste-Gersdorf, die darauf bestand, das beste Zimmer des Hotels zu bekommen.

Sie hatten sich in den letzten Stunden alles erzählt, was sie erlebt hatten. Beide waren noch lange angespannt von den zurückliegenden Ereignissen. In ihrem Kopf lief ein Film und bombardierte das Gedächtnis mit Szenen, die immer wieder vor ihren Augen wetterleuchteten. Und jedes Detail wurde in ein grelles Licht getaucht. Für Sid war es Sally Schurmann, wie sie geölt und jeden Muskel angespannt Rolf Maletzke auf Berlinerisch anschnauzte. Für Nancy war es der Absatz, der sich in die Hand von Ronny Reschke gebohrt hatte, das kurze Gefühl, wie ihr Gewicht, das sie auf die Ferse verlagerte, den Stöckelschuh einsacken ließ und wie Ronny Reschke die Hand wegzog und sie dabei fast gestürzt wäre. Sein schmerzverzerrter, ungläubiger Gesichtsausdruck tauchte vor ihr auf, die hervorquellenden Augen, und sie bekam diese Szene nicht aus dem Kopf. Immer wieder wurde die Sequenz abgespielt, sobald sie die Augen schloss und ins Unterbewusste des Schlafs eintauchen wollte.

»Du bist irre«, flüsterte Sid.

»Mmmh?«

»Na, zum Hotel zurückzukehren und mit dem Porsche abzuhauen. Echt abgefahren.«

»Aber ich hatte doch noch die Autoschlüssel in meiner Handtasche. Also konnte Rod Stewart nicht so einfach wegdüsen. Und war ja nichts dabei, mal zu gucken.« Nach einer kurzen Pause fügte Nancy hinzu: »Aber trotzdem: Der Porsche muss weg.«

»Hmm?« Sid wandte seinen schläfrigen Blick vom letzten verblassenden Stern ab und drehte den Kopf zu Nancy. »Aber warum hast du ihn denn nicht einfach in Bozen stehen lassen, wenn du ihn jetzt sowieso loswerden willst?«

»Erstens musste wir ja wohl schleunigst verschwinden

und zweitens hatte ich noch einen Koffer im Auto. Wenn der weg gewesen wäre, das hätte mich echt geärgert. Und dein Nadelstreifenanzug war auch noch im Auto. Ich weiß zwar nicht, wie dieser Typ uns auf die Schliche gekommen ist, aber wahrscheinlich hat das was mit dem Porsche zu tun. Er ist einfach zu auffällig. Schade, ich habe mich schon an ihn gewöhnt.«

»Von mir aus können wir ihn gern irgendwo abstellen. Mir ist er sowieso zu laut. Und auf den kleinen Straßen ist er auch nicht schneller als ein Käfer«, sagte Sid.

»Ach Sid«, sagte Nancy und gähnte, »du hast einfach keine Ahnung.« Sie hatte keine Lust, ihm zu erklären, dass man mit einem Porsche besser durch die feindlichen Linien kam als mit einem Käfer, der womöglich, wenn es nach Sid gegangen wäre, auch noch verschiedenfarbige Kotflügel, eine verbogene Stoßstange und ein durchgerostetes Bodenblech gehabt hätte.

Stattdessen sagte sie: »Mit dem Porsche kann man bis zu den Sternen fahren. Mit einem Käfer schaffst du es nicht mal bis zum nächsten Hotel.«

»Zu den Sternen?«, fragte Sid. »Ich dachte, wir wollen nach London.«

»Eins nach dem anderen. Nach London fahren wir noch. Bei den Sternen bin ich schon«, sagte Nancy, aber Sid verstand sie nicht. Sein Schutzengel seufzte, während er ihn dabei beobachtete, wie er auf der Leitung stand.

In seiner Erinnerung gehörte diese Nacht für Sid zu den seltenen Augenblicken in seinem Leben, in dem er reines Glück verspürte, und zwar einfach deshalb, weil er Nancy wiedergefunden hatte.

Michelangelo Bellini staunte, als er die grobe Holztür des niedrigen Bauernhauses öffnete und Nancy und Sid vor ihm standen. Nancy trug einen Nerz, der Michelangelo verwirrte. Er sah noch einmal hin, um sicher zu gehen, dass das Gras, das er vor einer Stunde geraucht hatte, ihm keinen Streich spielte. Aber Nancy und Sid waren echt. Er bemerkte den schwarzen Porsche, der nicht hierher passte, und versicherte sich mit einem schnellen Blick, ob außer Nancy und Sid noch jemand da war.

Michelangelo bat die beiden an den Tisch der kargen Küche. Sofort fing er an, von seinem Missgeschick zu erzählen und sich zu rechtfertigen. Er sei gerade mit dem Tanken fertig gewesen, da seien zwei Polizisten vor ihm aufgetaucht und wollten seine Papiere sehen. Sie hatten gefragt, wem der Citroën gehöre. Das wusste er leider nicht. Und als er sagte, dem Vater einer Freundin, wollten sie wissen, wo die Freundin sei. Er habe jedoch »die Klappe gehalten«.

»Hatten wir nicht so den Eindruck«, sagte Nancy. »Die haben nämlich die Raststätte nach uns abgesucht.«

»Echt? Ich hab nichts gesagt. Erst als sie mir den Diebstahl des Autos unterschieben wollten. Da habe ich nicht eingesehen, warum ich für etwas den Kopf hinhalten sollte, was ich gar nicht getan habe.«

Nancy setzte ein chinesisches Lächeln auf. Sie hoffte, Michelangelo würde merken, wie wenig sie ihm glaubte.

Als Viktor von Westphalen nach Österreich reiste, um seinen Citroën in Empfang zu nehmen, bestand er auf einem Gespräch mit ihm. Bellini hatte nichts dagegen. Viktor von Westphalen versprach, ein gutes Wort für ihn einzulegen. Und tatsächlich wurde er bereits am nächsten Tag entlassen und nach Italien abgeschoben. Deutsches Diebesgut und ein italienischer Autoknacker, eine Kombination, von der die Österreicher nicht begeistert waren.

»Was hat denn mein Papa gesagt?«, fragte Nancy.

»Er hat mich eine ganze Stunde mit einer einzigen Frage gelöchert, nämlich, was du für einen Eindruck auf mich gemacht hättest, ob alles okay mit dir sei, ob du gut oder schlecht ausgesehen hättest, was du erzählt hättest ... alles eben. Und als ich ihm sagte, es sei alles schwer okay gewesen, da glaubte er mir nicht. Ich musste mir den Mund fusslig reden, um ihn zu überzeugen, denn sonst hätte er Anzeige gegen mich erstattet. Erst als ich ihm erzählte, wie du über die hinterwäldlerischen Grenzer hergezogen bist, die Tomaten auf den Augen hätten und zu blöde seien, jemanden zu erwischen mit mehr auf dem Kerbholz als eine Geschwindigkeitsüberschreitung von zehn Stundenkilometer, glaubte er mir. Und dann wollte er noch wissen, was das für ein Typ sei, mit dem du unterwegs bist. Also habe ich ihm gesagt, Sid sei ein Punk, aber total okay und total in dich verknallt.«

Sid schreckte hoch. Er merkte, wie die Hitze ihm in die Ohrenspitzen stieg, die im Dämmer der Küche leuchteten. Jedenfalls kam es ihm so vor.

»Und Papa? Hat er was gesagt?«, fragte Nancy.

»Er sah nicht sehr glücklich aus. Ich musste ihm versprechen, dir auszurichten, nach Hause zu kommen, sollte ich dich wieder sehen. Alles ließe sich regeln, aber du solltest nicht dein Leben verpfuschen.«

Nancy biss sich auf die Lippen. Nicht, dass sich ihr Vater jemals um sie wirklich gekümmert hatte. Das hätte nie jemand behauptet, der ihren Vater näher kannte. Aber er erwartete mit großer Selbstverständlichkeit große Taten von ihr. Er hatte bei seiner Tochter damit unwillentlich den Drang ausgelöst, der luxuriösen Eintönigkeit und zugleich bedrückenden Ereignislosigkeit ihres Zuhauses und des Dorfes zu entfliehen, weil sie wusste, dass sie das Große dort nicht schaffen würde. Das ginge nur in einer Welt, in der sie unabhängig wäre, auch wenn sie keine Vorstellung davon hatte, was dieses Große sein könnte. Vielleicht suchte sie es in ihrer wilden Reise mit Sid. Jedenfalls wollte sie der ständigen Bevormundung entfliehen. Und was sie dafür benötigte, hatte sie als Tochter reicher Eltern nicht etwa von Papa bekommen, wie die meisten »Schicksen«, für die sie nur Spott übrig hatte, und erarbeitet hatte sie es sich auch nicht, denn das hätte Nancy verachtet, sondern sich durch die »Kunst der Expropriation« ermöglicht. Dankbar dachte sie an Artur Goldstajn. Sie mochte diesen Begriff. Er machte viel mehr her als Diebstahl. Oder Raub. Dass er weder das eine noch das andere bedeutete, war für sie ein unwichtiges Detail.

»Scheiße«, sagte Nancy. »Ich werde es ihm beweisen. Ja, das werde ich.«

Sid wusste nicht, wovon Nancy redete.

»Wovon redest du?«, fragte er.

»Ich finde deinen Alten okay«, sagte Michelangelo. »Wenn ich da an meinen denke, da hast du aber Schwein gehabt. Also meiner war ein Arschloch. Naja, jetzt ist er übern Jordan gegangen. Friede seiner Asche.«

»Meiner ist auch ein Arsch«, sagte Sid. »Der würde höchstens sagen: ›Mann, nehm ich mir den zur Brust. Und zwar richtig.‹«

»Musst du zurückschlagen«, sagte Michelangelo.

»Keine Chance, mein Alter ist Boxer. Also gewesen. Aber er hat's noch drauf.«

»Verstehe«, sagte Michelangelo. »Bei uns gab's auch ständig Zoff. Hölle, sag ich dir.«

»Ihr habt es gut«, sagte Nancy.

Sid und Michelangelo sahen sie an.

Nancy hatte keine Lust, den beiden zu erklären, dass sich ihr Verhältnis mit ihrem Vater etwas komplizierter gestaltete. Sie mussten sich mit keinen väterlichen Erwartungen herumschlagen. Sie konnten ihre Väter aufrichtig und aus vollem Herzen hassen. Nancy hingegen hasste ihren Vater nicht. Nur manchmal. Und dann nur kurz und ein bisschen. Sie liebte und bewunderte ihn auch. Und sie wusste nicht mal genau, warum. Vielleicht weil er ihr das Gefühl vermittelte, die Größte, Beste und Intelligenteste zu sein, die ihren Weg machen würde?

»Wollt ihr noch lange eure schwere Kindheit befummeln, oder was?«, fragte Nancy.

»Hey, du hast doch geheult. Nicht ich«, gab Michelangelo zurück.

»Ich habe nicht geheult, ich habe nur geseufzt«, sagte Nancy. Sie fand, Väter wie die von Sid und Michelangelo hatten ihre Vorteile. Die Front war klar und die feindliche Linie genau abgesteckt.

»Papiere?« Michelangelo Bellini dehnte das Wort. »Was habt ihr denn vor?«

»Keine Angst. Wir wollen keine Bank überfallen«, sagte Nancy.

»Dafür braucht man ja auch keine«, sagte Michelangelo kopfschüttelnd.

»Wir wollen nach London.«

»London? Nicht schlecht«, sagte Michelangelo.

»Kriegst du das hin?«, fragte Nancy.

»Ist aber nicht billig«, sagte er. Zwei Wochen würde das ungefähr dauern. Nancy gab ihm Passbilder und einen Zettel, auf dem ihre Augenfarbe und Größe standen, und ihre Namen, die sie sich nachts in einem Hotel ausgedacht hatten. Sid hatte sich für Richard Hell entschieden und Nancy für Nadja von Rubenstein, ihre Lieblingstante, die nach New York ausgewandert war und in einem kleinen Theater am Broadway Nebenrollen spielte.

Nancy sagte, sie könnten ja die beiden Pässe mit dem Porsche verrechnen. Michelangelo zeigte aus Gewohnheit zunächst nur mäßiges Interesse, aber weil Nancy nicht den Eindruck machte, handeln zu wollen, ließ er sich darauf ein.

»In zwei Wochen sind wir wieder hier«, sagte Nancy, »und wenn du Mist baust oder denkst, uns übers Ohr hauen zu können, hetzt dir mein Vater die übelsten Anwälte auf den Hals, die es in Deutschland gibt. Und da gibt es echt üble Anwälte. Da kannst du dich schon mal gehackt legen.«

»Ist ja gut«, sagte Michelangelo. Er dachte bereits daran, den Porsche umzuspritzen. Und mit anderen Nummernschildern wäre das ein großartiges Geschäft.

Michelangelo Bellini machte sich an die Arbeit. Von seiner Mutter erfuhr er ein paar Tage später, dass es eine Menge Aufregung im »Schlosshotel Mirabell« gegeben hatte, weil ein reicher Amerikaner beklaut worden war. Sogar sein Alfa Romeo sei weg. Ein Mietwagen. Geld, Schmuck, alles weg. Und ein Pelz. Seine Mutter musste gar nicht ins Detail gehen. Michelangelo Bellini ahnte, wer da am Werk gewesen war. Seine Mutter ging trotzdem ins Detail.

»Not bad«, sagte er leise und pfiff anerkennend durch die Zähne.

»Was?«, fragte seine Mutter.

»Ach nichts.«

Der Grund, weshalb Nancy den Porsche loswerden wollte, hatte sich mittlerweile erledigt. Aber von diesem Grund erfuhren Nancy und Sid nie. Rolf Maletzke hatte in seiner Wut über den missglückten Auftritt im »Hotel Gerstgras« etwas zu sehr das Gaspedal betätigt. Der Fiat geriet ins Schleudern und war, sich viermal überschlagend, einen steilen Abhang hinabgestürzt. Ronny Reschke erlitt zusätzlich zu den von Nancys Stöckelschuh stammenden Einschlägen am Kopf einen Schädelbasisbruch, jede Menge Quetschungen und Hämatome, drei gebrochene Rippen und einen Nasenbeinbruch, der sich als die harmloseste Verletzung herausstellen sollte. Rolf Maletzke kam nicht so glimpflich davon. Bei ihm wurde eine Stauchung der Wirbelsäule und als Folge davon eine Querschnittslähmung festgestellt, außerdem ein schweres, irreparables Gehirntrauma. Das ersparte es ihm, weiterhin nach Nancy, Sid und dem Porsche zu suchen. Kein Wunder also, dass sich Rolf Maletzke nicht bei »Private Ermittlungen Gian Carlo Manzoni« gemeldet hatte. Er würde sich in diesem Leben bei niemanden mehr melden.

Michelangelo Bellini verkaufte den umgespritzten Porsche an einen Libanesen, der in Verona ein Import-Export-Geschäft betrieb und besorgte zwei Pässe minderer Qualität. Von Verona aus gelangte das Auto nach Tripolis, wo es acht Jahre später mit einer Bombe bestückt fünf Männer, die der christlichen Miliz angehörten, ins Jenseits beförderte, wo der inzwischen ebenfalls eingetroffene Rolf Maletzke die Überreste seines geliebten Porsche beweinte.

14

In Kastelruth war die Versuchung groß. Und Nancy konnte ihr nicht widerstehen. Die Versuchung erschien in Form eines Amerikaners, der durch und durch und nichts anderes als Amerikaner war. Jack Beaty stammte aus Des Moines in Iowa und war ein Unternehmer, der noch durch eigener Hände Arbeit zu Reichtum gekommen war. Beaty war leichte Beute. Zwei Koffer voller Designerware zog Nancy hinter sich her zum Alfa Romeo. Den Schlüssel zum Auto hatte Beaty auf dem Schreibtisch liegen lassen. Ebenso eine große Summe Bargeld. Die Designerware stammte von seiner Frau Mary. Er selbst besaß nur Anzüge von der Stange und in seiner Freizeit lief er am liebsten in Jeans herum. Er mochte keine Designer, aber im Laufe der Ehejahre hatte er gelernt, sich nicht in die modischen Belange seiner Frau einzumischen, solange er sie damit für vorzeigbar hielt. Skifahren hätte er natürlich auch in Aspen können, aber seine Frau wollte lieber Kultur. Und die, meinte sie, gebe es »nur in Rom«. Und da waren sie auch. Aber Beaty langweilten die Ruinen nach wenigen Tagen. Als Kompromiss hängten sie noch zwei Wochen Skiurlaub an. Als er ausgeplündert worden war, betrachtete er nicht nur Rom, sondern ganz Italien als Feindesland. Zu Hause, nahm er sich vor, würde er überprüfen lassen, ob irgendwelche Italiener in seinem Kugellager-Betrieb arbeiteten. Für Jack Beaty war das keine persönliche, sondern eine nationale Angelegenheit.

Nancy und Sid fuhren nach Wolkenstein, das nicht weit entfernt war. Sid fand das zu riskant, vor allem mit dem neuen Alfa Romeo, aber Nancy war von dem Hochglanzhotel sehr angetan, und die letzte Expropriation hatte sie so euphorisiert, dass ihr alles leicht und ungefährlich erschien.

»Lass uns lieber mal vom Gas runtergehen. Und wenn wir nicht alles gleich wieder auf den Kopf hauen, reicht die Kohle auch länger«, sagte Sid, denn manchmal, wenn es die Situation nicht erlaubte, unauffällig zu verschwinden, mussten sie die Übernachtung bezahlen.

»Sparen? Du? Kannst du das denn? Ich kann das nicht. Kaum habe ich was in der Tasche, ist es auch schon wieder weg. Ich weiß nicht warum, aber das passiert mir ständig. Ich hab mich inzwischen damit abgefunden. Außerdem sagt mein Vater immer: Du musst das Geld ausgeben, wenn es wieder zurückkommen soll«, sagte Nancy.

»Wie soll das denn gehen?«, fragte Sid.

»Weiß ich nicht. Aber Papa muss es doch wissen, oder? Der hat das auch immer so gemacht.«

»Du hast recht«, sagte Sid, »man soll immer auf seine Eltern hören.«

Nancy war der ironische Ton Sids nicht entgangen.

»Aber Sid, wir expropriieren doch diese ganzen Geldhaie nicht, um den Zaster für unsere alten Tage auf die hohe Kante zu legen. Was ist los? Machen wir uns ein schönes Leben, oder fragen wir uns jetzt immer, ob wir uns die Cola auch leisten können, wenn wir eine trinken wollen? Und außerdem: Wollen wir nach London oder nicht?«

Sid bereute seinen Einwand. Er wusste, wie absurd er sich für Nancy anhören musste, denn für sie war es ein Abenteuer. »Ich liebe dieses Prickeln auf der Haut, diese wunderbare Aufregung«, hatte Nancy einmal gesagt. Er hingegen kam sich vor wie ein frischer Eigenheimbesitzer, für den er nur Spott übrig hatte. Dabei sehnte er sich einfach danach, wieder in den Tag hineinzuleben, ohne die extreme Anspannung, wenn sie die Zimmer nach Schmuck und Geld durchsuchten, auch wenn der Kick danach, wenn alles gut gegangen, in ihm ein Gefühl des Unbesiegbarkeit hervorrief, als ob er eine große Welle reiten, auf ihr entlang gleiten würde, ohne dass es ihr gelang, ihn unter sich zu begraben.

Sid dachte oft an ihre Entdeckungsreisen durch Norditalien. Aber er ahnte, dass es Nancy nicht reichen würde, mit ihm nachts durch Straßen zu laufen, die nur spärlich beleuchtet waren, oder schmalen roten Lichtstreifen auf dem Pflaster zu folgen, die sich auflösten, wenn man näher kam, und an deren Ende sich ein anderes »Caffè della gioventù perduta« befinden würde, in der die Welt auf ein paar Quadratmeter zusammenschrumpfte.

Im »Hotel Oswald« beobachtete Nancy einen Mann, der Carsten Gruber hieß und der mit seiner Frau und seinen zwei pubertierenden Töchtern seinen Skiurlaub verbrachte, obwohl er gar keine Lust hatte. Gruber war reich und geizig. Dass er reich war, dafür konnte er nichts, denn er war der Sohn eines Managers von Opel Rüsselsheim. Er hatte diese Reise nur angetreten, weil sein Vater sie für ihn gebucht hatte und Carsten Gruber dieses Geschenk nicht verfallen lassen konnte, ohne damit seine Undankbarkeit zu bekunden. Er saß den Hotelurlaub schlecht gelaunt ab wie einen Aufenthalt im Knast. Dabei hatte er zu Hause jede Menge zu tun. Er war gerade dabei, eine neue Fernsehserie zu entwickeln. Es gab da eine sehr erfolgreiche aus der Tschechoslowakei mit dem Titel »Das Krankenhaus am Rande der Stadt«, und so etwas Ähnliches müsste auch in Deutschland Erfolg haben. Er hatte schon einen Arbeitstitel im Kopf: »Die Schwarzwaldklinik.« Für seinen Vater war das jedoch eine Tätigkeit, die der Familie Gruber nicht zur Ehre gereichte, weshalb er alles, was mit der Arbeit seines Sohnes für das Fernsehen zusammenhing, ignorierte und nie als hinreichenden Grund akzeptiert hätte, um den Urlaub abzublasen, ja nicht mal um ihn zu verschieben.

»Wetten, dass es so ist?«, flüsterte Nancy, die sich einiges aus dem zusammenreimte, was sie am Nachbartisch aufgeschnappt hatte.

Sid brummte. Er warf ab und zu einen Blick auf die Familie. Die in bunten Pippi-Langstrumpf-Strumpfhosen und kurzem Rock steckende Frau versuchte gute Laune zu verbreiten, scheiterte aber. Ihr Mann und ihre pubertierenden Töchter fanden sie lächerlich. Die schlechte Stimmung ließ sich förmlich kneten.

»Lass die doch. Die sind schon mit sich selbst genug bestraft«, sagte er.

»Eben. Wenn wir die ein bisschen expropriieren, das schweißt sie bestimmt wieder zusammen«, sagte Nancy. »Das würde denen guttun. Glaub's mir.« Und nachdem von Sid nichts kam, fuhr sie fort: »Vielleicht sollte ich eine Eheberatung aufmachen.«

Sid sah Nancy skeptisch an.

Als sie sich auf dem Weg zum nächsten Hotel befanden, stellten sie fest, dass sich das Risiko kaum gelohnt hatte. Ein unechter Pelz, der nicht sehr viel wert war, drei Barschecks und eine selbst gemachte Erdbeermarmelade, die das Interesse Nancys schon am Vortag beim Frühstück geweckt hatte, als Carsten Gruber das Marmeladenglas hervorgeholt und auf den Tisch gestellt hatte. Erst dadurch war ihr die Familie überhaupt aufgefallen.

»An der mitgebrachten Marmelade erkennst du, dass es sich um richtig reiche Leute handelt«, sagte sie zu Sid. Ihr Onkel Vincent von Westphalen hatte sie einmal in einem Hotel in Palermo darauf aufmerksam gemacht und Nancy war fasziniert davon. Sie war damals sogar zu dem Tisch gelaufen und hatte gefragt, was das für Marmelade sei. Aber der Mann sprach eine Sprache, die sie noch nie gehört hatte und die sich wie eine kaputte Kindertrompete anhörte. Dann kam ihr Onkel und zog sie weg.

»Du erzählst Quatsch«, sagte Sid.

»Könnte sein, ist in diesem Fall aber nicht so«, sagte Nancy.

»Das glaub ich nicht«, sagte Sid.

»Wundert mich nicht. Das ist Psychologie.«

Psychologie, dachte Sid spöttisch, denn von Psychologie hielt er nichts. Er wusste nicht mal genau, was das eigentlich sein sollte.

Nancy nahm die Marmelade nur mit, weil sie schon damals wissen wollte, was es damit auf sich hatte. Sie hatte das Glas auch mitgehen lassen, weil sie sich ärgerte, dass Carsten Gruber für seine Hippie-Frau nichts Besseres als einen künstlichen Pelz übrig hatte und auch sonst nichts herumlag, was sich mitzunehmen gelohnt hätte. Dafür fand sie die kleine Bestrafung angemessen, denn das Verschwinden der Marmelade würde ihn vermutlich empfindlicher treffen als der Verlust des Pelzmantels seiner Frau. Da war sie sicher. Das war Psychologie.

Nancy steuerte den Alfa Romeo Richtung Cortina d'Ampezzo, das rein zufällig auf dem Weg lag, den sie an der Kreuzung intuitiv wählten, so wie in Mailand, wo sie sich auch hatten einfach treiben lassen wie vom Wind, der Laub aufwirbelte.

»Nur noch dieses eine Hotel. Dann fliegen wir nach London. Okay?«, sagte Nancy.

»Und morgen ist es wieder ein anderes Hotel, und wieder ist es das letzte. Ich glaube, du willst gar nicht nach London«, sagte Sid.

»Versprochen, das ist das letzte Hotel. Ehrlich«, sagte Nancy.

An der Rezeption lächelte sie eine junge Frau an und begrüßte Nancy mit den Worten: »Herzlich willkommen im ›Grand Hotel Savoia‹, Frau von Westphalen.«

Sie genoss sichtlich die Überraschung, die sich in Nancys Gesicht abzeichnete, holte strahlend die *Vogue* aus einem Fach hervor, schlug sie auf und zeigte auf die Fotostrecke, auf der Nancy und Sid zu sehen waren.

»Tolle Fotos. Sie sehen hinreißend aus, wenn ich das sagen darf«, sagte die junge Frau, die glaubte, ein Top-Model vor sich zu haben. Nancy war verwirrt. Sie wollte sich gerade als Hermine von Hasselroth vorstellen. Einen Augenblick schien es so, als hätte sie jemand vom Netz genommen.

Die Fotostrecke ging über sechs Seiten. Nancy blätterte sie durch wie jemand, dem ein Liebesbrief in die Finger gefallen ist, auf den sie lange vergeblich gewartet hatte und den sie nun hastig nach etwas absuchte, das ihrem Leben einen neuen Sinn geben würde. Sid sah ihr über die Schulter. Der Text zu den Fotos war kurz und nichtssagend. »Nancy von Westphalen und ihr Freund Sid, ein junges Paar aus Deutschland auf Besuch in Mailand, stellen die Highlights der Winterkollektionen exklusiv für *Vogue* vor«, übersetzte die Rezeptionistin.

Am nächsten Morgen durchsuchten sie den Ort und kauften in den Kiosken alle vorrätigen *Vogue*-Ausgaben auf. Sie würde ihrem Vater eine schicken. Und natürlich ihrer Mutter. Nancy überlegte, ob sie ihr noch ein paar Ausgaben mehr schicken sollte, damit sie die *Vogue* auch an Freundinnen und sonstige Bekannte verteilen konnte. Für die Brüder würde eine Ausgabe reichen. Sie könnten sich ruhig darum raufen. Und dann noch Exemplare für Onkel Joseph und Vincent, Tante Sophia, die fünf besten Freundinnen, ihre Lehrerin, Molly und vielleicht noch Marek. Der würde die Welt nicht mehr verstehen. Seine »dziewczynka« plötzlich ein Star am Modehimmel? Und dann würden die Exemplare schon knapp werden.

»Willst du auch welche verschicken?«, fragte Nancy und überschlug ihre Adressaten, um zu sehen, ob für Sid noch Hefte übrig blieben.

»An wen denn? An meinen Alten vielleicht?« Sid schüttelte den Kopf.

»Warum nicht? Wär doch lustig, oder?«

»Dem würde wahrscheinlich das Gebiss rausfallen«, sagte Sid.

»Darauf sollten wir es ankommen lassen«, sagte Nancy.

Als Willy Schlebrowski das an ihn adressierte Kuvert mit einer italienischen Briefmarke aufriss und die *Vogue* in Händen hielt, klappte ihm die Kinnlade runter und sein Gebiss fiel heraus. Ein kleiner Scherz, den sich Sids Schutzengel erlaubte.

»Was ist denn?«, fragte Wanda, die den ganzen Tag darauf gewartet hatte, dass Willy von der Arbeit heimkommen würde, um das große Kuvert aufzumachen, denn sie traute sich das nicht, weil es an ihn adressiert war. Willy kriegte sonst nie Post. Nur Rechnungen. Und Werbung. Post aus Italien noch nie. Und dann so große Post.

»Ift er jetft völlig übergefnappt?«, fragte sich Willy Schlebrowski, hob sein Gebiss auf und schob es wieder in den Mund. Er reichte das Heft weiter an Wanda.

»Kannst du mir sagen, was mit dem Jungen los ist? Was hat der denn da in dem Heft verloren? In diesem Fummel. Und wer ist überhaupt die Schnalle, mit der er da rumsteht? Mannmannmann, ich versteh die Welt nicht mehr«, grummelte Willy Schlebrowski.

Wanda hingegen war froh, dass ihr Junge doch nicht unter Drogeneinfluss aus einem Fenster gesprungen war. Er lebte. Und offenbar gar nicht schlecht. Und das Mädchen neben ihm? Naja, irgendwann musste es ja so kommen. Sie hatte das schon befürchtet. Und sie sah eigentlich ganz gut aus. Ein bisschen dünn vielleicht. Und so jung.

Sids Schutzengel sah den beiden zu und grinste. Als er sich wieder Sid und Nancy zuwandte, war es zu spät. Auf dem Weg zu Michelangelo Bellini, wo sie die Pässe für ihre Reise nach London abholen wollten, gerieten sie in eine Polizeikontrolle. So sah das also aus, was er die ganze Zeit befürchtet hatte, dachte der Schutzengel, während er zum Rapport gerufen wurde.

Es war in Sterzing, nahe der österreichischen Grenze, als an einer roten Ampel direkt neben ihnen ein Polizeiauto hielt. Im Radio lief »Imagine« und »Give Peace A Chance«. Der Radiosprecher sagte: »John Lennon von den Beatles ist tot. Er wurde vor seinem Haus von einem offenbar geistig verwirrten Täter erschossen.« Die beiden Beamten sahen interessiert zu Nancy, die sie zwischen dem hochgestellten Kragen ihres Pelzmantels abwesend anlächelte.

Nancy sagte etwas, an das sich Sid später nicht mehr genau erinnerte, vielleicht »diese Schweine« oder »die sind doch alle irre«. Dann fuhr sie los. Es war keine Absicht, sondern vielmehr Folge der eben gehörten Nachricht vom Tod John Lennons, Folge einer gewissen Anspannung, ein Fluchtreflex, denn sie hatten gerade aus einem Hotel den Pelzmantel, den sie anhatte, einige Barschecks und etwas Schmuck expropriiert, weil das »Grand Hotel Savoia« in Cortina d'Ampezzo als das letzte Hotel vor ihrer Reise nach London wegen der *Vogue* ja quasi ausgefallen war. Und während Nancy zum Polizeiauto hinübersah und sie die Nachricht im Radio hörte, hatte sie die rote Ampel vergessen. Der Polizeiwagen fuhr ihr hinterher, überholte sie und bedeutete ihr mit einer roten Kelle, an die Seite zu fahren.

»Scheiße«, sagte Nancy.

Sie kurbelte das Fenster herunter.

»Sie sind eben bei Rot über die Ampel gefahren«, sagte der Polizist.

»Oh, bin ich das? Ich dachte, es wäre grün. Das tut mir schrecklich leid«, sagte Nancy, die ihren Fehler gutzumachen versuchte, indem sie den Polizisten entschuldigend anlächelte. Der Polizist lächelte zurück und sagte, sie müsse ein bisschen besser aufpassen und außerdem würde er gerne mal einen Blick in ihre Papiere werfen.

Und das reichte, um sie auffliegen zu lassen. Nancy tat so, als wühle sie in ihrem Kelly Bag und sagte dann, dass sie ihren Führerschein wohl im Hotel vergessen habe wie leider auch alle anderen Papiere. Sie seien Urlauber aus Deutschland und ganz harmlos. Die Polizisten sagten, das tue ihnen auch schrecklich leid, aber ohne Papiere könnten sie leider nicht weiterfahren.

Sie mussten aussteigen und den Kofferraum öffnen, in dem vier Pelze und einige Koffer durcheinander lagen.

»Die gehören meiner Mutter und meinen drei Schwestern«, erklärte sie die Existenz der Pelze.

»Verstehe«, sagte der Polizist und rief über Funk ein paar Kollegen, nachdem er noch Schmuck entdeckt hatte, der ebenfalls einfach im Kofferraum lag.

»Und das Geld gehört bestimmt Ihren Onkeln und Tanten«, fügte er hinzu, als er das Handschuhfach öffnete und ihm dicke Lirabündel entgegen fielen.

»Ich weiß gar nicht, wo die herkommen. Ich habe keine Ahnung«, sagte Nancy. »Die müssen schon vorher da drin gewesen sein.«

Der Polizist verzog keine Miene. Schließlich stellte sich heraus, dass der Alfa Romeo auf der Liste der gestohlenen Autos stand. Die Polizisten waren nicht mehr bereit, auf das, was Nancy sagte, noch einzugehen. Ihre Liebenswürdigkeit versickerte wie ein Wassertropfen im Wüstensand.

»Aber wir haben das Auto doch nur ausgeliehen. Woher sollten wir denn wissen, dass es gestohlen ist?«, sagte Nancy.

Für den Polizisten war der Fall erledigt. Nancy wusste, dass es das Ende ihrer Reise bedeutete.

»Wie kann man nur so bescheuert sein und nicht sehen, dass wir Opfer einer Verschwörung geworden sind? Wir sind reingelegt worden. Das sieht ja wohl ein Blinder! Was für ein beschissenes Land ist das denn, das seine Touristen so behandelt? Hey, wir sind UNSCHULDIG!«

Zwei Polizisten nahmen Nancy in die Mitte.

»Ihr Schweine, ihr Assis, ihr Volldeppen, Schwachmaten, Pissnelken, Penner, Blödmänner, Runkelrüben, Arschgesichter, Wichser«, tourettete Nancy sich um Kopf und Kragen, während sie zu einem Polizeiauto geführt wurde.

Sid spürte wieder die Lähmung. Am Auto lehnend starrte er paralysiert auf die roten und blauen Warnleuchten und Blinklichter und sah ungläubig den absurden und vergeblichen Bemühungen Nancys zu. Er bewunderte sie. Sie kämpfte, selbst wenn die Sache ausweglos war. Sie hatte keine Angst.

Als Nancy abgeführt wurde, machte er zwei Schritte in ihre Richtung und brüllte so laut er konnte: »Nancy! Ich liebe dich! Nancy! Ich liebe dich! Nancy! Ich liebe dich!«

Immer wieder. Zwei Polizisten stürzten sich auf ihn. Sid hörte aus dem Polizeiauto »Ich dich auch, Sid.«

Und mit leichter Verzögerung: »Und halt die Klappe.«

Er sollte die Klappe halten? Aber er musste sich nicht lange den Kopf darüber zerbrechen, denn es war das letzte, was er hörte.

Die Polizisten hatten ihn an den Armen gepackt und sie nach hinten gedreht. Ein junger, etwas übereifriger Polizist stieß Sid in den Rücken, Sid stolperte, fiel, und da er bereits Handschellen umhatte, konnte er sich nicht abfangen und schlug mit dem Kopf auf die Kante des Bordsteins.

Es war, als hätte jemand einfach das Licht gelöscht. Ein Zustand ein, in dem jede Differenz und jede Bedeutung ausgelöscht waren, stellte sich ein. Jemand hatte die Tür zugeknallt und ihn umfing vollkommene Dunkelheit.

15

Da war ein Rauschen wie bei einem laut aufgedrehten Radio, in dem die Frequenz nicht richtig eingestellt war. Sids Kopf bestand aus einem einzigen pochenden großen Schmerz. Ein unrasiertes Gesicht war ganz dicht vor seinem und ein säuerlicher Geruch stieg Sid unangenehm in die Nase. Der Mann schlug ihm leicht auf die Wangen und sagte immer wieder »Aufwachen. Nicht einschlafen.« Und als der Mann bemerkte, wie Sid die Augen öffnete, murmelte er mehr zu sich selbst: »Mann, ich dachte schon, der ist weg.«

Sids Interesse an dem, was um ihn herum vorging, war aufgrund seines Zustands nicht sehr ausgeprägt, so dass er später nicht mehr hätte sagen können, wie er in den mit rostbraunem PVC ausgelegten Raum gelangt war. Er saß auf einem Stuhl und als er den Kopf hob, sah er einen kahlen Raum. An der Wand hing ein Kalender mit einer Frau, die nur wenig anhatte. Und eine Industrieuhr. Vor ihm ein Schreibtisch. Hinter den Schreibtisch setzte sich gerade der Mann mit dem unrasierten Gesicht hin. Die Uniform spannte leicht am Bauch. Die Brauen waren buschig. Die Augen waren trotz des trägen und müden Eindrucks, den er machte, aufmerksam. Er stieß leise auf und hielt sich die Hand vor den Mund. Diese Zwiebeln machten ihm zu schaffen.

Vittorio Benusi war nicht glücklich, dass man den Jungen bei ihm abgeladen hatte. Und dann noch in diesem Zustand. Das bedeutete Arbeit. Und das war nicht gut. Nicht für seine Nerven. Und schon gar nicht für seinen Magen, der in letzter Zeit empfindlich reagierte. Seiner Laune war das ebenfalls abträglich, denn er hatte letzte Nacht nur wenig geschlafen. Und zu viel getrunken. Er stand auf, nachdem Sid den Kopf sinken ließ, ging um den Schreibtisch herum, setzte sich auf die Kante und sah Sid von oben herab müde an.

Er fragte sich, was das für ein Junge war, mit dem auf Taille geschnittenen Nadelstreifenanzug und dem weißen Hemd mit hochgestelltem Kragen und mit Manschetten, die sehr auffällig um die Jackettärmel gekrempelt waren. Wahrscheinlich hatte er irgendwas mit Mode oder Musik zu tun. Dass er und seine Freundin allerdings den Kofferraum voller Diebesgut hatten und in einem geklauten Auto herumfuhren, das verstand er auch nicht. Der Junge war noch keine achtzehn und sah nicht wie ein Einbrecher aus. Vittorio Benusi seufzte.

»Tut's noch weh?«, fragte er.

»Höllisch«, krächzte Sid.

»Du kannst froh sein, dass du nicht erschossen worden bist.«

»Wieso?«

»Wieso? Na, weil du abhauen wolltest. Schon vergessen? Die Jungs haben zur Zeit einen nervösen Finger am Abzug wegen der Roten Brigaden.«

»Ich wollte doch nur meiner Freundin helfen. Die haben sie ins Auto gezerrt.«

»Kann schon sein, ist aber trotzdem Widerstand gegen die Staatsgewalt. Nicht gut«, sagte Vittorio Benusi und wiegte sorgenvoll den Kopf hin und her. »Ich würde mich über die kleine Platzwunde lieber nicht beschweren.

Wäre nicht sehr klug. Ich geb dir einen Rat: Vergiss die Sache lieber.«

Sid wusste nicht, was er vergessen sollte, also sagte er nichts.

»Hast du mich verstanden?«, fragte Vittorio Benusi nach.

»Hab ich«, sagte Sid, auch wenn er es nicht verstanden hatte. Er hatte Schmerzen. Er hatte keine Lust, sich zu beschweren.

»Geht's denn wieder einigermaßen?«, frage der Polizeibeamte. »Nicht, dass du mir noch vom Stuhl fällst.«

Sid verbarg sein Gesicht in seinen Händen und hielt das Gleichgewicht, indem er sich leicht nach vorne beugte und seine Ellbogen auf den Knien abstützte.

»Und jetzt der Reihe nach. Name, Vorname, wohnhaft in, Straße, Hausnummer, geboren am.«

Sid gab mechanisch seine Personalien zu Protokoll. Dann fiel ihm wieder ein, wie Nancy »Halt die Klappe!« gerufen hatte. Also hielt er die Klappe. Einen Augenblick kam sich Sid ferngesteuert vor, wie jemand, der über Telepathie seine Anweisungen erhält. Er war froh, denn das nahm ihm die Entscheidung ab. Aber es war ihm außerdem zu mühsam, von Anfang an und alles zu erzählen. Zu schmerzhaft, denn er hätte dann auch über Nancy reden müssen. Und was ging es den Polizisten an, dass er glücklich war? Dass er sie liebte. Dass Nancy alles für ihn bedeutete. Dass sie sich zusammen in einer Parallelwelt aufgehalten hatten, zu der die Leute da draußen keinen Zugang hatten. Der Beamte würde das sowieso nicht verstehen.

Sollten sie doch selbst dahinterkommen, wie der ganze Plunder in den Kofferraum gelangt war. Sollten sie ihn doch foltern! Oder verprügeln! Er hatte keine Angst. Jedenfalls nicht in diesem Augenblick. Und wenn, dann nicht viel. Allerdings sah der Polizist nicht so aus, als würde er ihn verprügeln wollen. Er sah eigentlich ganz nett aus. Ein bisschen traurig und müde vielleicht und gar nicht so, als würde er gleich die Ärmel hochkrempeln.

Sid presste seine Hände gegen den Kopf, der auseinanderzuplatzen drohte, und murmelte: »Ich sage nichts.«

»Nanana, hör mir erstmal zu«, sagte Vittorio Benusi. »Du kannst mir ruhig alles erzählen. Wir kriegen es sowieso raus. Und es sieht besser aus, wenn du mit uns kooperierst und mit der Wahrheit rausrückst. Du bist das dann los und kannst nach Hause gehen. Wenn nicht, dann bleibst du eben in der Zelle. So lange, bis du es dir anders überlegt hast. Nicht schön. Jedenfalls nicht für dich. Und mir, mein Junge, mir ist das sowas von egal. Ich kann dir gar nicht sagen, wie egal mir das ist.«

Vittorio Benusi ahnte nicht, wie sehr er Sid erschreckte, als er ihm versprach, nach Hause gehen zu dürfen, würde er alles erzählen.

»Ich sage nichts«, wiederholte Sid fast schon etwas panisch.

»Und was hat es damit auf sich?«, unternahm Vittorio Benusi noch einen Versuch und schob die *Vogue* über den Schreibtisch.

»Ist das verboten?« Sid strengte das Reden an.

»Tja, ich weiß nicht«, grübelte Vittorio Benusi. »Ich frage mich bloß, seit wann herumstreunende Ganoven in einem Magazin modeln. Habt ihr denen dafür was gezahlt?«

Benusi war müde. Wenn der Junge nichts sagen wollte, dann eben nicht. Das verkürzte die Sache erfreulich. Also schrieb er in das Protokoll: »Verweigert die Aussage zur Sache.«

»Bitte schön. Ist dein Leben, das du ruinierst. Schwerer Diebstahl ist kein Kavaliersdelikt. Das kann ich dir schon mal verraten. Noch keine achtzehn und sitzt schon bis zum Hals in der Scheiße.« Vittorio Benusi schüttelte den Kopf und rief einen Untergebenen ins Büro. »Bring ihn in die Zelle. Vielleicht ist er morgen gesprächiger. Und sag Pestoni Bescheid. Er soll sich die Platzwunde mal ansehen.«

Der Arzt, schon um die sechzig und mürrisch, ging nicht besonders rücksichtsvoll mit der Wunde um. Er desinfizierte sie, und als Sid aufschrie, sagte er: »Empfindlich auch noch.« Er legte ihm einen Kopfverband an und ging, ohne zu grüßen.

Sid ringelte sich auf der Pritsche seiner Zelle wie eine Katze zusammen und hörte auf das Pochen und Pulsieren seines Kopfes. Damit brachte er die nächsten Stunden zu. Als der Schmerz langsam nachließ und nicht mehr die gesamte Aufmerksamkeit absorbierte, fing er wieder an, an Nancy zu denken.

Er sehnte sich danach, sie umschlungen zu halten, sie an sich zu drücken, ihren Körper zu spüren. Er würde ihr nicht mehr durchs Haar fahren können, seinen Kopf in ihren Schoß legen können, keine gemeinsamen Autofahrten mehr, kein Champagner, keine Party, kein Flanieren durch belebte Märkte und Geschäfte und Kaufhäuser, kein Herumlungern mehr in Cafés und Bars, kein London mehr, nur noch ein erloschener Traum, der sich immer weiter entfernen und schließlich verblassen würde. Sie würden keinen Fluss mehr überqueren und sich im Schatten der Bäume ausruhen, keine gemeinsamen Kinobesuche mehr, bei denen er seinen Kopf an ihre Schultern lehnen und die Bilder des Films an sich vorüberziehen lassen konnte. Nichts, aus, vorbei. Ein kleiner, blödsinniger Zufall und er war mit einem Schlag alles los, was sein Leben erst zu einem Leben gemacht hatte.

Die Situation, in der er sich befand, war ihm gleichgültig. Er hatte Angst davor gehabt, verhaftet zu werden, aber als es dann soweit war, hatte sich die Angst in nichts aufgelöst. Sid fand eine altvertraute Situation vor. Mit der konnte er umgehen. Sich verkriechen in den Panzer, den er wieder angelegt hatte, der ihn umschlossen hielt wie eine Austernschale. Und niemand hatte Zutritt. Nancy hatte ihn, aber Nancy war nicht da. Vielleicht war sie ganz in seiner Nähe, getrennt durch eine Mauer, in die Menschen ihre Namen und Striche geritzt hatten, um die Tage zu zählen.

Sid war es egal, welchen Tag man heute schrieb. Ihm waren seine Kopfschmerzen egal. Aber der Verlust würde ihn immer schmerzen, und dieser Schmerz, der Sid auf die Pritsche niederdrückte, ihn lähmte, würde nie vergehen, und niemand würde ihn jemals trösten können. Er würde sich einringeln und schlafen und nie wieder aufstehen. »You'll never get out of this world alive«. Für Sid war das das Ende. Von ihm aus könnten sie das ganze Magazin ihrer automatischen Pistolen in seinen Bauch entleeren, es würde ihm nichts ausmachen. Er wäre ihnen nicht mal böse. Schade, dass sie es nicht gemacht hatten.

Es fanden noch zwei Verhöre statt, aber für Vittorio Benusi waren sie nicht sehr aufschlussreich, denn Sid sagte immer nur, dass er nichts sagen würde. Auch als Benusi ihm mitteilte, Nancy habe »ausgepackt« und dass es nicht gut für ihn aussehe. Sid glaubte das nicht, aber es versetzte ihm einen Stich. Es änderte nichts an seinem Entschluss.

Vittorio Benusi konfrontierte ihn schließlich mit einem gewissen Max Lechner, der Anzeige erstattet hatte.

»Wer soll das denn sein?«, fragte Sid.

»Neugierig?«, fragte Vittorio Benusi.

»Geht so«, sagte Sid.

»Von Max Lechner stammen ein paar Barschecks, die sich im Auto befunden haben. Limone sul Garda. Klingelt's?«

Es klingelte. Sid gähnte.

Dann konfrontierte Vittorio Benusi Sid noch mit dem Diebstahl in Sterzing und in Wolkenstein. Carsten Gruber hatte den Diebstahl angezeigt und angegeben, was ihm abhanden gekommen war. Und das alles befand sich dann auch im Auto: Drei Barschecks, ein Pelz und ein Glas mit Marmelade.

Marmelade? Vittorio Benusi schnaufte. Diese Deutschen, dachte er, legen die halbe Welt in Schutt und Asche, beschweren sich aber, wenn ihnen ein Glas Marmelade abhanden kommt.

Die Fundstücke im Kofferraum ließen für Benusi keinen Zweifel aufkommen, dass die beiden weit mehr geklaut hatten als das, was aufgrund der Anzeigen nachgewiesen werden konnte. Sid hingegen wusste nun, dass Nancy offenbar auch nichts gesagt hatte, denn sonst hätte der Polizist mehr in der Hand gehabt.

Bei den anderen Beutestücken blieb unklar, woher sie stammten, weshalb zwar der Verdacht des Diebstahls blieb, aber da sich der eine oder andere Besitzer der geklauten Waren nicht gemeldet hatte, ließ sich eine Straftat nicht wirklich nachweisen. Sid hatte keine Ahnung, warum sich nur drei Opfer gemeldet hatten. Er wusste nicht, dass Rolf Maletzke sehr gute Gründe hatte, die Polizei nicht einzuschalten. Und Guiseppe Borelio, den es in Bellagio getroffen hatte, wollte nicht, dass seine Frau von der Affäre erfuhr. Jack Beaty hingegen dachte, dass »die Italiener« hinter dem Diebstahl steckten und hielt eine Anzeige für sinnlos, auch wenn sie wegen des gemieteten Alfa Romeo unumgänglich war. Er war nur zwei Tage später abgereist.

Ein von Viktor von Westphalen beauftragter Rechtsanwalt von der angesehenen Münchner Kanzlei »Schütz, Ehrenreich & Partner« meldete sich bei der italienischen Polizei. Er plädierte dafür, den Fall an die deutschen Behörden abzugeben, denn schließlich seien nicht nur die Betroffenen Deutsche, auch die Täter hätten ihren Wohnsitz in Deutschland. Und selbst die Zentrale der Autovermietung des gestohlenen Alfa Romeo befand sich in Deutschland, weshalb der Fall als innerdeutsche Angelegenheit betrachtet werden könne. Die italienische Polizei hatte nichts dagegen, diesen Vorgang vom Hals zu haben.

Sollen die Deutschen doch den Fall des entwendeten Marmeladenglases vor Gericht bringen, dachte Vittorio Benusi. Er machte einen Kringel auf die Anweisung für eine Abschiebung und klappte die Akte zu.

Sids Zelle im Münchner Untersuchungsgefängnis Stadelheim öffnete sich, und herein trat ein Kapo, der Chef des Zellentraktes, und sagte barsch: »Los, putzen.« Er nahm einen Eimer Wasser, schüttete ihn mit Schwung auf den Boden aus und warf einen Lappen hinterher. Sid starrte ihn an. Dann den Schließer, der grinsend hinter dem Kapo stand.

»Hast du verstanden, Arschloch? Mach sauber, aber schnell, sonst kipp ich noch einen Eimer aus«, sagte der Kapo. »Und glotz mich nicht so dämlich an.«

Sid wusste nicht, was der Kapo gegen ihn hatte. Und deshalb war er mehr erstaunt als wütend. Gegen den Mann hatte er keine Chance. Also tat er so, als wäre das ganz normal, wischte den Boden auf und wrang das trübe Wasser aus dem Putzlumpen über den Eimer aus. Sid vermied jede Geste, die der Kapo als Provokation auslegen konnte. Aber es nutzte nichts. Vielleicht lag es an dem inzwischen reichlich verschmutzten Hemd und dem Anzug, den er immer noch trug und der dem Kapo nicht gefiel, vielleicht hatte der Kapo in Sid ein Opfer entdeckt, das sich bequem quälen ließ. In Wirklichkeit war jedoch das Gerücht durchgesickert, Sid habe irgendetwas mit der RAF zu tun. Er sei in einer Schießerei verwickelt gewesen. Deshalb auch der Kopfverband. Streifschuss. Niemand wusste, wie das Gerücht zustande gekommen war. Der Kapo hasste ihn, weil er die RAF hasste. Das waren Kommunisten. Und er war Einbruch. Und Körperverletzung. Er hasste die RAF, weil die bei den jugendlichen

Gefangenen hoch im Ansehen stand, während er nichts Besonderes darstellte. Dabei hatte die RAF seiner Meinung nach auch nicht mehr auf dem Kasten. Dafür aber Glamour. Fanden die Jungs im Knast. Und deshalb hasste er die RAF. Und den Jungen in seinem Anzug, an dessen Kragen sich noch ein getrockneter Blutfleck befand. Und tatsächlich, fast alle Gefangenen hegten eine heimliche Bewunderung für Sid.

Von all dem hatte Sid nichts mitbekommen. Er befand sich 23 Stunden am Tag in der Zelle und eine Stunde stand er abseits in einer Ecke des Gefängnishofs und rauchte. Er hatte zu niemandem Kontakt und er wollte auch keinen.

Sids fing an, Nancy Briefe zu schreiben, die er nie abschickte, nicht weil sie sowieso nicht weitergeleitet worden wären, sondern weil er nie einen Brief zustande brachte, mit dem er zufrieden gewesen wäre. Das fing mit der Anrede an. »Liebe Nancy«? Viel zu normal, da wusste man gleich, dass das für das, was er mitteilen wollte, nicht reichte. »Hey Nancy«? Irgendwie hatte das einen falschen Klang, so als würde er mit ihr zusammen sein. »Nancy«? Das klang nach Erpresserbrief, nicht nach Liebesbrief. Aber wollte er den überhaupt schreiben? Einen Liebesbrief? »Oh liebste Nancy, wie ich dich vermisse«? War das nicht totaler Kitsch? Eher schon: »Verdammte Scheiße auch, du fehlst mir.« Aber Sid war sich nicht sicher, wie das ankommen würde. Auch wenn Nancy manchmal am Tourette-Syndrom litt, achtete sie doch auf einen gewissen Stil, und das verunsicherte Sid. Egal, wie er anfing, nie schien er den richtigen Ton zu finden, mit dem er sie zu erreichen können glaubte. Sid beschloss, das Problem der Anrede auf später zu verschieben.

Als er versuchte, seine Erlebnisse seit ihrer Trennung niederzuschreiben, kam ihm sein Brief manchmal so vor wie die Memoiren Lino Venturas, der einen Kassiber an seinen Kumpel draußen schreibt, damit der ihn rausholte. Er zerriss das Blatt und versuchte es erneut.

»Ich sehe Dich, wie Du hinter einem schweren roten Bühnenvorhang hervortrittst und wie Dich alle Leute anstarren. Du hältst den Kragen vorne fest, und ich sehe Dein Lächeln zwischen dem Pelz hervorblitzen, und ich denke, ich wäre jetzt gern der Pelz, den Du an Dich ziehst, und Du würdest mich nie wieder loslassen. Ohne Dich höre ich nichts mehr, ich sehe nichts mehr und ich fühle nichts mehr. Nicht einmal leben kann ich mehr, es kommt mir noch sinnloser vor als einen Fluss anzuflehen, über einen Berg zu fließen. Das ist das schlimmste, dass Du mir einfach weggenommen worden bist, denn ich weiß nicht, wie lange ich es ohne Dich aushalte. Immer wenn ich die Augen schließe, glaube ich, Deine Schuhe mit den hohen Absätzen zu hören, wie sie auf dem Pflaster der Via Tortosa klackern als wir aufeinander zuliefen und uns umarmten. Weißt Du noch? In einem Buch aus der Gefängnisbibliothek hab ich gelesen, dass man nicht zweimal in den gleichen Fluss steigen kann – aber genau das will ich. Ich will die Zeit zurückdrehen und jeden Moment mit Dir noch einmal durchleben.

Wenn um zehn Uhr nachts das Licht ausgemacht wird und ich auf der Pritsche liege und nicht schlafen kann, dann denke ich immer wieder an die weißen Mäuse im Münchner Kaufhaus und wie die Verkäuferin zu kreischen anfing. Ich hab das sowieso nie verstanden, warum die Frauen bei Mäusen auf den Stuhl steigen. Jedenfalls hab ich das mal auf den Witzeseiten des *Stern* gesehen. Frau auf dem Stuhl und kreischt und unten eine kleine Maus. Ich wusste nie, was daran witzig sein soll. Als die dann in dem Kaufhaus kreischte war das genauso, wie sich die Witzezeichner das ausgedacht haben. Aber niemand lachte. Ich kann mich heute noch wegschmeißen, wenn ich nur daran denke.

Ich wünschte mir, dass wir die kleinen Mäuse sein könnten, die die Leute ein bisschen erschrecken. Und dabei tun wir gar nichts. Wir würden nur herumlaufen und die Gegend erkunden, ein bisschen gucken und die Ohren spitzen. Und dann schnell in irgendeinem Loch verschwinden, um unerwartet an einer anderen Stelle wieder aufzutauchen. Wie die Guerilla. Und jetzt sind wir tatsächlich in so einem Loch verschwunden. Und zwar in einem richtigen. Meinst Du, wir werden wieder auftauchen?

Blöde Frage. Die können uns ja nicht ewig einsperren, oder? Du hast gesagt, die erwischen uns nie. Ich hab's nie geglaubt, aber als sie uns hatten, war ich doch überrascht, weil ich ganz vergessen hatte, dass sie uns kriegen könnten. Wahrscheinlich hatte ich das vergessen, weil Du da warst und ich mich wie in einem Traum befand. Mit Dir war alles leicht und schön. Wir waren ganz nah dran an den Sternen. Oder?«

Eine Träne tropfte auf das Papier. Ein paar Buchstaben verwischten.

Dann ging die Tür auf und ein Schwall Wasser ergoss sich in die Zelle.

Als Sid nach der Freistunde wieder zurück in seine Zelle geführt wurde, war der Brief verschwunden.

Hans Richter, Richter am Amtsgericht München, sah melancholisch über den Rand seiner Brille hinweg auf den Angeklagten. Der »Fall Michael Schlebrowski« war sein vierter an diesem Vormittag. Die drei Fälle davor

BTMG – Betäubungsmittelgesetz. Diese Kleindealer waren alle auf die gleiche Weise dumm. Wie sie ihn mit ihrem treudoofen Hundeblick ansahen in der Hoffnung auf ein geringes Strafmaß, um später sofort dort weiterzumachen, wo sie aufgehört hatten. Es langweilte ihn. Wenigstens dieser Fall bot ein wenig Abwechslung. Der Tatbestand war zwar nicht außergewöhnlich, aber die Umstände eher ungewöhnlich.

Hans Richter dachte an seine eigene Jugend, als er mit ein paar Kumpels Zigaretten und Alkohol geklaut hatte, und wie sie bei einem Lagerfeuer auf einer Brache ein Fest feierten. Das war lange her und es war eine andere Zeit gewesen, damals, im Winter 1946, als er auf dem Güterbahnhof in Köln Kohlen geklaut hatte, damit sie nicht erfroren. Bald würde Hans Richter in Rente gehen. Er sah Sid an und dachte daran, dass es vollkommen egal war, ob er die Jungs verknackte oder laufen ließ. Es änderte nichts. Sie kamen alle wieder und würden wieder vor ihm auf der Anklagebank sitzen, wenn er nicht in zehn Monaten den Laden hier verlassen würde.

Hans Richter seufzte. Vielleicht war es bei diesem schmächtigen, etwas phlegmatischen Jungen mit dem schläfrigen Blick anders. Er machte auf Hans Richter nicht den Eindruck, als würde da ein Wiederholungstäter heranreifen. Und er konnte sich auch nicht vorstellen, dass er die treibende Kraft bei den in der Anklage verzeichneten Diebstahlsdelikten in den Tiroler Hotels war. Merkwürdigerweise war das Verfahren der Nancy von Westphalen, mit der Michael Schlebrowski die Straftaten begangen hatte, abgetrennt worden. Er hätte zu gern gewusst, warum. Aber die Energie, dies herauszufinden, brachte er nicht mehr auf. Er hatte über das Strafmaß des Jungen zu befinden und nicht irgendwelche Verfahrensfragen neu aufzurollen. Aber einen Moment spürte er einen leichten Ärger, denn offenbar hatte es irgendwelche Absprachen hinter seinem Rücken gegeben. Es sah ganz danach aus, als ob das Mädchen einflussreiche Eltern hatte und die Hauptschuld auf den Jungen abgewälzt werden sollte.

Hans Richter arbeitete schon zu lange in der Justiz, um sich darüber noch zu wundern. Dieser Junge hatte jedenfalls keine einflussreichen Eltern. Das ging aus den Akten hervor. Die Frau auf der Zuschauerbank war wahrscheinlich seine Mutter. Sie hatte ein Hütchen mit antennenähnlichen Gebilden auf und nestelte nervös am Verschluss ihres Handtäschchens herum.

Hans Richter blätterte in den Akten und stieß auf das entwendete Marmeladenglas. Er schmunzelte und wiegte leicht den Kopf hin und her. Mit was die Leute alles glaubten, seine Zeit verplempern zu dürfen.

»Will sich der Angeklagte noch einmal äußern?«, brummte er schließlich.

»Ja«, kam eine brüchige Stimme von der Anklagebank. Hans Richter blickte verwundert auf, denn Sid hatte bislang auf den Boden geguckt und nichts zur Verhandlung beigetragen.

»Ich wollte nur sagen, dass ich alles auf meine Kappe nehme«, sagte Sid.

»Schön«, sagte Hans Richter. »Aber hier geht es sowieso nur um dich. Du bekennst dich also schuldig?«

Sid wurde unsicher. Wenn es nur um ihn selbst ging, war das natürlich was anderes. Dann war es das Beste, nichts zu sagen. Er wollte aber Nancy entlasten.

»Ich wollte nur sagen, dass Nancy unschuldig ist«, sagte Sid.

»Du meinst Fräulein von Westphalen? Darüber habe ich gar nicht zu befinden«, sagte Hans Richter.

»Wieso? Ist ihr etwas passiert?«, fragte Sid.

»Das ist ein anderes Verfahren«, sagte Hans Richter und ärgerte sich, weil der Junge den Punkt in diesem Prozess ansprach, der ihm selbst nicht klar war.

»Geht es ihr gut?«, wollte Sid wissen.

Hans Richter blickte überrascht auf. Große Gesten kamen im Gerichtssaal eher selten vor. Immer nur kleinliche, auf den eigenen Vorteil bedachte Rechtfertigungen und Lügen. Dieser Michael Schlebrowski schien alles in allem ein anständiger Kerl zu sein.

»Mein Junge«, sagte Hans Richter und fixierte Sid über den Rand seiner Brille hinweg, »ich bin mit deinem Fall hier befasst und kann dir leider nichts über deine Freundin sagen. Vermutlich geht es ihr besser als dir. Willst du noch etwas in deiner Angelegenheit vortragen?«

»Nein«, sagte Sid.

»Dann ergeht hiermit das Urteil. Michael Schlebrowski wird zu einem Jahr Jugendstrafe auf Bewährung verurteilt. Die Untersuchungshaft von dreizehn Wochen wird angerechnet. Der Angeklagte ist freizulassen.«

Hans Richter blieb damit deutlich unter der vom Staatsanwalt geforderten Strafe.

16

Die Worte des Richters klangen Sid noch im Ohr, aber er verstand nicht, dass er nun wirklich frei war. Er dachte, er müsste wieder zurück in den Knast, zurück ins Getriebe, bis nach einer unbestimmten Zeit alle Formalitäten seiner Freilassung erledigt sein würden. Wanda ging auf ihn zu und umarmte ihn. Erst jetzt wurde ihm bewusst, dass er einfach aus dem Gerichtssaal gehen konnte, ohne dass ihn jemand festhielt.

Sid war inzwischen 18 geworden. Zum Geburtstag wurden ihm zwei Eimer Wasser in die Zelle geschüttet. Die einzigen Glückwünsche erreichten ihn von seiner Mutter. Sie hatte ihm ein Paket geschickt. Wollsocken, Unterwäsche, Gummibärchen und Vollmilchschokolade. Keine Zigaretten. Keine Nachricht von Nancy.

Drei Monate hatte er in der Zelle verbracht, mit Sichtblenden an dem in zwei Meter Höhe angebrachten Fenster, die verhinderten, dass er das Blau des Himmels oder die Sterne oder die Wolken oder die Sonne oder den Mond sehen konnte. Die neue Freiheit war wie ein Wärmestrom, wie die Verheißung eines völlig neuen Lebens. Er saß im Zug nach Hause und berauschte sich an der vorbeifliegenden Landschaft. Es war der erste Frühlingstag. Alles erschien ihm wundervoll und einzigartig. Er spürte die noch schwache Wärme der Sonne und es war ihm, als würde er Nancy bald wiedersehen.

Wanda Schlebrowski fuhr Sid durch die wuschligen Haare und schluchzte, als sie aus ihrem Handtäschchen einen zusammengefalteten Zeitungsausschnitt aus den *Nürnberger Nachrichten* hervorholte und Sid gab. Er las:

> Im Südtiroler Sterzing ist ein Gaunerpärchen gefasst worden. Monatelang hatten die 16-jährige Nancy W. und ihr 17-jähriger Freund Michael S. von Hoteldiebstählen gelebt. Die 16-jährige war im Mai letzten Jahres von zu Hause ausgerissen und seither mit ihrem Freund Michael durch die Wintersportorte gezogen. Das junge Paar hinterließ in Luxushotels unbezahlte Rechnungen und bestohlene Hotelgäste. Sie machten, wie die italienische Polizei erklärte, auf jeden den Eindruck, sie seien junge, sehr reiche deutsche Urlaubsgäste. Das Mädchen trat betont selbstbewusst auf. Sie trug stets einen teuren Pelzmantel. Die beiden verschwanden nach einigen Tagen, ohne die Hotelrechnung bezahlt zu haben. Zuvor hatten sie die Gästezimmer ausgeräubert. Im gestohlenen Auto der Festgenommenen wurden Pelzmäntel, Bargeld und Euroschecks im Gesamtwert von 86.000 Mark gefunden.

Sid las nochmal. Er verspürte unwillkürlich einen gewissen Stolz. Er, Sid, stand in der Zeitung. Als Michael S.

allerdings, was die Sache etwas trübte. Er steckte den von seiner Mutter sorgfältig ausgeschnittenen und akkurat gefalteten Zeitungsausschnitt ein.

»Ist ja gut«, sagte er zu Wanda und drückte ihr die Hand. Zum ersten Mal in seinem Leben hatte Sid das Gefühl, seine Mutter trösten zu müssen.

Die Angst vor Willy, die ihn vor nicht allzulanger Zeit noch auf eine Fahrt ins Ungewisse getrieben hatte, war wie weggeblasen. Er war nicht mehr der Sid, der panisch geflüchtet war. Er hatte jetzt internationale Erfahrung. Er war ein Dieb. Mit Diplom. Ausgestellt von der italienischen Polizei und gerichtlich beurkundet von der deutschen Justiz. Er hatte ein paar Monate Knast hinter sich. Seine Klassenkameraden würden ihn wie ein Weltwunder bestaunen und Manne würde ihm die Schuhe küssen. Willy kam ihm plötzlich wie ein Papiertiger vor.

»Bequemt sich der Herr auch mal wieder nach Hause«, sagte Willy, als Sid von Wanda ins Wohnzimmer gestupst wurde. Er blickte unwillig auf. Es lief gerade »Denver«. Da störte Sid nur.

Sid bemerkte, dass sein Vater in den neun Monaten seiner Abwesenheit stark abgebaut hatte, und er erschrak darüber, obwohl Wanda bereits angedeutet hatte, dass es ihm nicht gut ginge. Sein vom Alkohol befeuerter Jähzorn war niedergebrannt. Zurück war eine in sich zusammengesunkene Hülle aus Elend und schlechter Laune geblieben. Willy schlich schweigsam in der Wohnung umher, stöhnte, grummelte und verbrachte die meiste Zeit vor dem Fernseher. Ein Wrack auf dem Grund des Meeres, das niemals mehr gehoben werden würde.

Wanda hatte Sid schon auf der Zugreise erzählt, dass er einige Male ohne ersichtlichen Grund hingefallen und sie mit ihm zum Arzt gegangen war, der Polyneuropathie diagnostizierte.

»Was Schlimmes?«, fragte Willy Schlebrowski, dem Polyneuropathie nichts sagte.

»Naja«, sagte Doktor Heidelbach, »sagen wir mal so: Sie stehen auf Kopfsteinpflaster, aber Ihre Füße melden Treibsand ans Gehirn. Die Nervenenden funktionieren nicht mehr richtig. Und das fängt an den Extremitäten an. Füße eben. Sie staksen herum wie der Storch im Salat.«

Storch im Salat? Für Willy hörte sich das jetzt nicht wirklich dramatisch an, und deshalb fragte er zur Sicherheit noch einmal nach.

»Schlimm?«

»Trinken Sie?«, fragte Doktor Heidelbach zurück.

»Ob ich trinke? Na sicher trinke ich. Ich arbeite in einer Mehlfabrik. Da trinken alle.«

Der Doktor nickte. »Verstehe. Sollten Sie aber trotzdem lassen. Polyneuropathie ist zwar eine Krankheit mit unklarer Genese, wird aber durch Alkohol nicht besser.«

Willy Schlebrowski hielt Doktor Heidelbach für einen Quacksalber. Genese! Er hatte doch keine Genese! Noch nie gehabt. Statt ihm was Anständiges zu verschreiben oder eine Spritze zu geben, sollte er jetzt wegen irgend so einer Genese aufhören zu trinken?

Aber als er dann auch noch einen kleinen Schlaganfall erlitt, der rechte Mundwinkel hing und er zu sabbern anfing, wurde ihm klar, dass er ein Problem hatte. Und das hieß diesmal nicht Sid.

»Und was willst du jetzt machen? Ich füttere dich jedenfalls nicht durch«, war alles, was Willy seinem Sohn während des Abendessens zu sagen hatte, bevor er sich in die Welt von »Wetten, dass...« zurückzog.

Wanda nahm eine Beruhigungspille. »Du nimmst doch kein Rauschgift mehr, oder? Die springen alle aus dem Fenster. Das weißt du doch, oder? Du musst mir das versprechen, Michael. Hörst du?«

Sid hatte kurz ein Déjà-vu. Aber die Zeitschleife verhedderte sich. Es passte nichts mehr zusammen. Er war plötzlich frei. Das hatten ihm die beiden Sätze seines Vaters klargemacht. Auf einmal stand er vor dem Problem, sich selbst darum kümmern zu müssen, was zu tun war. Es gab keine schulische Tretmühle mehr, die ihm solche Gedanken ersparte.

Der Direktor hatte seinen Eltern nahegelegt, Sid vom Gymnasium zu nehmen. Es vereinfachte die Sache und er kam um einen Hinausschmiss herum. Das hätte sich in der jährlichen Schulstatistik nicht so gut gemacht.

Sid wurde plötzlich klar, dass die Zeit in der Hölle, aus der er geflüchtet war, nicht zurückkehrte. Die schönen Gärten des Paradieses, in denen er inzwischen mit Nancy spazieren war, jedoch auch nicht. Was würde nun kommen? Wie würde es weitergehen? Sid wusste es nicht.

Er hatte schon in Stadelheim überlegt, wie er Nancy finden könnte. Aber er kannte nicht mal den Vornamen von Nancys Vater und ihre Mutter kannte er nur als »Mama«. Nur die Namen der Brüder waren ihm noch im Gedächtnis. Harry, Hardy, Benny, Davey, oder hieß der Lenny? Oder gab's beide? Die anderen fielen ihm nicht mehr ein. Und wie das Dorf hieß, wusste er auch nicht. Konnte sein, dass sie es einmal erwähnt hatte, aber meistens hatte Nancy vom »Kaff« gesprochen.

Er ging zum Postamt und blätterte die Telefonbücher der verschiedenen Städte nach dem Namen von Westphalen durch. Irgendwann gab er auf, nachdem er festgestellt hatte, dass sich die offenbar wie die Karnickel vermehrt hatten und jetzt in ganz Deutschland verstreut lebten. Seine Nachforschungen wurden durch ein Schreiben der Bundeswehr unterbrochen, das ihm mitteilte, er solle sich auf seine Wehrtauglichkeit untersuchen lassen. Anschließend würde man ihn zum Rekruten ausbilden. In weniger als einem Jahr ergriff Sid zum zweiten Mal die Flucht. Nicht nur vor der Bundeswehr, sondern auch vor der dumpfen, schlechtlaunigen Atmosphäre, die Willy zu Hause verbreitete. Diesmal nach Berlin, in die gelobte Stadt für Wehrdienstflüchtlinge und Hausbesetzer.

Sid ging zur gleichen Stelle wie damals, als er Nancy zum ersten Mal sah, aber diesmal hielt kein schwarzer Citroën, sondern nur ein knatternder VW-Käfer, und es starrte ihn auch keine Insektenbrille an, sondern die runde John-Lennon-Brille eines jungen Mannes mit schütterem Haar und fussligem Bart. Ein Sozialpädagoge, wie sich herausstellte, der jemanden kannte, der wieder jemanden kannte, der in einem besetzten Haus in Kreuzberg wohnte. Es hieß »Hotel Honka«, war um die Jahrhundertwende erbaut worden und hatte einmal großbürgerliche Zeiten erlebt, bevor es zum Abriss freigegeben wurde.

»Was hast du denn bisher so gemacht?«, fragte ihn der mit Ende Zwanzig wahrscheinlich Älteste der Hausbewohner, die um den Küchentisch versammelt waren und dies Plenum nannten. Günther hatte blaue, wache Augen, lange zu einem Zopf gebundene Haare, einen Fünf-Tage-Bart und seine Nase war etwas schief. Sid war die Befragung unangenehm. Er mochte nicht vor zehn Leuten reden, die er nicht kannte. Nur bruchstückhaft und unzusammenhängend war seine Erzählung. Die Hausbesetzer, die meisten in Latzhosen und noch keine Zwanzig, tranken Tee, stützten das Kinn auf die angewinkelten Knie und warteten ab. Sid legte schließlich den Zeitungsausschnitt über Nancys und seine Festnahme auf den Tisch.

Sid wurde als Trebegänger aufgenommen und wohnte in einem dreißig Quadratmeter großen Raum mit Parkett und Erker. Für Sid öffnete sich eine neue Welt, aber Nancy ließ sich nicht abschütteln. Spätestens am frühen Morgen, wenn die Vögel anfingen wild drauflos zu zwitschern und er sich trotz seiner Rastlosigkeit auf die Matratze zum Schlafen zurückzog, tauchte sie auf.

Der Traum war ganz einfach und er kehrte immer wieder. Freuds »Traumdeutung« musste er nicht lesen, um ihn zu verstehen. Nancy betrat die Innenräume seines Unbewussten, Sid ging auf sie zu und wollte sie in die Arme schließen, als sie plötzlich wie an unsichtbaren Seilen gefesselt hin zu einem Abgrund gezogen wurde, der unermesslich tief war und aus dem es kein Entrinnen gab. Ihr Körper würde zerschmettert am Boden liegen, ohne dass er etwas dagegen tun konnte, weil seine Beine immer schwerer wurden, als wären sie mit Blei gefüllt oder als wäre er vor einem schwer beladenen Karren gespannt und müsste ihn ganz alleine ziehen. Nur mühsam und unter großer Anstrengung kam er voran. Er sah sie verzweifelt die Arme nach ihm ausstrecken und hörte sie rufen: »Halt die Klappe, Sid!« Dann rutschte sie langsam über den Rand des Abgrunds, während sie versuchte, Halt zu finden, und ihre Fingernägel Spuren auf dem staubigen Boden hinterließen. Er wachte mit schmerzenden Gliedern und knirschenden Zähnen auf und fühlte sich schuldig. Manchmal weinte er im Schlaf.

Um diesem Traum zu entgehen, ließ er sich durch die Nächte treiben. Er war erst dann wirklich er selbst, wenn er allein durch die Straßen lief. Er ließ die Atmosphäre der Stadt auf sich einwirken, aber er spürte, wie abweisend sie war, wie hart und unnahbar. Vielleicht lag es auch an Nancy. Er erinnerte sich an die Leichtigkeit und die Beschwingtheit, die er bei den Erkundungen Mailands und Venedigs empfunden hatte und die nun einer Stimmung gewichen waren, die er als niederdrückend empfand. Vielleicht, weil sie damals in der Sonne herumgelaufen waren, und er nun allein mit seinem Gedanken durch die Nacht irrlichterte.

Kaum kam er nach seinen nächtlichen Wanderungen zur Ruhe, war Nancy wieder da, er spürte in seinen Wachträumen, wie sie ihm über den Kopf streichelte, und hörte sie seinen Namen flüstern, so wie sie das manchmal gemacht hatte, als sie zusammen unter der unbarmherzigen Sonne durch die Straßen Mailands gingen.

Sid fing an zu trinken, aber im Rausch wurde alles schlimmer. Er wurde nicht fröhlich, ausgelassen und lustig, sondern noch phlegmatischer, noch schweigsamer und noch introvertierter. Er zerfloss vor Selbstmitleid und ekelte sich vor sich selbst. Ein stummes grinsendes Etwas saß hämisch auf seiner Schulter. Häufig kotzte er alles wieder aus. Und das war auf Dauer etwas wenig, was er zum Gemeinschaftsleben beisteuerte. Oder zu viel, wenn er wieder das Waschbecken mit Erbrochenem gefüllt hatte. Kochen konnte er nicht, seine handwerklichen Fähigkeiten waren nicht der Rede wert, er wusste nicht mal, wie man eine Tür verbarrikadiert, und auf den Hausbesetzerplenen saß er stumm und abwesend in einer Ecke.

Nach einer gewissen Zeit klang die Straßenkampfrhetorik seiner Mitbewohner in seinen Ohren hohl, die Scharmützel mit der Polizei erschienen ihm wie ein sinnloses Ritual, wie eine Mutprobe, ohne Chance, sie zu bestehen. So jedenfalls hätte es Nancy gesehen. Er ertappte sich immer wieder dabei, wie er versuchte, wie Nancy zu denken, ja sogar, sie zu befragen. Für die Hausbesetzer hätte sie vermutlich nur ein nachsichtiges und mitleidiges Schulterzucken übriggehabt. Und für ihr Auftreten, wie ihre rudimentären Lebensformen, nur ein abschätziges Lächeln.

»Was ist los mit dir, Sid? Du musst etwas Großes wagen. Vergiss die Hausbesetzerei. Das ist eine Sackgasse.«

Sid packte seine wenigen Dinge, die er besaß, in einen kleinen braunen, alten Pappkoffer, mit dem sich seine Großeltern von den Masurischen Seen auf die Flucht nach Deutschland begeben hatten, und verließ das »Hotel Honka«, ohne sich zu verabschieden, denn er fürchtete die Fragen, auf die es keine Antworten gab.

17

Sid lebte nun auf der Straße und übernachtete in einem Abrisshaus in der Admiralstraße. Noch war Sommer und er entdeckte Orte auf dem Dach hinter Schornsteinen und unter den Trauerweiden am Ufer des Kanals, wo er sich von der langsam verglühenden Sonne wärmen ließ und wo ihn ein Gefühl tiefer Ruhe befiel und er von weit her kommende Echos vernahm aus einer Zeit, die er mit Nancy verbracht hatte, während die Sonnenstrahlen nur noch vereinzelt zwischen Häuserblocks und Kastanienbäumen auf das Dach drangen.

In einer langen Nacht im »Elefanten« am Heinrichplatz lernte er Franz kennen, der ihm die Welt auf ganz neue Weise erklärte. Dabei wurde Franz immer betrunkener, die Erklärung der Welt immer unzusammenhängender. Er argumentierte mit Foucault und Rhizom. Sid sagten die beiden nichts. Aber er nahm sich vor, das zu ändern.

Franz hatte ein rundes Gesicht, eine Glatze, ein breites Grinsen und war so etwas wie ein Philosoph der Revolte. Er wusste nicht immer, wovon er redete, tat das aber sehr ausführlich und wirkte dabei sehr überzeugend. Er nahm Sid in eine nicht weit entfernte Hinterhausfabriketage in der Skalitzer Straße mit. In einem zugigen Loft von hundert Quadratmetern lag in einer Ecke eine Matratze, die für die nächste Zeit Sids Wohnung wurde. Franz ging keiner geregelten Tätigkeit nach und arbeitete nur ab und zu nachmittags in einem kleinen Buchladen. Nachts waren sie häufig in der »Roten Harfe«, versuchten im »SO36« auf Konzerte von Punkgruppen umsonst zu kommen, und blieben oft im »Club 69« hängen. Manchmal strandeten sie auch in der Kneipe »Zum letzten Heller« in der Wiener Straße, wo professionelle Trinker, Penner und Obdachlose eine letzte Zuflucht fanden, bevor sich die Nacht davonstahl und im Dämmer des Morgens sich das Elend in die Ritzen und Winkel der gleichgültigen Stadt verkroch.

Franz sagte, hier wäre der ideale Ort, um eine Sozialstudie über die »gefährliche Klasse« anzustellen. Durch sie würde der Kapitalismus seinen eigenen Untergang beschleunigen, denn das wäre die Klasse, die keinen Mehrwert mehr abwerfen, sondern nur Kosten verursachen würde. Diese Klasse wäre auf existentielle Weise renitent, und statt flexibel zu sein, wie der Kapitalismus das fordere, wäre sie unbeweglich und träge. Sid wandte ein, dass sie, um eine tatsächliche Gefahr darzustellen, zu marginal sei und sich schneller zu Tode trinke als der Kapitalismus jemals in der Lage wäre, sich selbst abzuschaffen. Franz meinte wiederum, dass Sid die Produktion psychischer Verwahrlosung unterschätze. Die wirklich Verrückten lebten ganz normal unter ihnen. Sie hätten bloß noch nicht ihr Coming out gehabt wie die Menschen im »Letzten Heller«.

Sid erinnerte sich später vor allem an den dichten Rauch in all diesen Kneipen und Bars, an verschüttetes Bier, feuchte Bierdeckel, an kreischend laute Musik, die jeden zusammenhängenden Satz zerhackte, der über ein paar ins Ohr des Gegenübers gebrüllten Worte hinausging. Draußen im nächtlichen Berlin, schlug er den Kragen seiner Lederjacke hoch, steckte die Hände in die

Taschen, zog die Schultern hoch und lief. Er war dann für sich und überließ sich seinen Gedanken. Immer wieder gingen ihm Situationen und Worte durch den Kopf, die er mit Nancy erlebt und gesprochen hatte, als wollte er sie davor bewahren, in den Abgrund zu stürzen.

Als im »Xenon«, einem kleinen Programmkino in Schöneberg, »Farewell my Lovely« lief, flammte eine schon blass gewordene Erinnerung wieder auf. Während der wenigen Vorstellungen saß er in der letzten Reihe wie damals im »Gloria« in Mailand und tauchte in den Film ein als wäre er selbst eine der zwielichtigen und verlorenen Figuren. Er spürte Nancys Schulter, an die er vor vielen Jahren seinen Kopf gelehnt hatte. Er atmete ihren Geruch ein und gab sich dem Zauber hin, den die Geschichte von Liebe und Verrat, von Armut und Reichtum, von Macht und dunklen Geheimnissen in ihm auslöste, weil er sich vorstellte, dass sie untrennbar mit Nancy zu tun hatte. Auch ihm würde es nichts ausmachen, würde Nancy ihm drei Kugeln in den Bauch schießen. Als der Film zu Ende war, trat er hinaus auf die leere Kolonnenstraße, schlenderte zur Brücke und blickte lange auf die Schienen und das Brachland unter ihm. Er sah den wenigen S-Bahnzügen hinterher, die um diese Zeit noch fuhren, und gab sich der Melancholie hin, die der Film bei ihm hinterlassen hatte.

Einen Weg in seinem Viertel ging Sid immer wieder, weil er die Brachen und die geheimen, einsamen Ecken wie eine Durchgangszone zu Unbekanntem empfand, wie eine Nordwestpassage zu einem anderen Kontinent. Es zog ihn zur alleinstehenden Villa am Ende des Paul-Lincke-Ufers, in der niemand zu wohnen schien. Manchmal sah er Patrouillenboote der Grenzpolizei auf dem Landwehrkanal, an dessen Ufer auf der anderen Seite sich die Mauer befand. Er ließ sich weiter bis zur verlassenen kleinen Tankstelle am Ende der Schlesischen Straße treiben. Manchmal schlich er das Schleusenufer auf der Lohmühleninsel hinunter, setzte sich auf die Kaimauer und rauchte. Er streifte die unheimliche Oberbaumbrücke, die in das kaltgraue Neonlicht des DDR-Grenzpostens getaucht war, als ob sich in dieser Zone für immer der Nebel des November ausgebreitet hätte. Weiter die Köpenicker Straße, die sich lange dehnte und in der Nacht von einer so großen Stille überfallen wurde, dass Sid das Rascheln eines Strauchs zu hören glaubte, durch den sich ein Hund einen Weg bahnte. Weiter zum Bethaniendamm und Leuschnerdamm, wo ein schmaler, betonierter Weg zwischen der mit Zeichen, Gemälden und Buchstaben vollgesprühten Berlinmauer und den Häusern hindurchführte und Kinder mit Murmeln spielten. Über eine Brücke, unter der schon lange kein Wasser mehr floss, vorbei an einem Sozialwohnungsbunker und an der kleinen Markthalle, vorbei an einem Zaun, an dem Reste abgerissener Plakate hingen, was aussah wie eine Collage, die herzustellen sich jemand viel Mühe gegeben hatte. Weiter bis zum Urbanhafen, wo Sid sich an einen Baum am Ufer des Kanals lehnte, rauchte und den tanzenden Sternen zusah, die die Lichter des auf der anderen Seite liegenden Krankenhauses auf die Wasseroberfläche des Kanals warfen, und den Geräuschen der Nacht und den Schreien der Alkoholiker lauschte. »In the dark I hear the sirene, it screams across the night, someone else is in trouble, I am not the only one«, und dann erklang in seinem Kopf die Trompete des hoffnungslosen, alten Songs und hörte nicht mehr auf.

Berlin war in dieser Zeit für Sid vor allem eine Stadt der Kohleofenluft, der Dunkelheit, der Kälte und der Feuchtigkeit, die sich hartnäckig festsetzte, die ihn müde machte, als würde nie auch nur ein Sonnenstrahl die grauen Wolkenschichten durchdringen und als hätten die strengen Kriegswinter in Berlin nie aufgehört.

Franz gab Sid Bücher: Foucault, Marx, Baudrillard. Einmal versuchte Sid sich auch an Hegel. Er hatte das Gefühl, Nancy würde ihn dafür bewundern. Verbissen jeden Satz anstreichend, von dem er dachte, er hätte ihn verstanden, wusste er nicht, wie sich das alles auf sein Leben und seine Wirklichkeit anwenden ließ. Aber manchmal stieß er auf Sätze wie: »Der Leichtsinn wie die Langeweile, die im Bestehenden einreißen, die unbestimmte Ahnung eines Unbekannten sind Vorboten, dass etwas anderes im Anzuge ist. Dies allmähliche Zerbröckeln, das die Physiognomie des Ganzen nicht veränderte, wird durch den Aufgang unterbrochen, der, ein Blitz, in einem Male das Gebilde der neuen Welt hinstellt.«

Für Sid waren solche Sätze wie ein Versprechen auf die Zukunft. Er las Bücher manchmal nur, um Stellen zu finden, die gesellschaftliche Verwerfungen seismographisch erfassten und von einer plötzlichen Veränderung des Lebens ausgingen, denn dann, so stellte er sich vor, würde er auch Nancy wieder finden. Wozu war eine Revolution sonst gut?

Als die Revolution dann kam, war sie ganz anders, als Sid sie sich vorgestellt hatte. Und vor allem hatte er sie nicht erwartet. Nicht so plötzlich jedenfalls. Und nicht dort drüben, wo man Leute wie ihn immer hinschicken wollte. Die DDR war ihm seit je her wie ein grauer, unüberwindlicher Monolith erschienen, unzerstörbar und mit einer Haltbarkeitsdauer von 1000 Jahren, ein Ort, der ihm unendlich trist erschien und gleichzeitig auf dumpfe, gleichgültige Weise gefährlich.

Die Revolution gefiel ihm nicht. Der Ansturm der »Ossis« auf Bananen, Beate Uhse und auf das Begrüßungsgeld war nicht das, womit er hätte sympathisieren können. Immerhin, den Ossis brachte die Revolution Reisefreiheit. Und die hatte jetzt auch Sid. Die Bundeswehr schien nicht länger an ihm interessiert zu sein. Er konnte die Anstalt Berlin wieder verlassen.

Regelmäßig rief seine Mutter an: »Hast du denn jemanden, der deine Wäsche wäscht? Komm uns doch besuchen. Du musst doch mal was anständiges essen.« Nach neun Jahren reiste Sid zum ersten Mal wieder nach Hause. Er erschrak über seinen Vater, von dem nur noch eine Hülle zu existieren schien. Sid bemerkte das Zittern seiner Hand, als sie sich begrüßten. Und auch seine Stimme klang unsicher, erloschen. Seine Backen hingen wie Lappen herunter und die Lider wellten sich. Das Gesicht aufgedunsen und fatalistisch. Willy Schlebrowski hatte sich wie ein Maulwurf tief eingegraben in eine Existenz, zu der er den Schlüssel längst weggeworfen hatte. Es war das letzte Mal, dass Sid seinen Vater sah.

Sid ging auf das Postamt und wälzte wieder Telephonbücher. Im Branchenverzeichnis fand er unter dem Stichwort Brauerei eine in Eibelsdorf, die von einem gewissen Viktor von Westphalen betrieben wurde. Ein Schloss gehörte auch dazu. Das waren Anhaltspunkte, die Sid nicht etwa jubilieren ließen, sondern die ihn in eine Aufregung versetzten, die er seit den Tagen in Italien nicht mehr verspürt hatte.

Sid ging in eine Telefonzelle, warf einige Münzen in den Apparat und wählte zitternd die Nummer, aber noch bevor das erste Freizeichen erklang, legte er wieder auf. Er hatte plötzlich Zweifel, ob sie ihn überhaupt hören würde, ob seine Stimme nicht zu weit weg wäre, ob sie ihm nicht versagen würde. Was hätte er sagen sollen? Nach all den Jahren? Er musste ihr gegenüberstehen, versuchte er seine Angst zu beschwichtigen. Aber ihr im Angesicht gegenüberstehen, auch das konnte er sich nicht wirklich vorstellen, wie ihm schließlich bewusst wurde. Er redete sich ein, sie zu verlieren, wäre da nur die Stimme, die sich nicht festhalten ließ.

Sid machte es Angst, etwas zu entdecken, das seine jahrelange Idealisierung Nancys zerstören würde. Er glaubte, zwischen dem Teufel und die tiefe blaue See zu geraten und unterzugehen, würde er sich eingestehen, Nancy verloren zu haben. Er wollte sich nicht verabschieden von einer Frau, die in seiner Vorstellungswelt nicht gealtert war, die immer noch das 16-jährige Mädchen mit der großen Klappe und dem außergewöhnlichen Talent einer Schauspielerin war, die in ihrer Rolle als Diva wahrscheinlich große Erfolge auf den großen Theaterbühnen in aller Welt gefeiert hätte. Sid scheute die Wirklichkeit, er fürchtete sich vor der Zeit als große Unbekannte, die ihre Spuren hinterlässt und die Erinnerung trübt. Er weigerte sich auszumalen, was Nancy jetzt machte, wie sie lebte, was sie dachte. Er wollte sie so behalten, wie er sie kannte. Wie sie durch die mondänen Hotels dieser Welt zog, wie sie sich von oben herab oder charmant die Leute gefügig machte, wie sie mit großer Nonchalance die betuchten Hotelgäste ein bisschen expropriierte und dann verschwand, während ein zarter Hauch von *Anaïs Anaïs* in der Luft schwebte.

Tagelang überlegte Sid, was er Nancy schreiben sollte, aber er brachte nur Zeilen zustande, die ihm banal und nichtssagend vorkamen. Schließlich legte er die von ihm wie eine Reliquie aufbewahrte Nachricht Nancys auf Hotelpapier, die sie ihm nach dem Clash-Konzert in Bologna beim Portier hinterlassen hatte, ins Kuvert. »BIN ZURÜCK NACH MAILAND, DU VOLLTROTTEL«, stand da schon ziemlich ausgebleicht, und Sid schrieb darunter: »Der Volltrottel ist jetzt in Berlin und sehnt sich und sucht nach Dir. Sid.« In der dritten Person fiel es ihm leichter, solche Geständnisse zu machen. Aber der Brief kam ungeöffnet zurück. Mit einem Stempel versehen: Adressat unbekannt verzogen.

18

Eine alte weißhaarige und ganz in schwarz gekleidete Frau war die einzige Person, die zusammen mit Sid an der Haltestelle Eibelsdorf den Bus verließ. Sid fragte sie nach dem Weg zum Schloss. Die alte Frau war unschlüssig, ob sie ihm antworten sollte. Sie sah ihn misstrauisch an. Erst als Sid noch einmal fragte, sagte sie, das Schloss sei schon lange verlassen, da wohne niemand mehr. Sie wandte sich ab. Sid lief ihr hinterher und bat sie, ihm den Weg zu beschreiben.

»Da wohnt niemand mehr«, sagte sie, »das Schloss ist verlassen. Eine Schande ist das.«

Das große Tor, das in den Innenhof führte und durch das Nancy damals fuhr, um eine lange Reise anzutreten, war verschlossen. Sid ging um das Gebäude herum. Die Fensterläden waren zu, eine Hintertür, zu der einige Stufen hochführten, war ebenfalls verriegelt und er sah am Unkraut, das zwischen den Steinen wucherte, dass diese Tür schon lange nicht mehr geöffnet worden war. Er ging über Wiesen und durch Wald und ließ die Landschaft auf sich wirken, in der Nancy herumgelaufen war. Vielleicht saß sie auf der gleichen Bank wie er jetzt. Sid versuchte sich vorzustellen, wie sie damals ausgesehen haben mochte. Ob sie hübsche Kleidchen anhatte, die sie nicht schmutzig machen durfte? Die Nancy, die er kannte und an deren Abneigung gegenüber der Natur er sich gut erinnerte, passte nicht hierher.

Sid stand auf und spazierte auf einem Feldweg nach Eibelsdorf. Zwischen Fachwerkhäusern gelangte er zu einem kleinen Platz, an dem es einen Bäcker, eine Kneipe, die nur abends und an drei Tagen in der Woche geöffnet hatte, und eine schmale Eisdiele gab. Er war der einzige Gast. Bis auf Eros Ramazzotti, der ihm in die Gehörgänge kroch und Sid das Gefühl verlieh, er würde am ganzen Körper kleben. Er bestellte einen Kaffee und fragte die junge Bedienung nach Nancy, aber das Mädchen konnte sich nicht an sie erinnern und erzählte nur widerwillig, dass es schon lange her war und vor ihrer Zeit, als die von Westphalens zum letzten Mal im Dorf gesehen wurden.

Sid rührte in seinem Kaffee und sah sich um. Ihm fiel eine ganze Reihe von Postkarten auf, die an der Wand hinter einer Tapetenleiste steckten. Auf einer war die »Sagrada Familia« abgebildet. Darüber stand Barcelona. Sid erinnerte sich an die Goldstajns. Er nahm sie zerstreut in die Hand und drehte sie um. »Liebste Carla«, las er. »Barcelona ist die tollste Stadt der Welt. Das Meer ist blau und der Himmel auch. Ich verkehre jetzt in anarchistischen Kreisen. Hätte ich auch nicht gedacht. Habe noch nicht gefunden, wonach ich suche. Aber ich gebe nicht auf. Vielleicht bleibe ich ja hier. Ich muss aufhören. Sid calling. Deine Nancy«.

Sids Herz pochte. Er las die Zeilen noch einmal. Und dann immer wieder. Schließlich versuchte er das Datum des Stempels zu entziffern, aber die Datumsziffern waren verwischt. Er drehte die Karte in seinen zitternden Händen und untersuchte sie. Sie war schon etwas vergilbt und an einer Ecke geknickt. Hieß eine Freundin Nancys nicht Carla? Er fragte die Bedienung, aber sie wusste nur, dass eine Carla mal in der Eisdiele gearbeitet hatte, aber das sei lange her. Den Familiennamen von Carla kannte sie nicht.

Die anderen Postkarten stammten meist aus Italien von Verwandten der Inhaber. Nur eine aus Madrid mit dem Poststempel 1975 war dabei: »Hier ist der Teufel los. Riesige Demonstrationen, weil das Monster immer noch herrscht, obwohl er schon seit ein paar Monaten tot ist. Benny geht's gut. Er hat gar kein Heimweh. Und ich auch nicht. Endlich frei! Ganz viele Küsse. Deine Nancy.« Sid steckte heimlich die Ansichtskarten ein und als er aufbrach, kam er sich wie ein Dieb vor, der sich auf der Flucht befand. Die Haltestelle lag außerhalb des kleinen Städtchens. Er wollte den letzten Bus nicht verpassen.

Endlich hielt er etwas von ihr in Händen, auch wenn es nur vergessene Grüße aus der Vergangenheit waren. Hatte sie nach ihm gesucht? Was war es, das sie noch nicht gefunden hatte? Und was bedeutete »Sid calling«? Er war sich sicher, dass es eine Anspielung auf »London calling« war, aber was sie bedeutete, blieb ihm unklar.

An ihre Ausreißergeschichte mit ihrem Bruder nach Madrid konnte er sich noch gut erinnern, vor allem daran, wie er sie bewundert hatte, als sie sie ihm auf der Fahrt nach München erzählte. Er beschloss noch im Bus auf der Fahrt zum Bahnhof, nach Barcelona zu reisen.

Als er nach seiner Ankunft mit Mercedes, die eigentlich Katharina hieß, als Verkäuferin arbeitete und eine frühere Freundin von Franz war, an ihrem kleinen schäbigen Küchentisch mitten im Barrio Chino saß und Rotwein trank, und Mercedes ihn nach seinen Plänen fragte, wurde ihm bewusst, wie vage die Spur war, die ihn hierher geführt hatte, wie brüchig und vergilbt die Hinweise. In den zwei Monaten davor, als er jede Nacht im »Wiener

Blut« am Tresen gearbeitet hatte, um Geld für seine Reise zu sparen, war er so besessen von der Möglichkeit, Nancy zu treffen oder in Erfahrung zu bringen, wo sie sich aufhielt oder was aus ihr geworden war, dass er die offensichtliche Vergeblichkeit seiner Reise verdrängte. Und wenn sie in seinem Bewusstsein auftauchte, versuchte er sich mit dem Gedanken zu trösten, in der Stadt zu sein, in der Nancy auch gewesen war, und er vielleicht Wege ging, die auch sie gegangen war. Er glaubte, ihr das zu schulden, da sie das auch für ihn getan hatte, während er in Berlin festsaß und versucht hatte, den Kopf oben zu behalten. Vielleicht war das auch nur eine fixe Idee, die er nicht mehr hinterfragen wollte, weil sie ihm ein Ziel gab, für das es sich lohnte, die geringe Wahrscheinlichkeit zu ignorieren, irgendeine Spur von Nancy zu entdecken.

An diesem Abend betrank er sich, um gegen den lästigen Gedanken anzukämpfen, dass seine Suche ohne einen konkreten Anhaltspunkt lediglich mit einem zeitlich nicht mal genau zu datierenden Hinweis lächerlich war. Er erinnerte sich auch nicht mehr an den Namen der Bar, in der sich die Goldstajns zum ersten Mal begegnet waren. Er wusste nicht einmal, ob es sie überhaupt noch gab. Sid kam sich vor wie ein zwielichtiger Reisender, dem sein Ziel abhanden gekommen war und der in einer Bahnhofshalle umherirrt und nicht weiß, welchen Zug er nehmen soll.

In den folgenden Tagen durchstreifte er den Irrgarten des Barrio Chino und des Casco Antiguo, und er benutzte dabei das Buch der Goldstajns als Stadtplan, um Orte zu finden, die von der Geschichte gestreift worden waren und für ihn sonst ohne Bedeutung gewesen wären. Er fand vor der Comandancia de Marina den Platz, auf dem wahrscheinlich Ascaso erschossen worden war, er lief die Ramblas hoch bis zum Telegrafenamt am Plaza de Cataluña, das die Anarchisten im Mai 1937 bis zuletzt verteidigten, bevor die Kommunisten die Kontrolle übernahmen, und die Via Layetana, an der das Polizeihauptquartier lag, in dem die Oppositionellen verhört worden waren, wieder zum Hafen hinunter.

Sid entdeckte im Casco Antiguo das »Café West« mit heruntergelassenem Türgitter. An der Wand las er die Botschaft: No hay futuro. Würde es die auch für ihn nicht geben? Die Markise hing in Fetzen herunter. Das Café hatte geschlossen. Und es sah nicht so aus, als würde es jemals wieder seine Türen öffnen. Aber das Café der Goldstajns hieß anders. In den Abendstunden waren die Gassen menschenleer und die Laternen machten mit ihrem fahlen Licht die Dunkelheit noch bedrohlicher. Die Bars ließen krachend die Rollos an ihren Rundbogentoren herunter. Es war wie ein Signal, das Viertel den Schatten zu überlassen. Sid verließ das Casco Antiguo und lief durch La Barceloneta bis zur Südspitze, vorbei an den Restaurants und weiter den Passeig Maritim entlang, hinunter zum Strand, wo er sich in den Sand setzte und der eintönigen Musik des Meeres zuhörte.

Als Sid die Bar »Marsella« im Barrio Chino betrat, war er sich nicht sicher, ob es die Bar der Goldstajns war, aber Abel, zu dem er sich an den Tisch setzte, bestätigte ihm das. Abel hatte einen dichten schwarzen Vollbart, bis zum Nacken reichende krause Haarlocken und eine starke Brille, aus der ihn große Augen anstarrten. Von Abel hatte Sid erfahren, dass die Goldstajns das Jahr zuvor im Abstand von nur fünf Wochen gestorben waren. Zuerst Clara, danach Artur. »Ohne sie fiel er ganz schnell in sich zusammen. Ohne sie hatte das Leben für ihn keinen Sinn mehr. Was sie für ihn bedeutet hatte, offenbarte sich in diesen letzten Wochen«, sagte Abel, der in einem kleinen Antiquariat arbeitete, wo er die Goldstajns kennengelernt und sich mit ihnen angefreundet hatte. Er erinnerte sich auch an eine junge Frau, die er vor sieben oder acht Jahren zusammen mit den Goldstajns gesehen hatte, aber er konnte nicht mit Sicherheit sagen, ob ihr Name tatsächlich Nancy war. Hingegen erinnerte er sich an das elegante Auftreten der jungen Frau, die, wie Abel wiederholt betonte, »muy simpático« war. Warum sie nach Barcelona gekommen war, konnte Abel nicht sagen. Sie hatte auf ihn den Eindruck einer reichen Tochter aus gutem Hause gemacht, die in Barcelona ihren Urlaub verbrachte.

Urlaub? Hatte sie vielleicht gar nicht nach ihm gesucht? Warum war er so sicher davon ausgegangen, dass sie wegen ihm in Barcelona war? Konnten die Worte auf der Postkarte nicht alles Mögliche bedeuten? »Habe noch nicht gefunden, wonach ich suche«, hatte sie geschrieben. Aber wonach hatte sie gesucht? Und wieder dachte er über die Worte nach, »Sid calling«, Worte, die sich anhörten, als wäre er mit ihr in Barcelona gewesen.

Abel machte Sid mit zwei weiteren Leuten bekannt, die mit den Goldstajns befreundet waren, aber nur einer erinnerte sich an Nancy. Er hatte sie zwei- oder dreimal zusammen mit Artur Goldstajn in der Champagneria am Postamt unten am Hafen getroffen. Auf Englisch hätten sie sich unterhalten, aber seine Fremdsprachenkenntnisse seien eher rudimentär, entschuldigte er sich. Natürlich hätte er sie gefragt, was sie nach Barcelona verschlagen habe, und da habe sie etwas gesagt, das ihm noch lange im Kopf herumgegangen sei, weil er es für ungewöhnlich gehalten habe: »I'm searching for a heart.« Jetzt, da Sid ihn gefragt habe, sei es ihm wieder eingefallen. Er habe sich damals sogar bei einem befreundeten Musiker erkundigt, ob es sich um eine Liedzeile handle. Es sei tatsächlich ein Songtitel gewesen, aber er habe vergessen, von wem.

Sid machte sich wieder vage Hoffnungen, aber andere Spuren ihres Aufenthalts in Barcelona konnte er nicht finden. Er setzte seine Spaziergänge fort und dehnte sie häufig bis in die Nacht hinein aus. Zur blauen Stunde ließ er sich in der Bar »Marsella« unter einem großen Spiegel gegenüber dem Tresen nieder, dort, wo auch die Goldstajns und Nancy immer saßen, und bestellte einen Absinth, immer mit dem leicht prickelnden Gefühl, die Tür würde aufgehen und Nancy hereinkommen. Er liebte die Zeremonie, Wasser langsam über ein auf dem Teelöffel befindliches Zuckerstück laufen zu lassen und es beim Zusammensacken zu beobachten, bis schließlich das Zuckerwasser langsam in den Absinth tropfte und sich mit dem Wermut zu einer trüben, schlierigen Flüssigkeit vermischte. Die Zeit dehnte sich ins Unendliche, sie verschwand in einem schwarzen Loch.

Der Mann hinter dem Tresen trocknete mit routinierten Handgriffen Gläser. Er hatte glattes, mit Pomade nach hinten gekämmtes tiefschwarzes Haar, einen fein rasierten Schnurrbart und scharfe Gesichtszüge. Seine Gäste hatte er immer im Auge. Er bediente die zwei Prostituierten mit gleicher formvollendeter Aufmerksamkeit wie den Gemüsehändler um die Ecke, der kurz Pause machte und sich ein Bier am Tresen bestellte, oder den dicken Mann, der sich jeden Abend betrank und von seinen zwei Söhnen abgeholt werden musste. Auch ein Tourist mit Rucksack wurde zuvorkommend behandelt. Ein Dichter, der unaufhörlich die Enden seines schütteren Bartes zwirbelte, während er ein Blatt Papier bekritzelte, gehörte zum Inventar.

Überall wurden für die kommende Olympiade Häuser niedergerissen, gebaut und renoviert. Für Sid aber strahlte Barcelona links und rechts der Ramblas mit seinen grauen Fassaden, dem bröckelnden Putz und seinem heruntergekommenen Charme, der sich in vielen Winkeln der Stadt festgesetzt hatte wie der Schwamm in einer feuchten Wohnung, genau die melancholische Stimmung aus, die Sid in sich verspürte. Es kam ihm so vor, als würde die Stadt nicht neu aufblühen, sondern gerade verwelken, und er mit ihr, als würden sein Verlangen und seine Sehnsucht im letzten Glanz der untergehenden alten Stadtviertel verwehen, sich im Labyrinth verlieren.

Die Besuche in der Bar »Marsella« wurden zum täglichen Ritual. Aus einem Absinth wurden zwei, manchmal drei, und Sid dachte immer weniger daran, nach Berlin zurückzufliegen. Vielleicht würde er nie wieder wegkommen, wenigstens nicht solange er lebte. Es war ihm, als hätte er in diesen paar Straßen und Gassen und an diesen paar Tischen den Wendepunkt der Zeit entdeckt, in dem sich alles Streben und Suchen auflöste und wie das Zuckerwasser Schlieren im Absinth hinterließ.

An diesem Abend fiel Sid ein Mann am Tresen auf, der ihm den Rücken zuwandte und mit etwas beschäftigt zu sein schien. Wahrscheinlich war es das Fischgräten-Jackett, das Sids Aufmerksamkeit erregte. Als sich der Mann umdrehte, sah Sid eine runde Nickelbrille und ein verschmitztes Lächeln. Sid erkannte ihn wieder, weil sich der Mann in den ganzen Jahren seit damals im »Caffè della gioventù perduta« in Bologna nicht verändert hatte. Aber Sid wunderte sich nicht. Auch nicht darüber, dass er ihn in Barcelona wieder traf, in der Bar »Marsella«. Er stand auf, zwängte sich zwischen zwei Tischen hindurch und ging zum Tresen.

»Beschäftigen Sie sich immer noch mit der Verdinglichung?«, fragte Sid.

»Wie ich sehe, tun Sie das auch«, sagte der Mann.

»Ja«, sagte Sid. »Es ist sehr entspannend, spazieren zu gehen.«

»Sie sollten ihr Ziel nicht aus den Augen verlieren.«

»Tue ich das? Ich bin nach Barcelona gefahren, um sie zu suchen«, sagte Sid.

»Ich weiß«, sagte der Mann.

»Werde ich sie finden?«, fragte Sid.

»Ich bin kein Hellseher.«

»Können Sie mir wenigstens eine andere Frage beantworten?«

»Dafür bin ich hier«, sagte der Mann im Fischgräten-Jackett.

»Was bedeutet ›Searching for a heart‹? Ich brauche einen Anhaltspunkt, um mich nicht zu verlieren.«

Der Mann sah lange aus dem Jugendstilfenster.

»Es gibt keinen Anhaltspunkt«, sagte er. »Sich zu verlieren hat viel zu tun mit Ihrer Existenz als Nomade. Sobald Sie Angst davor haben, bekommt das Leben eine andere Farbe und einen anderen Klang. Es entfernt sich dann von Ihnen.«

»Sich zu verlieren, ist das nicht das Ende?«

»Aber auch der Anfang.«

»Und ›Searching for a heart‹?«

»Ein interessanter Song, der Sie wenig zufriedenstellen wird, aber viel über Sie aussagt. Hören Sie zu: ›Darkness in the morning, Shadows on the land, Certain individuals, Aren't sticking with the plan. I'm searching for a heart, Searching everyone, They say love conquers all, You can't start it like a car, You can't stop it with a gun. Leaving in the evening, Travelling at night, Staying inconspicuous, I'm staying out of sight.‹«

Sid hörte den Worten nach. Sie kamen ihm vor wie Meereswellen, die müde an den Strand schwappen.

»Sie werden keine Antwort in diesen Zeilen finden«, sagte der Mann. »Höchstens die Antwort, die Sie hören möchten, aber einer solchen Antwort ist nicht wirklich zu trauen.«

Sid versuchte, sich eine Melodie dazu vorzustellen, eine Farbe, eine Straße, die im Dunkeln lag, ein abgerissenes Plakat, eine verglühende Zigarette ... Sid driftete ab, aber er wusste nicht wohin.

»Sie sollten Ihr Ziel nicht aus den Augen verlieren«, hatte der Mann gesagt. Daran konnte sich Sid am folgenden Tag noch erinnern. Er dachte an den Song. Travelling at night, staying out of sight.

Sid überquerte die Ramblas und tauchte ins Casco Antiguo ein. An einem kleinen Platz, der durch den Abriss eines Eckhauses zustande gekommen war, hielt er inne. An der Mauer des Nachbarhauses ließen sich noch die Umrisse der Zimmer erkennen, in denen die Armut gewohnt hatte und Menschen auf alten Matratzen gelegen hatten. Er blickte die schiefen Häuser mit den bröckelnden Fassaden hoch, wo Wäsche aus den Fenstern zum trocknen hing und ein großes Werbeplakat »40% de descuento para volar por toda españa« versprach.

Auf einer Bank saß eine alte Frau und streckte die Füße aus, ein vielleicht 6-jähriger Junge hockte allein auf einem niedrigen Rohrgestänge. An der Brandmauer lagen Bretter, die nie jemand abgeholt hatte. In der Ecke wuchs ein Strauch. Sid wandte den Blick wieder ab und sah für einen kurzen Moment das Profil einer Frau, die auf der gegenüberliegenden Seite in der Calle Fonollar verschwand, einer Gasse, die kaum breiter war als ein Auto. Sie hatte einen Trenchcoat an gegen den leichten Nieselregen, der eingesetzt und den Sid gar nicht bemerkt hatte. Es war der gleiche Trenchcoat, den sie damals in Bozen in einem Kaufhaus geklaut hatte. Sie hatte schulterlanges schwarzes Haar. Nicht mehr die kurzen, kunstvoll zerzausten Haare.

Sid zögerte einen Moment, bevor er der Frau nachging. Er betrat die Gasse, die eine leichte Kurve beschrieb und in der die Frau im Trenchcoat wie in einem Theaternebel sich aufzulösen schien, wie in der Schlussszene von »Casablanca«, als Rick im Dunst verschwand, nachdem er den Nazi erschossen hatte. Sid beschleunigte seine Schritte, aber ihre Konturen wurden undeutlich, wie von einem Grau überwuchert. Er versuchte, ihr hinterherzueilen, sie einzuholen, aber seine Füße schienen wie in Sand zu versinken, und es kam ihm vor, als müsste er sich durch ein dicht gewebtes Spinnennetz kämpfen. Vielleicht hatte sie einen Hauseingang benutzt oder sie war in eine der Gassen verschwunden, die links und rechts von der Calle Fonollar abzweigten. Sid war sich nicht sicher. Er ging auf und ab, immer wieder, und sah die Hauswände nach oben, als könne sie ihm plötzlich an einem der Fenster erscheinen. An den Haustüren gab es kaum Schilder, und die Namen, die er entdeckte, waren fremd und undeutlich. Die Zeit verrann und erst spät bemerkte er, dass er der letzte Mensch war, der durch das Labyrinth irrte.

Die nächsten Tage verbrachte Sid auf dem Platz, von dem die Calle Fonollar wie ein geheimer Durchgang in ein anderes rätselhaftes Viertel führte. Er saß auf einer Bank, hinter der sich ein grob zugemauertes Tor befand, und beobachtete kleine Kinder in zu kleinen Pullovern mit Löchern an den Ellbogen. Sie spielten Fußball mit einem Ball, dessen Nähte an einigen Stellen aufgeplatzt waren. Aus den Küchen der Häuser drangen Essensgerüche nach draußen und vermischten sich.

Sid wartete. Aber die Frau im Trenchcoat kam nicht wieder. Vielleicht hatte er sich geirrt, vielleicht war der kurze Augenblick, in der er ihr Profil gesehen hatte, eine Irritation, ein flüchtiges Bild aus der Vergangenheit, als sie in Mailand waren, vielleicht war der Wunsch, sie sehen zu wollen, so groß geworden, dass er sie tatsächlich zu sehen geglaubt hatte.

Am folgenden Tag, nach seinem täglichen Besuch der Bar »Marsella«, entdeckte er sie auf der Ramblas an einem Zeitungsstand. Sie trug wieder den Trenchcoat und hatte den Kragen hochgeschlagen. An ihrem angewinkelten linken Arm hing eine große rote Einkaufstasche. Sie schien die Schlagzeilen deutscher Tageszeitungen zu lesen. Sid folgte ihr Richtung Plaza de Cataluña, während sie die Fahrbahn überquerte und in der um diese Uhrzeit belebten Markthalle untertauchte. Sid beeilte sich, um sie nicht zu verlieren, aber ein paar Sekunden hatten ihr genügt, um zwischen all den Leuten und den Arkaden unsichtbar zu werden. Sid lief die Stände auf und ab, stieß mit alten Damen zusammen, murmelte »Excusa« und reckte den Kopf, um ihr schwarzes Haar zu entdecken, das sich über den Kragen ihres Trenchcoat wellte.

Am Ausgang zur Calle Jerusalem entdeckte er sie wieder. Sie schlenderte auf eine Weise, die Sid so bekannt vorkam, zur Calle Hospital, ging an einer langen grauen Mauer vorbei und verschwand plötzlich in einer nach links sich öffnenden Passage, in der die Zeit stehengeblieben war. In den kleinen Geschäften hatte sich das alte Barcelona niedergelassen und Patina angesetzt. Sid sah in die Läden hinein, öffnete alte, knarrende Türen, aber eine Frau im Trenchcoat konnte er nicht entdecken. Schließlich lehnte er sich am anderen Ende der Passage an eine Mauer und wartete. Als die Gitter des Durchgangs geschlossen wurden, steckte er sich die letzte Zigarette an, zerknüllte die Schachtel, warf sie auf den Boden, wo sich die ausgetretenen Kippen einer ganzen Packung Ducados angesammelt hatte, und ging die Calle Ramon weiter.

In der Bar »Marsella« stand sie am Tresen. Sid sah sie erst, als er sich auf den Stuhl gesetzt hatte, auf den er sich immer setzte. Der Barmann brachte ihm einen Absinth, den er immer trank und den er nicht mehr zu bestellen brauchte. Sid wartete darauf, dass sie ihn bemerken würde. Als sie sich schließlich umdrehte, begegneten sich ihre Blicke für einen Moment, aber Sid konnte in ihrem Gesicht nichts entdecken, keine Regung, die auf ein Wiedererkennen schließen ließ. Ihre Augen wanderten unstet weiter durch den Raum, wie bei jemandem, der sich aus Langeweile umsah, ohne Interesse, ohne etwas wirklich wahrzunehmen. Aber waren das nicht ihre Beine? Waren das nicht ihre schmalen Hände, die das Glas hielten. Waren das nicht ihre Schultern? War das nicht ihr langer Hals? Waren das nicht ihre Fußknöchel? Ihre Schuhe? Ihre spitzen schwarzen Schuhe mit den schmalen Absätzen, die an einigen Stellen rissig und abgeschabt waren? Waren sie das immer noch? So wie damals? Sid versank im dichten Nebel seiner Erinnerungen, während ein Song aus den Boxen drang: »There is a star, high in the sky, there's a little bit of yesterday still in your eyes, to show the dreamers never die.«

Der Barmann war an Sids Tisch getreten und redete auf ihn ein. Sid hob langsam den Kopf und sah ihn wie aus einer riesigen Entfernung an, wie wenn da einer am Ende eines umgedrehten Fernrohrs Zeichen machte. Der Barmann sprach etwas, bewegte den Mund, aber Sid hörte nichts, als wäre er unter Wasser und auf Grund gelaufen und bemühte sich, aus dem Schlamm, in dem er steckte, an die Oberfläche zu schwimmen.

»We close now. Finito«, sagte der Barmann.

Sid sah ihn verständnislos an.

»You are staring since half an hour on your spoon«, sagte der Mann. Sid sah auf seinen Löffel, den er über das Glas hielt. Der Mann grinste. »Don't worry. Tomorrow is another day«, sagte er und das R rollte rau und tief aus seiner verrauchten Kehle. Sid blickte sich um. Kein Gast befand sich mehr in der Bar. Keine Nancy im Trenchcoat war mehr am Tresen. Nur ein Glas stand da noch mit ihren Lippenstiftspuren. Er hörte das leise Brummen des Kühlschranks und das Flirren einer flakkernden Neonröhre.

Als er draußen die Calle Ramon entlangging, musste er um einen Mann herumgehen, dessen Hemd nach oben gerutscht war und seinen Bauch bloßlegte. Er lag wie eine Robbe auf dem Pflaster und schnarchte.

Am nächsten Morgen flog Sid wieder zurück.

19

In Berlin entschloss sich Sid, ein neues Leben zu beginnen. Er wollte seine Existenz als Höhlenmensch aufgeben. Sid wollte Sex. Und zwar mit einer Frau. Und nicht immer nur mit sich selbst. Er wollte seinen Erinnerungen entfliehen, in denen sich alles, was mit Nancy zu tun hatte, verklärte und mit einer Aura des Sakralen umgab, die umso mächtiger wurde, je flüchtiger die Bilder von Nancy wurden, die er in seinem Gedächtnis sorgfältig aufbewahrt hatte.

Nach vielen Jahren der Abstinenz begab er sich auf die Suche nach amourösen Abenteuern. Das war weit schwieriger, als er gedacht hatte, und er scheiterte meist schon, bevor die entscheidende Frage »Zu mir oder zu dir?« gestellt wurde. Als er endlich mit einer Frau zusammen im Bett lag, war es ein Desaster, so dass er daran dachte, sein enthaltsames Leben wieder aufzunehmen. Aber so wenig Sid bei der Lektüre von Marx aufgegeben hatte, so wenig wollte er bei der Erforschung der Frauen aufgeben.

Er wollte herausfinden, ob er Nancy durch diesen »Verrat« vergessen würde.

Sid lag im Bett, rauchte die Zigarette danach und dachte an Nancy. Er hörte ihr Lachen, ihr Rohrspatzen und ihr Gurren. Er sah ihre Insektenbrille, ihre Nasenspitze, ihren langen Hals, ihr Ohrläppchen und ihr verschmitztes Grinsen, und driftete in seinen Gedanken in eine andere Welt, weit weg in den Süden. Er sah sie in ihrem Nerz im »Grand Hotel Britannia«, er sah sie auf der Promenade am Comer See entlangflanieren, er sah ihre Augen und ihre langen Wimpern. Er sah ihren Blick, in dem die Welt in einem anderen Licht und in einer anderen Farbe erschien. Er sah sie lächeln und alles um ihn herum und alles, was ihm jemals angetan worden war, war plötzlich vergessen. Er fühlte sich leicht und luftig.

Und dann sagte die Frau neben ihm, die Henriette hieß: »Woran denkst du?«

Wenn Sid etwas hasste, dann war es diese Frage. Sie war von der Gedankenpolizei erfunden worden, um Träume zu zerstören. Seine Träume. Niemand hatte etwas in seinen Erinnerungen zu suchen. Auch sie hatte also nicht widerstehen können, auch sie wurde einfühlsam und wollte in sein Geheimnis eindringen. Wie bei den anderen Frauen vorher, die sich von seiner melancholischen Schwermut angezogen fühlten, war nun der Moment gekommen, in dem der Vorhang fiel und Sid nicht wieder zum Vorschein kam. Er gab keine Zugabe. Irgendwann verebbte der Applaus und der Saal leerte sich.

Er sagte, was er auf solche Fragen immer anwortete: »Nichts.« Dann drückte er die Zigarette aus, stand auf und zog sich an. Auch diese Frau würde er durch hartnäckiges Schweigen erst zur Verzweiflung bringen und dann vertreiben. Sie hatte eine unsichtbare Grenze übertreten, die nur Sid kannte, eine Grenze, hinter der sich Sids geheimes Versteck befand, in das er sich zurückzog.

»Was ist los?«, fragte Henriette mit einem besorgten Unterton in der Stimme, den Sid nur zu gut kannte. Ihre Frage war das Vorspiel zu einem tastenden Misstrauen, das irgendwann im Vorwurf münden würde, dass er völlig krank sei. Er kannte das, und alle Frauen, mit denen er das bereits durchgemacht hatte, waren im Recht. Er bestritt es gar nicht. Er war krank, er war unfähig, sich wirklich auf eine Frau einzulassen.

Aber dann klingelte das Telefon Henriettes und sie ging trotz der aufziehenden dunklen Wolken dran.

»Benny von Westphalen? Du? Seit wann bist du denn in Berlin?« Henriette grinste ein schiefes Grinsen, hielt die Hand aufs Handy und flüsterte zu Sid: »Ein alter Freund.«

»Ah«, sagte Sid tonlos.

Als Henriette einen »alten Bekannten«, wie sie Sid vorstellte, zu ihrem Rendezvous mitgebracht hatte, war Benny von Westphalen überrascht und auch ein wenig enttäuscht, denn er wollte mit Henriette sich an gemeinsam verbrachte Tage erinnern, an gemeinsam Erlebtes, gemeinsame Bekannte, und auch wenn er es nicht zugegeben hätte, trieb ihn die vage Hoffnung, an das, was mal zwischen ihnen gewesen war, wieder anzuknüpfen. Sid erschien ihm ein wenig zu bemüht, zu nervös, nicht wirklich er selbst, wie eine Nervensäge. Und weil Benny von Westphalen nicht wusste, warum das so war, und er auch keine Lust hatte, es herauszufinden, war er abweisend. Mit seiner schäbigen Lederjacke war Sid in seinen Augen außerdem ein Relikt aus den Achtzigern, der offenbar kein Geld hatte und das nicht einmal schlimm zu finden schien.

Benny von Westphalens Stimmung war verdrießlich. Er würde diesem komischen Kauz, der behauptete, Nancy gekannt zu haben, nichts erzählen. Das war Familiengeheimnis. Es ging niemanden etwas an, dass Nancy nach ihrem Ausflug nach Italien durchgedreht war und ständig von ... wie hieß der eigentlich nochmal? Benny von

Westphalen hatte den Namen ihres Freundes vergessen. Und er hatte keine Lust, deshalb in seinem Gedächtnis danach zu suchen. Sie musste fast mit Gewalt ins Internat nach London gebracht werden. »Ich will nicht nach Sibirien!«, hatte sie geschrien. Das Internat hatte zwar schon beim ersten Mal nichts genutzt, damals, nachdem sie beide zusammen in Madrid mit Hilfe der deutschen Botschaft eingefangen wurden, aber seinem Vater war nichts Besseres eingefallen. Benny konnte sich leider kaum mehr an die Reise erinnern. Er war damals ja erst drei. Nur Fetzen, winzige Bruchstücke, Fragmente, die zusammenhangslos nebeneinander standen, aber ein Trauma hatte er von der Reise nicht davongetragen, wie seine Eltern vermutet hatten, die ihn zu einem Analytiker brachten. Woran er sich aber noch erinnern konnte, war die Erleichterung, mit der er empfangen wurde, die Erleichterung über die Rückkehr eines verloren geglaubten Sohnes. Er wurde herumgereicht, gedrückt, geküsst, angelacht und über den Kopf gestreichelt. Und als der Alltag wieder einkehrte, wäre er am liebsten sofort wieder losgezogen, nur um wieder gefunden zu werden und im Mittelpunkt zu stehen.

Vielleicht wäre Nancy nach ein paar Monaten Knast zur Vernunft gekommen, aber das kam für die Familie nicht in Frage. Viktor von Westphalen hatte die beste Münchner Anwaltskanzlei beauftragt, das Gericht davon zu überzeugen, dass Nancy eine ausgezeichnete Sozialprognose habe und man ihr den Weg in eine glänzende Zukunft nicht verbauen dürfe. Und wie dankte es seine Schwester der Familie? Sie haute wieder ab. Noch dazu ohne ihn. An die Dramen, die sich damals abspielten, dachte Benny von Westphalen häufig zurück. Wenn er mit seinen Brüdern darüber sprach, lachten sie, damals aber war die Situation sehr angespannt. Wahrscheinlich war es für alle das Beste, dass sie schließlich in Santorin gestrandet war, auf dieser kleinen griechischen Insel in der Ägäis, weitab von der zivilisierten Welt, in der sie der Familie keinen Schaden mehr zufügen konnte. Vielleicht war es gar nicht so dumm von seinem Vater, dass er Nancy vorzeitig ihren Erbteil ausbezahlt hatte unter der Bedingung, die Familie nie wieder in eine unangenehme Lage zu bringen.

Benny von Westphalen schien der Aufwand im Nachhinein übertrieben, aber sein Vater war eben alte Schule und wollte nicht, dass Nancy noch mehr Unheil anrichtete, das er möglicherweise wieder ausbügeln musste.

»Jaja, Nancy war schon ein verrücktes Huhn«, beendete Benny von Westphalen geistesabwesend den Ausflug seiner Gedanken in die dunklen Regionen der Familienchronik. Er sah auf, schien sich seiner Abwesenheit gewahr zu werden und verscheuchte mit einer Handbewegung seine Erinnerungen wie eine lästige Fliege.

Die Stewardess lächelte ein breites österreichisches Lächeln und wünschte Sid in unverwechselbar österreichischem Idiom »noch aan wunderboan Aufenthoalt« als er die Maschine der Austrian Airlines über die angedockte Rolltreppe verließ.

Die Hitze schlug ihm ins Gesicht. Er setzte seine Sonnenbrille auf und sah sich um. Eine zersiedelte Landschaft, Hitze, Trockenheit, Dürre, flache Vegetation, Staub, Unkraut, Steine, Geröll und Hitze und nochmal Hitze. Alles war in grelles Licht getaucht und wurde noch hässlicher, außer vielleicht die kleinen Salamander, die in der Sonne schmurgelten und beim Auftauchen eines Schattens in eine Ritze huschten.

Warum war Nancy hierher gezogen? Was wollte sie hier? Hatte sie wie eine Eidechse in einem Spalt zwischen den Steinen verschwinden wollen? In irgendeinem von der Geschichte vergessenen Winkel der Welt?

Sids Fragen hatte auch Benny von Westphalen nicht

beantworten können oder wollen, aber er hatte immerhin gewusst, dass sie »irgendwo in der Nähe des Flughafens am Strand irgend so eine Bar oder ein Restaurant oder Café betreibt«. Das war alles, was Sid in Erfahrung gebracht hatte.

Sid fuhr mit einem Taxi in ein Hotel. Als die Sonne hinter dem Meer verschwand und den Himmel in ein rotes Licht tauchte, das Sid zuvor nie gesehen hatte, legte er ein weißes Hemd und seinen Nadelstreifenanzug an, den er damals in Mailand gekauft hatte und den er trug, als er festgenommen wurde und seitdem nie wieder. Sid ließ sich viel Zeit, bevor er sich auf den Weg machte.

Nach dem Besuch von zwei Restaurants, in denen er keine Hinweise auf Nancy finden konnte, wie er erleichtert feststellte, näherte er sich langsam schlendernd, fast ängstlich dem dritten. Vielleicht war das das Restaurant, von dem Benny von Westphalen erzählt hatte.

Das Lokal war ein Flachbau mit einer überdachten Terrasse, von der aus sich auf das Meer sehen ließ. Einen Strand gab es nicht wirklich, nur Steine und Geröll. Davor führte eine Piste entlang wie aus einem Italowestern und Sid stellte sich vor, wie ein paar Cowboys an ihm vorbeiritten, aber es waren nur Motorräder und Mofas mit braungebrannten Touristen im Unterhemd, mit Tattoos und dunklen Sonnenbrillen.

Für Sid sah die Piste aus, als würde sie nirgendwo hinführen, und wenn, dann an einen verlassenen Ort, der schäbig vor sich hin dämmerte. Das Meer wälzte sich unruhig hin und her und scheuerte an den Kieselsteinen, gischtete, grollte und schäumte.

Sid setzte sich etwas abseits, um das Geschehen gut überblicken zu können, so wie er sich mit Nancy immer an einen strategisch günstigen Platz in den Speisesälen der Hotels gesetzt hatte, um die Gäste beobachten zu können. Auf der überdachten Terrasse des Restaurants hielten sich ein paar Touristen auf. Familien mit Kindern. Fünf alte Männer saßen auf einer Holzbank an einer halbhohen Mauer in griechischem Blau. Weiße Barthaare auf einer ledernen Haut, ihre Bewegungen waren langsam und bedächtig, die Gesichter Kraterlandschaften. Die Zigarette hielten sie zwischen Zeigefinger und Daumen, ihr Blick war ausdruckslos. Sie strahlten eine Ruhe aus, um die sie Sid beneidete. Es gab wohl wenig, das sie noch erschüttern würde.

Ein französisches Pärchen saß sich gegenüber und schien ein Gespräch zu führen, in dem es um Bedeutendes ging. Ein Junge saß mit dem Rücken zu Sid an einem Tisch, der sich direkt neben dem Eingang zur Küche befand und nicht für Gäste bestimmt war. Er blätterte in einem Comic-Heft. Ein Mann um die vierzig, graues, volles Haar, das sich in alle Richtungen kräuselte, mit Dreitagebart und müden Augen, die früher einmal gestrahlt haben mochten, kam an Sids Tisch und hob fragend die Augenbrauen.

»Bier?«, fragte Sid.

Der Mann nickte und fragte: »Essen?«

Sid schüttelte den Kopf. Der Grauhaarige verschwand hinter einem Lamellenvorhang. Sids Anspannung löste sich.

»Hey Sid«, rief eine Stimme hinter dem Vorhang, die Sid sofort erkannte, die er unter tausend anderen Stimmen erkannt hätte, »beweg verdammt noch mal endlich deinen Arsch und hilf deinem Vater.«

Sid zuckte zusammen. Er hustete den Rauch der Zigarette, an der er gezogen hatte, wieder aus.

Der Junge, der mit dem Rücken zu Sid saß und das Comic-Heft las, stand zögerlich auf.

»Ist ja gut. Krieg dich wieder ein«, sagte er in gernervtem Tonfall und verschwand hinter dem Vorhang. Als er wieder hervorkam, hatte er ein Bier in der Hand, schlurfte zu Sid und stellte es vor ihm ab, ohne ihn zu beachten oder auch nur anzublicken.

Der Junge sah aus, wie Sid mit dreizehn Jahren ausgesehen hatte. Und dreizehn Jahre war es her, als Sid und Nancy sich im heißen Mailänder Sommer geliebt hatten. Dieselben braunen Augen, dieselbe Nase und denselben traurigen, unsicheren Blick. Oder bildete Sid sich das ein?

Sid fühlte wieder die alte Lähmung. Unbeweglich saß er da und starrte vor sich hin. Vielleicht auf das Meer? Sid hätte es später nicht mehr sagen können. Aber er war sich sicher, dass er einen langen Blick in das Nichts geworfen hatte, in einen Abgrund, dessen Tiefe er nicht ermessen konnte.

Irgendwann stand er auf und legte einen Geldschein auf den Tisch. Er wollte dem Jungen, seinem Ich aus vergangenen Tagen, nicht noch einmal gegenüberstehen. Neben dem Geld ließ er das einzige zurück, was er von Nancy besaß, ihre Nachricht aus Bologna auf dem Briefpapier des Hotels: »BIN ZURÜCK NACH MAILAND, DU VOLLTROTTEL«, zusammen mit der Nachricht, die er darunter gekritzelt hatte: »Der Volltrottel ist jetzt in Berlin und sehnt sich und sucht nach Dir. Sid.«

Sid wusste nicht, warum er das tat. Er wollte nicht darüber nachdenken. Vielleicht um sich vom letzten fragilen und inzwischen vergilbten Gegenstand zu trennen, der ihn mit Nancy verband. Er zog seinen Strohhut ins Gesicht und ging die Piste Richtung Niemandsland. Wie eine Betrunkener stolperte über Schotter, Bauschutt, verrottete Holzplanken und Felsbrocken zum Strand, wo die Wellen sich auf das Land erbrachen. Sid setzte sich auf einen Stein. Die Gischt fauchte ihn an, sie knurrte und bleckte die Zähne wie eine verwundete Raubkatze. Dann wieder das Grollen einer unheimlichen dunklen Macht.

Sid kam sich klein und verloren vor gegenüber dieser Gewalt, die sich vor ihm auftürmte. Ein Song ging ihm durch den Kopf: »There is a place, where you can go, where Marylin still dancing with DiMaggio, and Juliet with Romeo.« Diesen Platz würde er jetzt aufsuchen.

Dieser Gedanke wurde übermächtig, je länger er in die Brandung starrte. Er würde seinen Namen ins Wasser schreiben wie viele vor ihm, die Schiffbruch erlitten hatten. Er zog seine Schuhe aus und stellte sie neben sich. Als das Meer sich zurückzog, um wieder Anlauf zu nehmen, sprang er von einem Felsen in die Fluten und stürzte wild entschlossen auf seinen letzten Gegner zu. Die Kälte war wie ein Schlag, der ihm die Luft raubte. Das Meer spielte mit ihm wie mit einem Ball. Schließlich schleuderte ihn ein großer Brecher zurück ans Land, als wäre das Meer seiner überdrüssig. Als es sich zurückzog, zerrte es an ihm, wollte ihn mitreißen, wild und mit ungeheurer Energie. Sid bekam einen Felsen zu fassen. Er hielt sich mit aller Kraft daran fest, wie das nur einer kann, dem Adrenalin mit einer großen Spritze in den Körper gepresst wurde. Er kämpfte sich aus dem aufgepeitschten Wasser heraus und lag durchnässt auf einem flachgespülten Felsen, der der Brandung widerstand. In den Wellen wirbelnde Steine hatten ihm Wunden zugefügt, seine Hände, seine Knie und seine Füße waren aufgerissen und bluteten, die Fingernägel abgebrochen, aber er spürte es nicht. Er hustete, rang nach Atem.

Auch Sids Schutzengel atmete schwer. Er hatte sich in die Fluten gestürzt, um Sid wieder herauszuziehen, was er nicht hätte tun dürfen, denn man hatte ihm Kontaktverbot erteilt. Aber diesmal wollte er sich nicht mehr an Vorschriften halten, auch wenn er wusste, dass man ihm für diese Hilfestellung keinen Orden verleihen würde.

Von weit her drang eine Stimme zu Sid. Sie war schwach und er verstand nicht, was sie rief. Das Meer rauschte und der Wind wehte sie in Fetzen davon. Die Stimme wurde lauter, als bäumte sie sich gegen das Meer und den Wind auf. Er glaubte »Wo bist du?« zu hören. Aber hörte er das wirklich? Oder glaubte er nur, sie zu hören? So wie er in Barcelona geglaubt hatte, sie zu sehen? War das nur der Traum, den er immer träumte?

Weit weg, wie ein Signal aus einer anderen Welt, hörte er die Stimme wieder. Er glaubte, so etwas wie »Verdammte Scheiße, wo bist du?« zu hören. Sid blieb auf dem Felsen sitzen und bewegte sich nicht. Er starrte auf die schwarz glänzende Bestie, während sich die Stimme in der Brandung und im Rauschen seines Kopfes verlor und wieder angeschwemmt wurde wie Strandgut. So wie er selbst angeschwemmt worden war. Strandgut eben.

Er lächelte.